SHICI
DUSHANG XINJIE
WUSHIJIANG

50

诗词读赏心解五十讲

谭汝为 著

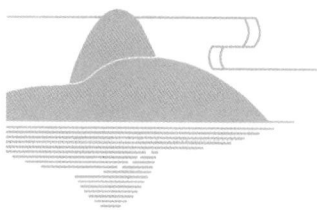

天津出版传媒集团

天津人民出版社

图书在版编目（CIP）数据

诗词读赏心解五十讲 / 谭汝为著. -- 天津：天津
人民出版社, 2023.1
ISBN 978-7-201-18869-0

Ⅰ.①诗… Ⅱ.①谭… Ⅲ.①古典诗歌—鉴赏—中国
Ⅳ.①I207.2

中国版本图书馆CIP数据核字(2022)第196997号

诗词读赏心解五十讲
SHICI DUSHANG XINJIE WUSHI JIANG

出　　版	天津人民出版社
出 版 人	刘　庆
地　　址	天津市和平区西康路35号康岳大厦
邮政编码	300051
邮购电话	（022）23332469
电子信箱	reader@tjrmcbs.com

策划编辑	王　康
责任编辑	岳　勇
装帧设计	汤　磊
封面题签	赵红岩

印　　刷	天津新华印务有限公司
经　　销	新华书店
开　　本	710毫米×1000毫米　1/16
印　　张	15
插　　页	1
字　　数	200千字
版次印次	2023年1月第1版　　2023年1月第1次印刷
定　　价	58.00元

序　言

本书以《诗词读赏心解五十讲》为书名，其关键词是"读赏"和"心解"。

所谓"读赏"，就是对诗词作品的阅读鉴赏，旨在培养并提高自己的感受、理解、欣赏和评价的能力。在阅读古诗词作品的过程中力求有所感悟、有所收获，提升诗词阅读的积极性和趣味性。在深入阅读中学会思考，在深入思考中提升阅读能力和鉴赏水平。"兴趣是最好的老师"，只有在诗词读赏过程中有所收获、有所体验，才能更好融入阅读，提高阅读的趣味性，其中的审美欣赏是重点。从诗词作品表层的字词美、节奏美、音韵美，进而领悟其深层的情感美、意境美。诗词读赏能力的提升依赖于在阅读过程中的反复实践。所谓"书读百遍，其义自见"，就是在阅读过程中要多读、多思，提升对作品内容的感知能力和分析能力。

"读赏"的目的，是有所感悟，即"心解"。所谓"心解"，即心中领会之意。清人浦起龙有一部《读杜心解》，与仇兆鳌《杜诗详注》，王嗣奭《杜臆》同为杜诗千家注之佼佼者。"心解"一词，出自《礼记·学记》："虽终其业，其去之必速。"汉郑玄注："学不心解，则忘之易。"《隋书·经籍志一》："学不心解，专以浮华相尚。"明·李贽《答耿中丞论淡书》："是以古之圣人，终其身于问学之场焉，讲习讨论，心解力行，以至于寝食俱废者，为淡也。"诗词作品蕴含着作者复杂的情感和丰富的意境，语言修辞之美自然是阅读的重点内容，但这些内容只是其表，其隐匿在语言文字之内的情感和意境，才是读赏的真正目的。在读赏过程受到情感的熏陶和意境的感染，有所感悟，有所共鸣，那才进入"心解"的最高层次。

"读诗使人灵秀"。通过作品领悟诗人深邃的思想，感知诗作灵动的意境，提高对自然、对社会、对生活的观察力和思辨力；扩展审美视野，激发对艺术审美的领悟力和想象力;修炼艺术鉴赏力和阐析诗意的表述力。通过古代诗词的学习,使我们认识中国传统文化的博大精神,从中吸收民族文化的智慧,提高文化品位和审美情趣,使精神世界更为丰富。这就是在长期读赏心解过程中的以诗增智、以诗寓趣、以诗育人、以诗化人。

本书内容大多源于教学讲义、学术论文或讲座文本。第一编"鉴赏理论",包括比兴与象征、意境与意象、情景交融、时空艺术、动静交错、诗中有画、貌离神合、无理而妙、虚实相生、诗穷后工、诗无达诂、简约与繁复、情趣和理趣、对面写来等内容。第二编"诗歌修辞",包括喻之二柄、喻之多边、比喻的多种形式、互文、用典、借代、通感、同异、对仗、顶真、双关、押韵、叠字、双声叠韵、嵌字、嵌数、回文等内容。第三编"词法与句法",包括词语省略、比较句式、倒装逆挽、地名双关、地名虚指、列锦句式、六言句式、问答体句法、句法分析、总分结构、交叉结构等内容。第四编"读赏与诗教",包括唐诗与音乐、咏春诗词读赏、咏梅名作读赏、诗词读音问题、吟诵与朗诵、诗歌教化等内容,最后以"迎接诗词雅文化新潮的到来"作结。其中不少内容源于作者对诗歌美学的领悟,尤其是诗词写作与教学的感悟,期待对读者诸君有所启示。

为适应广大受众对诗词鉴赏的文化需求,2020—2021年,应天津经济广播"城市记忆"节目主持人于霁丹老师之邀,笔者与诗人兼诗词教学名家党雅芬老师合作录播"诗词读赏对话"系列四十讲,受到听众欢迎。《诗词读赏心解五十讲》这部书稿的部分内容与这个系列对话的讲稿,是交叉的。其中有关诗词写作与教学的部分内容,是由党雅芬老师执笔完成初稿的。谨志于此,向党雅芬老师和于霁丹编辑表示感谢!

在本书即将出版之际,对天津人民出版社总编辑王康老师多年来的热情帮助,对责任编辑岳勇老师对书稿的精心审改、严谨把关,表示由衷的感谢! 对于书中存在的舛误之处,欢迎方家读者不吝批评指正。

谭汝为

2022年10月23日写于天津华苑碧华里寓所

2022年12月8日修订

目 录

第一编　鉴赏理论

第一讲　比兴与象征

一、赋比兴

我国最古老的一部诗歌总集《诗经》的艺术创作表现手法就是"赋、比、兴"，对中国诗歌的发展产生了重大影响。所谓"赋"，就是随物赋形，叙事言情。所谓"比"，就是比喻，即用某一事物（或古人、故事）给另一事物（或人物、事件）打比方。所谓"兴"，就是"感物起兴"，即因某一事物的触发而兴起情思。清人沈德潜在《说诗晬语》中谈道："事难显陈，理难言罄，每托物连类以形之；郁情欲抒，天机随触，每借物引怀以抒之。"这里说的"托物连类以形之"，就是用"比"；"借物引怀以抒之"就是用"兴"。"比、兴"两法，代代相因，已成为古今诗人描摹形象、抒情咏志、创意必不可少的艺术手段了。

谈到"比"，首先引用以荔枝为喻体比喻事物的两首宋人绝句来说明。

第一首王十朋《诗史堂荔枝歌》：

少陵伤时泪成血，一点丹心不磨灭；

散成朱实满炎方，风味如诗两奇绝。

——诗人游成都杜甫草堂时看到荔枝林中果实累累，触而发诗。诗人把杜甫伤时忧民的"丹心"与荔枝的"朱实"巧妙地联系起来，用荔枝奇绝的风味去比喻杜诗的脍炙人口。以实喻虚，设喻新奇，顿使诗味倍增。

第二首方岳《送荔子方蒙仲》：

风枝露叶走筠笼，玉润冰寒擘绛红；

自往胸中评史记，久闻格调略相同。

用荔枝比喻司马迁《史记》的卓荦格调。把"果中之王"与"史家绝唱"勾连在一起,真是奇思绝喻,想落天外。

从诗歌创作的构思过程分析,"杜诗"、《史记》这两部光照千秋的著作,其风味格调在一首短小的绝句里确实很难全面评价。而诗人妙以荔枝为喻,"托物连类",既形象贴切,又新奇绝伦。

一首千古传诵的诗作,在内容和艺术手法上总要给人以新的启示,正如宋人梅尧臣所言:"若意新语工,得前人所未道也,斯为善也。"成功地运用"比"法而富有艺术魅力的诗篇总是与不落俗套的构思相关联的,其中喻体的选择乃是创作成败的关键。

"兴"一般用在诗的开头。"借物引怀""托物兴辞""触物起情"都是前人对"兴"法的总结。朱熹在《诗集传》中说:"兴者,先言他物以引起所咏之辞也。"据前人统计,《诗经》中采用"兴"法的诗作有一百一十六篇,采用"兴"法共三百七十处,占全部作品数的38%。"兴"用在诗章开端处居多,虽只是破题开头,但它却往往可以发挥寓意、联想、象征、起韵或烘托气氛、确定感情基调等多种作用。

诗经的《关雎》属于爱情民歌:"关关雎鸠,在河之洲。窈窕淑女,君子好逑。"先以河岸上水鸟成双成对和鸣偕行起兴,令人联想到爱情的温馨与和谐,引出下文男子对淑女的思慕与追求。《桃夭》是婚礼贺词:"桃之夭夭,灼灼其华;之子于归,宜其室家。"以桃花起兴,用桃花的艳丽娇美,象征新嫁娘的青春活力,并渲染婚礼喜庆欢快的气氛。《北风》讽刺卫国暴政,用"北风其凉,雨雪其雱"起兴,启发读者从风雪寒冷肆虐联想到残暴的统治,烘托诗人悲怆的心境。诗歌创作离不开"兴"的手法。古今中外许多著名的抒情民歌都是妙用"兴"法的佳作,诗歌的开头总是展现出一幅色彩绚丽的画面,生动的画面形象使读者展开由此及彼的类比联想,如"山丹丹开花红艳艳""西边的太阳就要落山了""田野小河边红莓花儿开""河里青蛙从哪里来"等,都是"兴兼比"的妙用。

二、巧比善喻

比喻是古诗常用的艺术手法之一,也是诗人在艺术创作中形象思维的重要表现手段之一。比如人的愁苦是一种内在的抽象思维活动,在诗作中直言愁苦深重,是很难感人的。因而,诗人常常把愁苦的心境加以物化,就是说把无形的心理活动,用有形的景物状态去表现。这就是中国传统诗学的"心境物化"手法,这种手法常常借比喻和象征作为抒情言志的津梁。下面举几个例子说明:

(1)以山喻愁:夕阳楼上山重叠,未抵愁春一倍多。(寇准)

(2)以水喻愁:问君能有几多愁?恰似一江春水向东流。(李煜)

(3)以海喻愁:春去也,飞红万点愁如海。(秦观)

(4)以云喻愁:一片春愁,渐吹渐起,恰似春云。(蒋春霖)

(5)以雪喻愁:闲愁如飞雪,入酒即消融。(陆游)

(6)以雨喻愁:万点飞花愁似雨。峭杀轻寒,不会留春住。(杨炎正)

(7)以草喻愁:离恨恰如春草,更行更远还生。(李煜)

(8)以丝喻愁:伤往事,写新词,客愁乡梦乱如丝。(孔尚任)

(9)以絮喻愁:撩乱春愁如柳絮,依依梦里无寻处。(冯延巳)

(10)以花喻愁:问余别恨今多少?落花春暮争纷纷。(李白)。

翻开古诗卷帙,吟哦之间,巧比妙喻,纷至沓来,令人赞叹。例如苏轼写西湖风光:"欲把西湖比西子,淡妆浓抹总相宜。"用美女西施的绰约风姿为西湖的水光山影添色增彩。李贺摹写箜篌妙音:"昆山玉碎凤凰叫,芙蓉泣露香兰笑。"把无形的乐声比喻成种种神奇的物象与声响,形象鲜明,栩栩如生。龚自珍描写京都郊外的落花:"如八万四千天女洗脸罢,齐向此地倾胭脂。"真是想落天外,妙喻绝伦!

贺铸以江南春景喻愁:"试问闲愁都几许?一川烟草,满城风絮,梅子黄时雨。"愁苦如一川烟草,无边无垠;又似满城风絮,触目皆是;还像黄梅细雨,绵绵不绝。以上诗句都用比喻将心境物化,把无形的愁苦化为具体的物象,极大地增加了诗的艺术感染力。

三、比体象征

用比喻手法,借物托意,拟物寄意,具有象征意义的诗,可称为"比体象征",其特点是诗作具有一种典型的象征意义,发人深思。例如:

曾巩《咏柳》："乱条犹未变初黄,倚得东风势便狂。"

——这是对于得志便猖狂的势力小人的写照。

李商隐《初食笋呈座中》："皇都陆海应无数,忍剪凌云一寸心。"

——象征着长安统治者对人才的践踏,表达诗人对此的愤恨之情。

郑思肖《寒菊》："宁可枝头抱香死,何曾吹落北风中。"

——这是诗人凛然不屈的民族气节的写照;

于谦《石灰吟》："千锤万击出深山,烈火焚烧若等闲。粉身碎骨浑不怕,要留清白在人间。"

——抒发了诗人坚贞不渝、保持操守的志向。

郑板桥《竹石》："咬定青山不放松,立根原在破岩中。千磨万击还坚劲,任尔东西南北风。"

——这哪里还是写竹,简直就是郑板桥傲岸不羁的性格与人品的自我写照。

这类"比体诗"都是巧妙地借吟咏外物,表现出诗人强烈的爱憎情感,达到物我两契的至境。诗歌善于通过象征手法引导读者去领悟作品中渗透着的思想,去理解作品中隐含的哲理,去思索作品中暗示的社会问题。象征手法的妙用,往往以人们熟知的客观事物去曲折地阐发情深的人生哲理,它用暗示的手段引而不发,诱使读者产生由此及彼的联想。

屈原笔下的丹橘、陶潜笔下的青松、李白笔下的大鹏、杜甫笔下的骏马、白居易笔下的宝剑、陆游笔下的驿梅、李商隐笔下的鸣蝉,都已成为某一种精神与品格的象征。这些比喻性的象征,比单纯的比喻具有更大的深层容量,因而也就具有更强的艺术感染力。

中国诗歌意象的象征意义,被西方汉学家视为中国诗歌的根本特色之一。可以说,象征是中国古诗的生命,而诗歌中的象征形象的深刻寓意,往往超越了文学本身,而是蕴含在民族文化思想乃至思维方式和审美情趣之中了。

第二讲 意境与意象

一、意境生成

意境是我国传统美学中一个重要的课题。从诗歌创作角度上看,意境包含着"意"和"境"两个方面。"意",指诗人主观的情意;"境",指客观的自然和社会生活。意境就是诗人的主观情感与客观现实浑然相契而在作品中形成的一种特有的艺术境界。从诗歌欣赏角度上看,意境又是读者在审美观照中,借以感受诗作的言外意、境外味、弦外音,从而受到感染与陶冶的诱导物。正如王国维在《人间词话》中所言:"文学之工与不工,亦视其意境之有无,与其深浅而已。"

首先请看杜甫在夔州写的一曲悲歌《登高》:

风急天高猿啸哀,渚清沙白鸟飞回。

无边落木萧萧下,不尽长江滚滚来。

万里悲秋常作客,百年多病独登台。

艰难苦恨繁霜鬓,潦倒新停浊酒杯。

前两联写登高闻见之景,后两联写登高感慨之情。诗的前四句景色壮阔,风声、猿声、落叶声、浪涛声汇合一气;落叶飞扬,江鸟盘旋,江水奔流。声音、景物、色彩都在动态中表现出壮伟的韵律感,而这样纵横万里的壮阔景色,才足以展现与表达诗人的宽大胸襟与悲壮情怀。

上面分析的是《登高》这首诗的"境",下面再从创作背景来分析一下这首诗的"意"——当时,安史之乱后,军阀乘时而起,相互争夺地盘,社会混乱不堪,使得作者"百年作客",常年漂泊,有家难归。当他站在夔州的峡口,秋风是"急"的,浪涛是"涌"的,连猿猴叫声都是"哀鸣",想到自身老病孤愁,惨淡悲凉,于是忧国伤时之感油然而生。这首诗由远及近,由景到情,动静结合,把"意"和"境"交代得非常清楚,首句一个"急"字一个"哀"字,就有代入感,把读者带入一幅寥廓惨淡的画面里,这时"境"也有了,"意"也有了,剩下的就是诗人的笔力了。透过沉郁悲凉的"无边""不尽""萧萧""滚滚"的形象化描摹,显示其出神入化的笔力。

二、意境生成方式

古典诗歌的意境生成方式大致有以下四种:

(一)意境随生

诗人因外物的感触,忽有所悟,思绪盈怀,于是借对外物的描写把内在情意表达出来,从而达到意与境的交融。譬如唐人王昌龄的《闺怨》:

闺中少妇不知愁,春日凝妆上翠楼。

忽见陌头杨柳色,悔教夫婿觅封侯。

这位少妇原本是无忧无虑的,她打扮得漂漂亮亮地登上翠楼去观赏春光。忽然路旁杨柳的一片新绿触动了她的情怀,使她蓦然回想到去年(抑或前年)春天,为丈夫送行时折柳相赠的往事,顿觉孤寂冷落,辜负了美好的春光与自己的青春年华,因此为当年鼓励丈夫觅求功名出门奔波而后悔不已。这首诗的意境属于"意境随生"的方式,就是人们常说的"触景生情"。

(二)移情入境

诗人带着强烈的主观感情,当他接触外物时,将主观情志注入其中,使客观物象融入诗人的感情色彩。如:

感时花溅泪,恨别鸟惊心。(杜甫《春望》)

多情只有春庭月,犹为离人照落花。(张泌《寄人》)

蜡烛有心还惜别,替人垂泪到天明。(杜牧《赠别》)

这类诗作在艺术表现方式上有一个显著的特点,即所描摹的客观景物都已不再是纯客观的存在,而带上强烈的主观情感。

再请看李清照的《渔家傲》:

天接云涛连晓雾,星河欲转千帆舞。

仿佛梦魂归帝所。

闻天语,殷勤问我归何处。

我报路长嗟日暮,学诗谩有惊人句。

九万里风鹏正举。

风休住,蓬舟吹取三山去。

这首词作也是移情入境——水天相接,云雾蒙蒙,银河里无数船只在舞动着风帆。此时的作者如梦如幻,仿佛她在天上,听见天帝在问她,要到哪里去?"我报路长嗟日暮,学诗谩有惊人句。九万里风鹏正举。风休住,蓬舟吹取三山去。"她回答天帝:我的路途还很漫长,现已黄昏但却未到达;即使我学诗能写出惊人的句子,又有什么用呢?长空九万里,大鹏鸟一飞冲天。风啊!千万别停息,将我这一叶轻舟,直送往蓬莱三仙岛。作者把心中的理想与对现实的不满融入词作中,移情入景,借景抒情。

(三)即景见意

诗人将内在的情志隐蔽起来,在诗作中只示人以境,似乎纯然摹写他人外物,而诗人隐藏在作品之外。这种意在境外的隐匿"意境",作者采用的是启发读者自己去领悟的方法。如柳宗元的《江雪》:

千山鸟飞绝,万径人踪灭。

孤舟蓑笠翁,独钓寒江雪。

天寒雪大,人际杳然,而渔翁却不畏严寒,不顾得失,专心垂钓,显然这是一个被幻化的理想境界。但诗人借此情景旨在曲折隐含地表示自身孤傲不羁的性格,表达自身遗世独立、超然物外的人生态度。

(四)意境相生

意境相生即内情与外物相感相生,天然合一,又称为"思与境偕""意与境浑"。情与景相和谐,相吻合,是诗家所崇尚的典型意境。《桃夭》用"灼灼"描摹桃花的绚烂艳丽,盛赞新娘的娇美动人。对桃花的生动描绘与诗人参加婚礼的欢愉心情相契合,构成情景相融、形神相惬的妙境。再如屈原《九歌·湘夫人》:"帝子降兮北渚,目眇眇兮愁予;袅袅兮秋风,洞庭波兮木叶下。"后两句的景物描写,秋风、水波、落叶,都点染并烘托了愁情,形成感人的意境。

总之,"意"是"境"的灵魂。只有经过锤炼的、富于独创的艺术构思,才能培育出芬芳艳丽的意境之花。

三、意象组合

"意象"是我国古典美学中的一个重要概念,是主观情意与客观物象在创作过程中相互融合的有机统一体,是诗人根据"物我相融"而创造出来的可感可触的具象。一首诗从字面上看,那是词语的连缀;但从艺术构思的角度看,则是意象的组合。

古典诗歌讲求言简意繁、辞约义丰,诗句中成分的省略、句子的紧缩、句与句之间的跳跃与空白,都是相当普遍地存在着的。意象的物质外壳是语言。在诗歌创作中,诗人将其脑海里孕育的意象借助词语固定下来,而读者在欣赏诗歌时则需运用艺术想象,把这些词语还原为一个个生动的意象,进而把握全诗的意境。

在意象组合中最有代表性的是缺乏动词谓语,只由若干个名词连缀而成的诗句。如元人马致远的《天净沙·秋思》:

枯藤老树昏鸦,小桥流水人家,古道西风瘦马。

这三句由九个名词组成,一句一景,似不相涉,诗句之间有很强的跳跃感。但对其几个意象的组合细加寻绎,会发现其中贯串着一条无形的意脉,使各句的内在情感似断实连,貌离神合。这三句妙在以景物去点染情思,意象的组合形成流动的画面,画面的迭现组成一幅立体的深秋晚景图。萧瑟凄冷的画面却渗透着抒情主人公鲜明的抒情色彩,表达出天涯游子浓烈的羁旅愁思。

古典诗歌意象组合句法的成功运用,丰富了诗歌艺术的表现手法,具有"尺水兴波""咫尺有万里之势"的概括力和扩散力。另外,它含蓄隽永,词断意属,往往给读者留下充分驰骋艺术想象的空间。再者,这种句法要求精当的修辞艺术与锤炼语言的功力,讲究鲜明的节奏和音乐美感。读者在阅读欣赏中,应在把握全篇作品内在情感脉搏的基础上,透过字面表象尽可能向深处开掘,含英咀华,深思默悟,才能体会涵咏不尽的余味。

第三讲　情景交融

一、情与景的关联

诗词鉴赏属于审美活动,它与纯粹的认知与接受认知不同,需要鉴赏者全身心地投入到诗词作品所描绘的场景和意境中去。从创作角度说,主观的"情"和客观的"景",是诗词创作的两个要素。正如明人谢榛所言"景乃诗之媒,情乃诗之胚,合而为诗"。就是说,外界的景物只是触发诗情的媒介,而内在的情思才是诗歌创作的胚胎,情因景生,景以情合,二者交融无垠,才能产生美妙清新的诗歌意境。可见触景生情→融景入情→情景交融,乃是诗词意境创造的基本途径之一。

纯然写景的诗作可能不存在,因为"一切景语皆情语也"(王国维语)。例如屈原的《九章·涉江》对自然景物的描写:

山峻高以蔽日兮,下幽晦以多雨。

霰雪纷其无垠兮,云霏霏而承宇。

——从乌云蔽日、霰雪纷飞的凄凉氛围中,可以感受到诗人内心的孤独和凄怆。"哀吾生之无乐兮,幽独处乎山中",诗人的内心自白与外界景物交织成感荡心灵的艺术意境,这就是心感物应的情景交融。

情景交融的古诗名作,读来使人意悠神远。例如杜牧《山行》:

停车坐爱枫林晚,霜叶红于二月花。

——枫林晚景的清爽寥廓之美与诗人流连陶醉之乐互为表里,相融为一。这是触景生情。

再如荆轲《易水歌》:

风萧萧兮易水寒,壮士一去兮不复还。

——上句摹景,下句抒情,情和景相融洽,更见其悲壮。千年之后,犹能感荡读者心灵。这是寓情于景。

王实甫《西厢记·长亭送别》第一支曲子"正宫·端正好":

晓来谁染霜林醉?　总是离人泪。

——疏朗秀美的枫林霜叶却引发离人无限的悲哀:这是融情入景。

清人王夫之《姜斋诗话》:"情景名为二,而实不可离。神于诗者,妙合无垠,巧者则有情中景,景中情。"

例如杜甫晚年漂泊江汉时创作的《旅夜书怀》:

> 细草微风岸,危樯独夜舟。
>
> 星垂平野阔,月涌大江流。
>
> 名岂文章著,官应老病休。
>
> 飘飘何所似,天地一沙鸥。

首联描写近景:微风轻拂,细草抖动;危樯小舟,月夜独泊——展示诗人漂泊无依的境况。颔联描绘远景:星斗低垂,原野广袤;月随浪涌,大江东流——反衬诗人颠沛流离的孤寂。结尾亦写景,借景自况:天涯孤旅,飘然一身,不过天地之间的孤独的沙鸥罢了。这首诗情景相生,感人至深。

白居易《钱塘湖春行》是一首著名的写景诗:

> 孤山寺北贾亭西,水面初平云脚低。
>
> 几处早莺争暖树,谁家新燕啄春泥。
>
> 乱花渐欲迷人眼,浅草才能没马蹄。
>
> 最爱湖东行不足,绿杨荫里白沙堤。

诗的前半部分写湖上风光,后半部分写湖东策马春游,似乎纯然写景,但景中却字字含情。尤其是后两联:春花繁茂,炫人眼目;嫩草如茵,诗人流连;游遍湖东,仍意犹未尽。读者宛然看到诗人身影渐行渐远,最后消逝在绿杨掩映的长堤尽头。这首诗妙在即景寓情,眼前景,口头语,却沁人心脾。

情与景,有内意外物之别,但一旦形成艺术作品的意境,二者就融为一体了:景者,情之景;情者,景之情。当然,在具体作品中,有时景显而情隐,有时情豁而景匿,不可一概而论。

二、乐景写哀

借景言情是古代诗词重要的表现手法之一。以乐景写喜,以哀景写悲,乃是常情常理。如宋人徐元杰《湖上》:

> 花开红树乱莺啼,草长平湖白鹭飞。

风日晴和人意好,夕阳箫鼓几船归。

——西湖温馨和乐的景象与游人欢乐酣畅的心情融为一体。

又如唐人李益《夜上受降城闻笛》:

回乐烽前沙似雪,受降城外月如霜。

不知何处吹芦管,一夜征人尽望乡。

——边陲荒凉的夜色、凄清的笛声与征人望乡思归之情融洽为一。

以上两首诗作,都属于以乐景写喜、以悲景写哀的通常写法。

诗词中有一种以乐景写哀情的手法,即利用心境的哀愁与美景的矛盾,来渲染和烘托内心不快的情绪,使抒情更委婉,更深邃。正如王夫之《姜斋诗话》所言:"以乐景写哀,以哀景写乐,一倍增其哀乐。"中唐诗人贾至被贬为岳州(今湖南岳阳)司马时所写的《春思》:

草色青青柳色黄,桃花历乱李花香。

东风不为吹愁去,春日偏能惹恨长。

——诗人身处美好的春光里,但是自身遭谗受贬的愁怨却难以排遣,却与日俱增。诗中极力描绘春光的妍丽:春草嫩绿,柳色鹅黄,桃红李白,花枝披离,生机盎然。可是良辰美景却无法消除内心的深愁苦恨。"东风"和"春日"却成为添愁惹恨的触媒。

杜甫《登楼》前两联:

花近高楼伤客心,万方多难此登临。

锦江春色来天地,玉垒浮云变古今。

——暮春时分,诗人登楼凭眺,目极千里,俯视江流,仰观山色,念天下多难,战乱频仍,心潮澎湃,感慨深沉。诗的开头,"花近高楼伤客心",春满大地,楼前花枝烂漫,原是可喜可悦的赏心乐事,但诗人反觉繁花撩愁,触目伤心,似与情理相悖。首句突兀而来,奇崛独特,与其《春望》"感时花溅泪,恨别鸟惊心"为同一机杼,就是"以乐景写哀,倍增其哀"的表现手法。

美丽的春光不仅无法吸引诗人去欣赏,反而引起伤感与愁怨。这种表现手法相当多见。再如杜甫的《送路六侍御入朝》:

不分桃花红似锦,生憎柳絮白于棉。

剑南春色还无赖,触忤愁人到酒边。

这里的"不分"犹言"嫌恶","生憎"犹言"最憎"。桃红似锦,柳絮如棉的剑南春色却使诗人憎恶。另如宋人陈克的《赠别诗》:

泪眼生憎好天色,离筋偏触病心情。

——这里指出了"泪眼"与"好天色"之间的矛盾,心情不好,面对美景良辰也不会持欣赏的态度。

唐人刘禹锡的《竹枝词》:

山桃红花满上头,蜀江春水拍山流。

花红易衰似郎意,水流无限似侬愁。

——也是乐景与哀情的交织:桃花盛开,春水潺湲,但抒情主人公却愁肠百结,痴情少女偏偏遇上了负心汉;男子的爱情如红花易谢,而姑娘的愁苦却似春水东流,绵长无限。

诗友曾写过一首《鹊桥仙·七夕》,也采用乐景写哀手法:

轻云弯月,葡萄翠叶,藤下倾听星诉。

凭空仙翼聚天河,两岸度,翩然一路。

情眸缱绻,泪珠扑籁,忍踏鹊桥旧路。

几多心事烙成痕,遣恨在人间何处?

上半阕写七夕之夜,在葡萄架下听牵牛星与织女星互诉衷肠,想象着好多好多的花喜鹊不约而同地飞来为他们在天河上搭了一座鹊桥,这是何等浪漫的美景啊!但后半阕却是抒情的逆转,落笔写哀,想象着牛郎织女鹊桥相见时哭得一塌糊涂。不知人世间还有多少类似这样生离死别的事情啊……

热衷于诗歌创作,有比较丰富的创作实践,就更能体会古人创作之甘苦,才能对诗词创作的精微之处作出切实得体的分析。有些在创作中独到的体会,非深谙诗道者是谈不出来的。

杜甫名作《登岳阳楼》:

昔闻洞庭水,今上岳阳楼。

吴楚东南坼,乾坤日夜浮。

亲朋无一字,老病有孤舟。

戎马关山北,凭轩涕泗流。

——这首五言律诗的颔联"吴楚东南坼,乾坤日夜浮",写景大气磅礴,沉雄壮阔,写出洞庭气概;而其颈联"亲朋无一字,老病有孤舟",抒情则写个人身世之落寞凄凉。两联由壮阔的乐景突然过渡到狭窄的愁情,诗境全然不同。清人浦起龙《读杜心解》评论说:"不阔则狭处不苦,能狭则阔境愈空。"其实,除了映衬对比之外,这首诗成功地使用了乐景写哀的表现手法,所以王夫之评曰:"'吴楚东南坼,乾坤日夜浮'。乍读之若雄豪,然而适与颈联'亲朋无一字,老病有孤舟'相为融浃。"杜甫这首诗的尾联,从个人身世之悲哀,转入对国家危难的深长忧虑:"戎马关山北,凭轩涕泗流。"忧愤更为深沉,胸襟更感博大,气象更加壮阔。因此,这首杜诗能独标高格,与范仲淹《岳阳楼记》联袂成为岳阳楼诗文的绝唱。以美景衬托悲苦使凄苦更加撼人魂魄,这种手法确有撼动人心的艺术魅力。

扫码获取
☆配套音频
☆名家课程
☆读书笔记
☆交流社群

第四讲 时空艺术

一、时空设计

时间与空间，是世界万物赖以存在的条件和环境。文学创作当然也离不开对时间与空间的描绘。但是诗歌创作的艺术构思却可以横跨四海，直通古今，不受时空的限制。正如刘勰《文心雕龙·神思》所言："文之思也，其神远矣，故寂然凝虑，思接千载；悄焉动容，视通万里……登山则情满于山，观海则意溢于海。"在诗歌作品中表现时间与空间因素时，应特别注意对时空因素的艺术设计。

（一）就同一时间写空间的殊异

请看唐人两首七绝，首先看高适《除夜作》：

旅馆寒灯独不眠，客心何事转凄然？

故乡今夜思千里，霜鬓明朝又一年。

再看王维《九月九日忆山东兄弟》：

独在异乡为异客，每逢佳节倍思亲。

遥知兄弟登高处，遍插茱萸少一人。

——两首诗作都写佳节思亲，都由自己思念故乡亲友，转写远方亲友对自己的思念。于同一时间写两地相思，使思忆之情更为深婉动人。

我们再看李白的《子夜四时歌·冬歌》，也是这种"时间相同，但空间不同"的手法：

明朝驿使发，一夜絮征袍。

素手抽针冷，那堪把剪刀。

裁缝寄远道，几日到临洮？

明天早晨，驿使就要出发，思妇们连夜为远征在边地的丈夫赶制棉衣。纤纤素手连抽针都冷得不行，更不说用那冰冷的剪刀来裁衣服了。妻子将裁制好的衣物寄向远方，也不知道几时才能到达边关临洮？这首短诗，通过女子"一夜絮征袍"的情事，来抒发思念征夫的感情。在传送征衣的驿使即将出发的前夜,强调了时间的急迫。至于女子如何"絮"、如何"裁"、如何"缝"等具体过程都予省略,只着重抽针把剪的感觉,突出一个"冷"字。天气严寒,手指也不灵巧了,而时不我待,人物焦急情态宛如画出。她从自己的冷,想到边塞"临洮"(今甘肃临潭)更冷。读者似乎又看见她一边呵着手一边赶裁、赶絮、赶缝。"一夜絮征袍",言简而意足。表现的时间是驿使出发的前夜,而空间却突出中原和边塞两个地方。

(二)就同一空间写时间的殊异

请看唐人贺知章的《回乡偶书》:

> 离别家乡岁月多,近来人事半消磨。
>
> 惟有门前镜湖水,春风不改旧时波。

诗人面对家乡的镜湖,由"近来"追溯"旧时";就同一地点写时间之殊异。

古代怀古诗往往采用这种方法,即诗人或凭吊墓冢,或访谒祠庙,或登山临水时,往往由所在空间的自然景色与时间的历史沧桑巨变相融合、相对照。

晚唐五代韦庄的《台城》:

> 江雨霏霏江草齐,六朝如梦鸟空啼。
>
> 无情最是台城柳,依旧烟笼十里堤。

——台城,在今南京市鸡鸣山南,原是三国时代吴国的后苑城。从东晋到南朝结束,这里一直是朝廷台省(中央政府)和皇宫所在地。韦庄这首诗写长堤杨柳每到春天依旧吐绿,但数百年前的六朝旧事宛如梦境,已杳无踪影了。

再请看宋人陆游的《楚城》:

> 江上荒城猿鸟悲,隔江便是屈原祠。
>
> 一千五百年间事,只有滩声似旧时。

——陆游诗写屈原祠旁大江涛声依旧,但从屈原辞世至诗人写诗之时已经过去了一千五百年了,人世沧桑难以言述。

这两首怀古诗都是把镜头固定在一个空间,所抒发的是对历史沧桑的深沉感喟。

（三）时空的压缩组合

先读唐人李商隐的《北齐》：

一笑相倾国便亡，何劳荆棘始堪伤。

小怜玉体横陈夜，已报周师入晋阳。

——诗人故意把前后两个历史画面的时间距离压缩掉，使二者同时出现在意象组合之中。北齐后主高纬宠幸冯淑妃小怜而导致亡国是史实，但淑妃进御之夕与北周军队攻破晋阳（今山西太原），并非同时之事。

再请看清人徐兰的《出关》：

凭山俯海古边州，旆影风翻见戍楼。

马后桃花马前雪，出关争得不回头？

——诗人离开中原故乡，摇曳远征。当他出了山海关时，面对风雪扑面的关外风光，想到在中原故居此刻正是桃红柳绿的旖旎春色，不禁回顾南方，依恋不舍。诗人把"桃花妖娆"的中原春景与"冰峰雪飘"的北国风光浓缩牵拽至自己的身边，用"马后桃花"与"马前雪"相对应，数千里的空间距离压缩在极短的视野之内。

（四）时空交感

所谓时空交感是指在一首诗中，时间与空间意象交糅错综或相互分设对映。例如：

（1）秦时明月汉时关，万里长征人未还。（王昌龄《出塞》）

（2）一身去国六千里，万死投荒十二年。（柳宗元《别舍弟宗一》）

（3）一封朝奏九重天，夕贬潮阳路八千。（韩愈《左迁至蓝关示侄孙湘》）

（4）五年天地无穷事，万里江湖见在身。（陈与义《次韵尹潜感怀》）

——一句写时间，一句写空间；或时空错综，或时空分设。"时空交感"对于加深诗作的思想深度，拓展诗的意境，增强诗的容量都是很有助益的。

二、时空对比

对比是文艺创作常用手法，也属于修辞方式。其修辞功能是使经过艺术概括的客观事物之间的对立统一关系更为集中、鲜明。一般把对比分为"两体对比"和"一体两面对比"两类。划分的标准主要看互为对比的两方是否为同一事物。但任何一个构成对比的实例,都不能脱离具体的时间或空间的制约。或许可以这样说:对比就是利用对立统一的法则,或从时间上,或从空间上对事物进行对照和比较,从而展现出比较广阔或寓意深刻的生活画面。我们把诗词作品的对比分为"时间对比"与"空间对比"两类。

所谓空间对比,就是把处在不同空间的两种相互对立的事物放在同一个时间的天平上加以对照、比较。例如晚唐诗人曹邺的《捕鱼谣》:

> 天子好征战,百姓不种桑。
>
> 天子好年少,无人荐冯唐。
>
> 天子好美女,夫妻不成双。

——全诗形成排比句式,每两句为一组,前后句既为因果关系,又形成鲜明的对比。诗人以犀利的目光与洞察力把农田荒芜、贤愚不辨、夫妻离散等社会现实归咎于最高统治者的倒行逆施。妙用空间对比,把讽刺与抨击的矛头直指"天子"。此类揭露社会弊病的诗句,往往采用这种两体空间对比的艺术手法,再如:

(1)世胄蹑高位,英俊沉下僚。(左思《咏史》)

(2)骅骝拳踢不能食,蹇驴得志鸣春风。(李白《答王十二寒夜独酌有怀》)

(3)高马达官厌酒肉,此辈杼轴茅茨空。(杜甫《岁晏行》)

(4)朱门酒肉臭,路有冻死骨。(杜甫《自京赴奉先县咏怀五百字》)

(5)战士军前半死生,美人帐下犹歌舞。(高适《燕歌行》)

(6)死是征人死,功是将军功。(刘湾《出塞曲》)

或写阶级对立,贫富悬殊,或写政治黑暗,是非颠倒,但都将处在同一时间内的两种事物集中在一起,进行震撼人心的强烈对比。

一体两面对比就是时间对比,把处于不同时间范畴内的同一个事物加以对照、比较。例如刘禹锡《杨柳枝》:

> 春江一曲柳千条,二十年前旧板桥。
>
> 曾与美人桥上别,恨无消息到今朝。

崔护《题都城南庄》:

> 去年今日此门中,人面桃花相映红。

人面不知何处去,桃花依旧笑春风。

——这两首诗,都属于时间对比,写物是人非,今与昔异。刘禹锡诗写"二十年前"在此处与美人分别,崔护诗写"去年今日"在此处与美人邂逅,但今朝此刻都是风景如旧而美人杳然。通过同一空间内不同时间的对比,写出诗人怆然喟叹之情。两诗都是典型的时间对比的佳作,很有典型性与代表性。

诗人在暮年抒写人生的遭际与感慨时,往往运用时间对比进行今昔对照。南宋词人蒋捷《虞美人·听雨》:

少年听雨歌楼上,红烛昏罗帐。

壮年听雨客舟中,江阔云低,断雁叫西风。

而今听雨僧庐下,鬓已星星也。

悲欢离合总无情,一任阶前,点滴到天明。

——这首词作,选取少年、中年、老年三个时期,安排歌楼、客舟、僧庐三个地点,以"听雨"为线索,概括自己的一生。在三个不同的人生时期,词人的生活发生巨变,但作品只平列了三个生活片段——少年时代的倜傥风流,中年岁月的漂泊无依,老年时期的凄凉苦楚,都通过"听雨"的对比来暗示读者。最后发出悠长的沧桑喟叹:"悲欢离合总无情,一任阶前,点滴到天明。"结尾还是落在"听雨"上。

第五讲　动静交错与诗中有画

一、动静交错

绘画是静的艺术,但高明画师却能在静止的画面上显示对象的动态。音乐是动的艺术,但优秀乐师却能通过流动的旋律展现对象的静态。作为语言艺术的文学,其表现力比其他艺术形式更为自由而深刻。诗人在写景状物时,常常巧妙地运用动静交错的艺术手法,或化静为动,或以动衬静,从而取得奇丽多姿的艺术效果。

（一）化静为动

所谓"化静为动",就是赋予无生命的静态之物以生命,把静态写成动态。例如李白的《独坐敬亭山》:

众鸟高飞尽,孤云独去闲。

相看两不厌,只有敬亭山。

——在这里,"孤云"可以来来去去地闲游,"山"可以与人脉脉含情地相对而视,其中隐含着诗人怀才不遇的独寂和热爱大自然的情怀。

再如宋人王禹偁的《村行》:

马穿山径菊初黄,信马悠悠野兴长。

万壑有声含晚籁,数峰无语立斜阳。

——在这里强调,对"万壑有声,数峰无语"这两句,要认真欣赏:上句写傍晚秋风于万壑起,这是耳闻;后句写数峰默默伫立在夕阳里,这是目睹。如果单纯地写耳闻目睹,也可以形成对仗:"万壑萧萧含晚籁,数峰默默立斜阳。"但把这一联与原作对比,就显得不那么生动了。作者用后句的"无语"对应前句的"有声",一下子就把壑谷和山峰写活了。前句的"有声"是动的,后句的"无语"是静的,这种动静交错十分显豁！山峰本来不会说话,但诗人却说它"无语立斜阳",仿佛它原先能语、有语、欲语,使人感到这里的山峰有生命、有活力、有性格,顿使全诗充满了生趣。

化静为动的艺术手法常伴随着比拟、夸张等修辞方式相融相生。例如:

（1）雁引愁心去，山衔好月来。（李白《与夏十二登岳阳楼》）

（2）我自只如常日醉，满川风月替人愁。（黄庭坚《夜发分宁寄杜涧叟》）

（3）夕阳劝客登楼去，山色将秋绕郭来。（黄景仁《都门秋思》）

（4）五里东风三里雪，一齐排着等离人。（严冬友《随园诗话》）

通过动态的客体形象来揭示审美主体的内在感情，来感染读者。

另外，还有把无情之动化为有情之动。如中唐李德裕被贬至海南岛崖州（今海南省琼山区），其《登崖州城作》：

青山似欲留人住，百匝千遭绕郡城。

——将群山环绕郡城的自然形状写成殷勤挽留迁客的动作。这种化静为动的"移情"手法，即在描摹自然形象时，将诗人的感情搜入客体对象之中。

（二）以动衬静

所谓"以动衬静"，就是把握艺术表现中动与静的对立统一规律，巧妙地用动态去对比或映衬静境。王安石曾集前人诗句组成一联：

风定花犹落，鸟鸣山更幽。

——上句写风定声静，但花瓣仍在悄然落下，这是静中见动；下句以鸟语啁啾去衬托山林的幽静，即"以动衬静"。

王维的山水诗往往以动态为静态服务，以声息为安宁服务。他笔下的深山、林荫、月光、泉水都在某种动态之中呈现出空灵淡雅的静谧，如：

（1）夜静群动息，蟪蛄声悠悠。（《秋夜独坐怀内弟崔兴宗》）

（2）野花丛发好，谷鸟一声幽。（《过感化寺昙兴上人山院》）

（3）空山不见人，但闻人语响。（《鹿柴》）

（4）明月松间照，清泉石上流。（《山居秋暝》）

诗人以蟪蛄的鸣叫声、鸟鸣声、人语声、流水泉声等去衬托寂静。以声衬静，更能逗起人的思绪，使人感到静意更为悠长深永。正如钱锺书先生所说："寂静之幽深者，每以得声音衬托而愈觉其深。"

以静衬动还有一个佳例，就是王安石的《书湖阴先生壁》：

茅檐长扫净无苔，花木成畦手自栽。

一水护田将绿绕，两山排闼送青来。

——大意是说，茅草屋檐下经常打扫，一尘不染，更没有青苔；屋前一畦一畦的花木,都是自己亲手栽种的;一条曲折的小溪紧紧地围绕着绿油油的田地;两座青山突然推门而入,送来了青翠欲滴的山色。"两山排闼送青来"就是"以动衬静"的典型,一个"送"字,把静止的山给写活了。

清人笪重光《画筌》说:"山本静,水流则动;石本顽,树活则灵。"这是说山水画应力求以活动的景物去衬托静止的景物,做到动静交错。诗画同源,两种艺术表现形式有其相通趋同之处。用泉流绿树去衬托静态的山峰巨石,使之相映成趣,对于写诗与绘画都是巧妙的构思手法。一般情况下,作者对事物的观察,不是只观察静态,而是从细微处着眼,也观察其动态时的情境,甚至想象出动时的情形,然后把两者结合起来,使动和静相得益彰,突出事物的整体感,这样就更能感觉到作品蕴含的神韵。

二、诗中有画

诗与画是艺坛的孪生姊妹,互相取资,相济互补。宋人蔡绦《西清诗话》:"丹青吟咏,妙处相资。昔人谓诗中有画,画中有诗者,盖画手能状,诗人能言之。"宋人张舜民《画墁集》:"诗是无形画,画是有形诗。"诗借助语言文字描述形象以抒情达意,更长于抒情;画借助线条墨色构成形象,更长于状物摹形。

盛唐大诗人王维,名维字摩诘,名和字连起来就是"维摩诘",是佛教一位著名居士的名字。王维的诗歌充满了禅意,人称"诗佛"。王维不仅是诗人,而且兼为山水画家,熔诗、画创作手法于一炉,故其部分诗作充溢着浓浓的诗情画意。王维妙在用画家眼光摄取景物,一旦落在文字上,便组成和谐的画面。例如王维写景名句:

(1)大漠孤烟直,长河落日圆。(《使至塞上》)

(2)渡头余落日,墟里上孤烟。(《辋川闲居赠裴秀才迪》)

(3)日落江湖白,潮来天地青。(《送邢桂州》)

以上诗句都有写意画的效果,略加点染,就形成一幅风景画面,产生强烈的艺术魅力。王维的诗作常采取虚实相间的手法,如《华岳》:

西岳出浮云,积翠在太清。

连天疑黛色,百里遥青冥。

白日为之寒，森沉华阴城。

——用浮云、翠色、青冥、白日等来烘托华山高耸入云、遮天蔽日、绵亘百里的气势。然后又用神话传说进行点染，给西岳华山披上一层神异的色彩。

王维的诗作往往精于选景，巧妙进行布局，使诗中显示的画面主次分明、远近相衬，《辋川闲居赠裴秀才迪》：

寒山转苍翠，秋水日潺湲。

倚杖柴门外，临风听暮蝉。

渡口余落日，墟里上孤烟。

复值接舆醉，狂歌五柳前。

——这首诗描摹的景物较多，但安排井然：从色彩上看，苍翠的寒山与落日余晖相对照；从线条上看，落日与孤烟相映衬；从声音布局上看，潺湲秋水与暮蝉鸣叫相应。在这个背景的烘托下，倚杖老人乘醉狂歌的姿态更使诗情画意融洽起来。"接舆""五柳"两个典实给整个画面涂上了浓重的情趣色彩，闲逸恬适的隐栖之情充溢其中。景物繁而不杂，构成和谐的画面。

我国古代绘画特别讲究大与小的辩证关系的处理。王维的山水诗也运用了这方面的技巧。

(1)端居不出户，满目望云山。(《登裴秀才迪小台》)

——以小台为立足点摹写莽莽云山阔大的气势。

(2)桃李虽未开，荑萼满芳枝。(《赠裴十迪》)

——从小小叶芽的初生，预示了桃李盛开的春光。

(3)分野中峰变，阴晴众壑殊。(《终南山》)

——以阳光的或明或暗、或浓或淡来表现终南山千岩万壑的气势与形态。

(4)返景入深林，复照青苔上。(《鹿柴》)

——写落日余晖透过深林枝叶的缝隙，照在布满青苔的地面上的投影，来表现环境的幽静和冷寂。

王维曾自称，"宿世谬词客，前身应画师"，颇以能为画家而自豪。王维诗歌中的画，不仅传达出山水的形貌特征，而且能体现山水的性格，并融进诗人主观的情趣。苏东坡总结的"味摩诘之诗，诗中有画；观摩诘之画，画中有诗"，已成为王维诗歌艺术特色的定评。

第六讲 貌离神合与无理而妙

一、貌离神合

诗苑漫游,于采英拾翠、探幽揽胜之时,常会发现一种有趣的现象:同样的风光景物、生活事件、历史典实,却可以引起诗人们迥然相异,甚至截然相反的思绪或感情。这样就出现了不少境同而情异、理殊而趣谐的作品。但这类似乎矛盾对立的诗作,有时却蕴含着相通相生的实质,用句俏皮的话说,就是"貌离神合"。

譬如面对同一杨柳,两位诗人的态度竟然如此龃龉。首先看刘禹锡的《杨柳枝词》:

城外春风吹酒旗,行人挥袂日西时。

长安陌上无穷树,惟有垂杨管别离。

——在刘禹锡笔下,杨柳是如此多情:它们列队于长安道旁,袅袅依依地为行人送行话别。

再看韦庄的《台城》:

江雨霏霏江草齐,六朝如梦鸟空啼。

无情最是台城柳,依旧烟笼十里堤。

——而在韦庄笔下,杨柳却最为无情,只顾染柳烟浓,却掉头不顾沧桑巨变,因而遭到诗人的抱怨,詈之为"无情"。

杨柳的生长本无所谓有情或无情,诗人不过是移情入景的借题发挥罢了。前者托物言志,抒世态炎凉之感;后者借物抒怀,发兴亡盛衰之叹。

再如同为抒发离怀别绪的诗人,吟咏明月,也会因相互抵牾而各持一端。首先看张泌的《寄人》:

别梦依依到谢家,小廊回合曲阑斜。

多情只有春庭月,犹为离人照落花。

——明月本是无情之物,诗人却赋予它生命和丰富的感情。在张泌的笔下,庭院落英委地,但月亮却不嫌其残,依然多情脉脉地临照,给离人以慰藉。

再看晏殊的《蝶恋花》：

槛菊愁烟兰泣露，

罗幕轻寒，燕子双飞去。

明月不谙离恨苦，斜光到晓穿朱户。

——在晏殊笔下，月亮却无情无义，恶作剧般地彻夜临照，致使离人无法入眠。

对同一杨柳，两位诗人褒贬相悖；对同一明月，两位诗人毁誉迥然。诗人这些表面上相龃龉的诗句，实质上并不矛盾。须知诗歌创作乃是"郁情欲抒，天机随触，每借物引怀以抒之。"（沈德潜《说诗晬语》）阅读鉴赏诗歌不必苦牵文义或锱铢细较，那样只能得其皮毛，却无法领略诗境的精妙了。

不仅摹景抒情的诗作，就是直抒情愫的爱情诗也往往在相互逆悖之中见其精妙。首先看薛昭蕴的《谒金门》：

斜掩金铺一扇，满地落花千片。

早是相思肠欲断，忍教频梦见。

——在薛昭蕴笔下，抒情女主人公已因相思而肝肠欲断了，但老天爷却如此狠心让她再三梦见情郎！梦中相见之促转增醒后相思之剧，"梦见"愈频，则愁苦越重，诚如清人项鸿祚词云，"梦见更相思，不如无梦时。"（《菩萨蛮》）

再看晏几道的《阮郎归》：

衾凤冷，枕鸳孤，愁肠待酒舒。

梦魂纵有也成虚，那堪和梦无。

——但是晏几道却唱反调说，连梦都没有，更让人难以为怀。他认为，即使梦中相逢，一旦醒来，终成虚幻；但梦里相会，聊胜于无。唯空怀相思，却难以成梦，连这一点可怜的虚幻的慰藉都得不到，则更令人怏怏矣！

薛词为有梦而悲，晏词为无梦而恼，二者似乎相悖，但稍加品味，二者对爱情的执着渴求不是同样的灼然可见吗？若真有司梦之神，会大发牢骚："你们这些文人真不好伺候！有梦，我受指责；无梦，我也受埋怨。真让我跋前踬后，不知所措了。"我要是司梦之神，就找他俩开个会，研究研究这事，是"梦还见"好，还是"梦空断"好？

研读这类貌离神合、言舛意契的诗篇，不应死抠字面表层义，也不能僵直地拿一个固定的规矩去套，而应在含英咀华的分析比较中，运用艺术欣赏的辩证法，透过意象表层，超越文字界域，去唤醒艺术精灵，才能真正把握诗的真谛。

二、无理而妙

首先欣赏中唐诗人李益的《江南曲》：

嫁得瞿塘贾，朝朝误妾期。

早知潮有信，嫁与弄潮儿。

——这是一首闺怨诗，以白描手法描摹出少妇的口吻和心声。前两句在平实无华的叙述中谈出自己的人生悲苦。后两句陡然翻转，传神地表达出这位少妇的怨情：潮涨潮落尚然有信，后悔当初不如嫁给弄潮之人（即船夫）。

再看北宋词人张先《一丛花令》云：

伤高怀远几时穷？无物似情浓。

离愁正引千丝乱，更东陌，飞絮蒙蒙。

嘶骑渐遥，征尘不断，何处认郎踪？

双鸳池沼水溶溶，南北小桡通。

梯横画阁黄昏后，又还是，斜月帘栊。

沉恨细思，不如桃杏，犹解嫁东风。

——这首思妇词，从登楼远望起笔，由回忆往事收拢到眼前的池沼画阁，最后抒发怨情：回顾自己这种孤寂凄凉的身世处境，还不如落英飘零的桃花杏花，在青春快要凋谢之际还懂得嫁给春风，有所归宿，而自己却只能在形影相吊中百无聊赖地消耗着青春。

清人贺裳认为，贾人之妇欲嫁弄潮儿，少妇羡慕桃杏能嫁给东风，似乎都不合乎情理，但这些天真的怨恨语却曲折地表达了少妇无限的闲愁哀怨，感情真挚而深刻，虽无理却奇妙。

五代词人韦庄《思帝乡》：

春日游，杏花吹满头。

陌上谁家年少,足风流?

妾拟将身嫁与,一生休。

纵被无情弃,不能羞。

——这首小令体现出女子追求爱情的狂热大胆和义无反顾,使人感受到她的心像一泓秋水,明澈见底,又体会到这位姑娘的天真与纯情。这种对爱情的追求,当然与"理"相悖,但"情"的抒发却空谷足音,十分珍贵。贺裳称这首诗是"作决绝语而妙者"。

诗歌不能以"理"衡量,严羽说"诗有别趣,非关理也";汤显祖说"情有者理必无,理有者情必无";沈雄说"所谓无理而妙者,非深情者不辨"。在诗歌创作中,"无理"与"有情"常处于矛盾统一的两端。所谓"无理",是指与一般的生活情况以及思维逻辑不相吻合;所谓"妙",却是对这种真情描写的高度赞扬。请看下面两首唐代五绝:

不喜秦淮水,生憎江上船。

载儿夫婿去,经岁又经年。(刘采春《啰唝曲六首》)

——写夫婿外出,由秦淮乘船而去,经年不归。抒情女主人公思念丈夫心切,甚至对江水、江船怨恨不已。

打起黄莺儿,莫教枝上啼。

啼时惊妾梦,不得到辽西。(金昌绪《春怨》)

——写少妇想做个好梦,飞到辽西边远之地与从军的丈夫相会,但唯恐讨厌的莺啼会扰乱春梦。于是,首先排除环境干扰,把枝头上那无辜的黄莺给打跑了。

这两首短诗都深切地抒写了少妇的闺怨,但她们迁怒于江水、江船、黄莺,却是没有道理的。诗好就好在把少妇天真、执着又带着几分单纯幼稚的性格点染得活灵活现,使人感到其人如在目前。二诗皆"无理而妙",妙在风韵天成,充满动态的生活情味。

再如唐人李端的《鸣筝》:

鸣筝金粟柱,素手玉房前。

欲得周郎顾,时时误拂弦。

——写一位弹筝的少女故意把曲子弹错了,用这种反常的动作来博取自己属意的知音者之青睐。诗将"曲有误,周郎顾"这个典故用活了,清人徐增析曰:"手在弦上,意属听者。在赏音人之前,不欲见长,偏欲见短。见长则人审其音,见短则人见其意。(《而庵说唐诗》)"近人俞陛云析曰:"此诗能曲写女儿心事:银筝玉手,相映生辉,尚恐未当周郎之意,乃误拂冰弦,以其一顾。希宠取怜,大率类此。(《诗境浅说续编》)"这首小诗似乎违背了"曲罢曾教善才服"的情理,却写弹筝女子演奏中一再出错,而且是故意出错,但将其微妙的心理、一反常态的行为十分传神地曲曲写出,富有婉曲的妙趣。

"删繁就简三秋树,标新立异二月花。""无理而妙"的诗句往往摆脱了那种浅而直的通常之理,而体现出一种深而曲的奇情妙理,它往往给人以鲜活而新奇的感受,创造出一种令人惊奇的情境,促使读者在惊奇之余去思索和探寻其内在的深层意蕴。

第七讲　虚实相生

一、化虚为实

宋人范晞文《对床夜话》卷二引文："不以虚为虚,而以实为虚,化景物为情思。"此处所言之"虚",指思想感情;所言之"实",指景物形象。如果只在诗中写"虚",干巴巴地抒情,自然没有诗味;但如只写"实",堆砌景物,定然缺乏生气。因此虚实相生、情景交融是一种将某种心情加以物化来表达的手法。所谓将心情物化,就是将无形的抽象的心理状态,用有形的景物状态去加以表现。

譬如人内心的愁苦是一种内在的情绪反映,这种无形的心理活动如用诗歌来表达,诗人往往采用化虚为实的手法,把内心的愁苦加以"物化"。北朝诗人庾信《愁赋》:

> 攻许愁城终不破,荡许愁门终不开!
> 何物煮愁能得熟? 何物烧愁能得燃?
> 闭户欲推愁,愁终不肯去;
> 深藏欲避愁,愁已知人处。

——将"愁苦"比作城池城门,比作能煮能燃之物,写成推不走、躲不开的精灵。李清照有一首《武陵春·春晚》就是"化虚为实"来写愁苦的:

> 风住尘香花已尽,日晚倦梳头。
> 物是人非事事休,欲语泪先流。
> 闻说双溪春尚好,也拟泛轻舟。
> 只恐双溪舴艋舟,载不动许多愁。

愁本来是看不见摸不着的心理活动,这里成了车拉船载的货物。这种夸张的化虚为实,实在恰当。难以名状的无尽愁苦,仿佛就堆在了眼前。当时李清照处在国破家亡的困苦之中,北宋灭亡了,她逃难到了江南,心爱的丈夫死了,珍藏的金石文物也散失了,孤苦无依的她的愁,漫说舴艋舟,即使再大的船也载不动。

另外,诗人把愁苦比拟为一个有形的物体,例如:

(1)谁知一寸心,乃有万斛愁。(庾信《愁赋》)

(2)明夜扁舟去,和月载离愁。(辛弃疾《水调歌头·落日古城角》)

(3)梁园歌舞足风流,美酒如刀解断愁。(刘子翚《汴京纪事》)

(4)似把剪刀裁别恨,两人分得一般愁。(姚合《惜别》)

在以上诗例中,"愁苦"成了有形之物,就是"化虚为实"手法之体现。

诗人更多地是取譬设喻,通过新颖、奇妙的比喻来书写内心的各种愁苦,如杜甫《自京赴奉先县咏怀五百字》结尾"忧端齐终南,澒洞不可掇",用终南山比喻"忧端",突出诗人"穷年忧黎元"的真挚而深切的忧国忧民的深情。再如欧阳修《踏莎行》"离愁渐远渐无穷,迢迢不断如春水。"以"春水"比喻无穷无尽迢迢不断的离愁别绪。

有些诗句同时用两个以上的喻体去比喻"愁苦"的,这在修辞学上属于博喻手法。例如:

旧恨春江流不断,新恨云山千叠。(辛弃疾《念奴娇·书东流村壁》)

——辛词用滔滔春江与巍巍云山比喻新愁旧恨。

试问闲愁都几许?

一川烟草,满城风絮,梅子黄时雨。(贺铸《青玉案·凌波不过横塘路》)

——贺词以青烟碧草、风絮飘飞、梅雨连绵比喻愁苦之宽广无垠、纷繁杂乱、绵长不绝。

有些诗人写愁苦更翻进一层。你不是把愁苦比喻成落花吗,我偏偏说:"莫将愁绪比飞花,花有数,愁无数(朱敦儒《一落索》)";你不是说愁苦可以刀割剪裁吗,我偏偏说:"莫买宝剪刀,虚费千金直。我有心中愁,知君剪不得(白居易《啄木曲》)。"于翻转逆折中,使抒情更深一步。

内心愁苦深重的诗人在乘船远行时,写舟船满载着深重的离愁别恨,如:

无情汴水自东流,只载一船离恨向西州。(苏轼《虞美人》)

有的写舟船负载不起这种愁苦,如:

只恐双溪舴艋舟,载不动许多愁。(李清照《武陵春·春晚》)

由舟船载不动愁苦,发展到马驮不动,车载不下,如:

休问离愁轻重,向个马儿上驮也驮不动。(董解元《西厢记诸宫调》)

遍人间烦恼填胸臆,量这些大小车儿如何载得起!(王实甫《长亭送别》)

"愁苦"之深重竟然使马难驮,舟难载,车难装,抽象的意觉感受变成了可触可见的重物。这种"化虚为实"的艺术手法很值得深入探研总结。

二、即实寓虚

艺术表现美的途径是多种多样的,不可能是"自古华山一条路"。比如人物画,一般的画家都是从正面去描绘,但也有人乐于从人物的侧面去摹画,甚至还有人大胆地从人物的背影去勾勒形象,来表现人物的精神世界。唐朝名画家周昉就有一幅构思奇特的宫女图,画面上是一位正在伸懒腰的背面的美人。这位宫女的五官面容、表情神色在画面上都没有表现,但是欣赏者还是能从美人的背影上透视其内心的隐衷。宋朝苏轼有一首《续丽人行》诗,就是咏这幅画的,诗前有小序:"李仲谋家有周昉画背面欠伸内人极精,戏作此诗。"诗的前八句是:

深宫无人春日长,沉香亭北百花香。

美人睡起薄梳洗,燕舞莺啼空断肠。

画工欲画无穷意,前立东风初破睡。

若教回首却嫣然,阳城下蔡俱风靡。

苏东坡透过画面中背面而立的美人,体察出宫女失宠伤春的幽怨,并准确地把握住这幅画的美学趣味及作者的匠心。虽然美女并没有转过脸来,但"若教回首却嫣然,阳城下蔡俱风靡",欣赏者可以充分驰骋自己的想象,去设想这位美女的容貌。

山水画也是这样,聪明的画家往往是"意居笔先,妙在画外"。宋明画院中就有不少构思奇妙、即实寓虚的佳作。例如"野水无人渡,孤舟尽日横",不画空舟系于岸侧,而"画一舟人卧于船尾,横一孤笛,其意以为非无舟人,但无行人耳"。再如"竹锁桥边卖酒家",不画酒店,而画"桥上竹外挂一酒帘";"踏花归去马蹄香",不画花丛,而画"数只蝴蝶逐马后"。这些画面都避开了正面实写,而匠心独运地从某个最佳角度去安排格局,泼洒丹青。正面描摹,容易流于呆滞冗赘,即使笔笔写到,毫发不差,也费力难工;而即实寓虚,遗貌写神,却能以少总多,以虚涵实,神采飞扬,给欣赏者留有广阔的思索、回味、体验、想象的空间。

虚实结合是古典诗歌重要的艺术手法之一。所谓"实",是诗词中可以通过视觉、听觉等感觉捉摸到的部分;所谓"虚"则是指诗词中表现的存在于人的思想意识之中的部分。虚实结合,可以给人以无穷的想象和回味,也可以使诗人的感情表达得更深沉而充分。

汉乐府《陌上桑》写美女秦罗敷:

行者见罗敷,下担捋髭须。

少年见罗敷,脱帽著帩头。

耕者忘其犁,锄者忘其锄。

来归相怨怒,但坐观罗敷。

——通过罗敷之美在人们心弦上所激发起的反响,通过人们种种如痴如醉的反衬,从侧面去烘托,这样不直言罗敷之美,而其美自现。罗敷之"美"是一个总的概念,而其具体的情况(如面貌、身材、眉目、举止等)留待读者自己去联想。由于各个历史时代对于人体美的审美趣味不同,唐人喜胖,人们可能想象她如杨贵妃;清人好瘦,读者又可能联想到林黛玉;现代人也许会想到刘巧儿或蚕花姑娘……总之,秦罗敷之美,避实就虚,超越了时空的限制,取得了最佳效果。

《诗经·硕人》描写齐国公主庄姜的美貌:

手如柔荑,肤如凝脂,

领如蝤蛴,齿如瓠犀,螓首蛾眉,

巧笑倩兮,美目盼兮。

前五句连用六个比喻,十分具体地对庄姜身体的各部位作了形象的描摹,但因缺乏飞扬的神采和跃动的生命,犹如陈列在橱窗里的外形漂亮的人体模特,只是由各个标准的零件组装而成,外观虽美,但不能使人有动于衷。末两句"巧笑倩兮,美目盼兮"确是点睛之笔:那妩媚的嫣然一笑,那流动善睐的明眸,使人心喜和感动。

东晋大画家顾恺之有名言:"四体妍蚩,本无关于妙处,传神写照,正在阿堵中。""阿堵"意为"这个",在此处指眼睛。可见最能表现人物内在精神的重心就是描摹其眼神,即描绘动态的美。可见,蹩脚的正面描摹,只是追求形似,即使万象森列,纤毫毕现,但却神气索然。而聪明的艺术家从侧面用笔,即实寓虚,遗貌取神,以少胜多,使读者掩卷莞尔,有会于心。

扫码获取
☆配套音频
☆名家课程
☆读书笔记
☆交流社群

第八讲　诗穷后工与诗无达诂

一、诗穷后工

宋代文学家欧阳修在为其朋友梅圣俞的诗集所写的序言中,提出了"诗穷而后工"的观点,他说:

予闻世谓诗人少达而多穷,夫岂然哉? 盖世所传诗者,多出于古穷人之辞也。凡士之蕴其所有,而不得施于世者,多喜自放于山巅水涯之外,见虫鱼草木风云鸟兽之状类,往往探其奇怪;内有忧思感愤之郁积,其兴于怨刺,以道羁臣寡妇之所叹,而写人情之难言。盖愈穷则愈工。然而非诗之能穷人,殆穷者而后工也。

——这段话的大意是:人们常说诗人的仕途往往不顺利,以至穷困潦倒。历史上流传下来的诗作,大多是出于这些命运坎坷者之手。这些人内心都是抱负不得施展,往往寄情山水,借外界景物,利用比兴手法,抒写内心的忧愤。并不是写诗会使人处境穷困,而是命运坎坷多难却有利于创作出优秀的诗作。

确实是这样,经历了苦难,历经了磨难,体验了人生的跌宕起伏,品尽了人生的苦辣酸甜,看够了周遭的世态炎凉,灵感会像脱缰的野马,拦都拦不住;会像决堤的洪水,堵都堵不了,因为他已经与事和物产生了共鸣,不吐不快。这种灵感的产生,是内心深处尘封已久的冰层的松软,为什么说是冰层呢,因为如果是土层的松软可能会生出小草,长出萌芽,但冰层的松软和解冻是一发不可收拾的,笔下就会出现汹涌和奔腾状态,这样的作品想不好都难啊。与之相反,如果"为赋新词强说愁",那样出来的作品就会是干巴巴,形如嚼蜡,又如嚼过的甘蔗,索然无味。

"诗穷而后工"这种观点在中国文学史上是由来已久的。孔子"诗可以怨"则是这种观点的直接理论来源,战国屈原的"发愤以抒情"是它的先声。

司马迁《太史公自序》:

昔西伯拘羑里,演《周易》;孔子厄陈蔡,作《春秋》;屈原放逐,著《离骚》;

左丘失明,厥有《国语》;孙子膑脚,而论兵法;不韦迁蜀,世传《吕览》;韩非囚秦,《说难》《孤愤》;《诗》三百篇,大抵贤圣发愤之所为作也。此人皆意有所郁结,不得通其道也。

——司马迁认为:不幸遭遇是这些作者著书立说的动因,忧愤穷困反成为其事业成功的动力。

李白说:"正声何微茫,哀怨起骚人";

杜甫说:"文章憎命达,魑魅喜人过";

韩愈说:"大凡物不得其平则鸣。"

他们都指出,作家的穷愁与不幸可以成为创作的心理动力,促使他们创作出优秀的作品。明朝诗人瞿存斋写道:

自古文章厄命穷,聪明未必胜愚蒙;

笔端花与胸中锦,赚得相如四壁空。

辛弃疾《丑奴儿·书博山道中壁》:

少年不识愁滋味,爱上层楼。

爱上层楼,为赋新词强说愁。

而今识尽愁滋味,欲说还休。

欲说还休,却道天凉好个秋。

——这首词通过回顾少年时不知愁苦,衬托"而今"深深领略了愁苦的滋味。却又说不出道不出,写出两种截然不同的思想感情的变化。一句"而今识尽愁滋味"和"却道天凉好个秋",无限感慨蕴含其中。

韩愈说的"欢愉之辞难工,穷苦之言易好",是说欢愉之辞发之于志得意满的富贵悠闲,自然缺乏激情,往往失之于平淡凡庸;而穷苦之言,发之于忧愤怨恨,生自于羁旅草野,充盈着悲愤沉挚的气势,极易拨动读者的心弦。生活中所遭遇的挫伤忧患,常使诗人内心受到强烈的刺激,因而创作出深挚动人的诗篇。从中国文学史分析,屈原《离骚》、司马迁《史记》、蔡琰《悲愤诗》、杜甫《自京赴奉先县咏怀五百字》、李清照《声声慢》都是身遭困厄备尝穷愁的发奋之作。

"百凶成就苦吟身",只有当我们历经磨难,身经百凶,写出来的作品才能有滋味,才能接地气,与时代共鸣。当然"诗穷而后工"并非泛指所有人,而是指具有某种特殊才质的人,即具有文艺才质的作家。另外这样的诗人须有崇高的精神与执着的志向。他所抒发的悲愤不仅仅出于个人的不幸,而应当与时代、社会相沟通融和,才能产生震撼读者心灵的艺术力量。

翻开中国诗史,从屈原到陶渊明,从李白、杜甫到苏轼,从陆游、辛弃疾到夏完淳、秋瑾,诗人饱受痛苦的心灵孕育,产生了光华璀璨的诗歌精品。这些广为传诵的诗作,可以说是诗人们遭遇不幸、疾痛惨淡的人生记录,同时也是他们忧国忧民与时代脉搏一起跃动的那颗丹心的光彩折射。"诗穷而后工",揭示了诗人创作才能形成与发展的特殊规律,也是对古代诗人创作实践的一种客观概括,有必要进一步探讨。

二、诗无达诂

"诗无达诂",出于西汉董仲舒《春秋繁露·精华》,是说对于《诗经》作品中的词语,人们很难作出通达的解释。如果说诗歌作品是无法解释的,这话太绝对,当然是错误的;但是说对诗歌作品,人们会有不同的体会和理解,或者说用今天的语言很难对古典诗篇作出准确而透彻的解释,这种说法还是符合事实的。

诗歌词汇的多义性是"诗无达诂"的重要原因之一。例如《离骚》名句:

朝饮木兰之坠露兮,夕餐秋菊之落英。

"落英"一词何解?聚讼纷纭,迄今似无定论。通常解"落英"为坠落的菊花瓣儿,但据说秋菊是不落瓣的,于是有人把"落"解为"始",犹如筑室始成谓之"落成",因而把"落英"解为"初生之花"。多年前,吴小如先生提出新解:"落"有"遗""留"或"剩""余"之义,如隋代薛道衡《人日思归》诗句"人归落雁后"就是说人归留在雁归之后了;书画家"落款"实即"留款";因而"落英"可以解为"残余的英"。后世的读者对"落英"的这三种解释(坠落的、初生的、残余的),很难遽定其是非。从实质上讲,对于读赏者来说,不管这"秋菊之落英"是坠落的、初生的还是残留的,都无关宏旨,并不影响对诗作意境的总体把握。

我们要想深度赏析古诗词,或者说我们要想创作出好的诗歌诗词作品,需要掌握历史、文化、诗学、语法、修辞等方面的知识,掌握这些知识更有利于我们更好地读赏诗词作品,但并不是用这些知识来钻牛角尖,探其究竟。尤其应指出的是,绝不能用鉴宝、考古的心态去阅读鉴赏诗作。

请看李商隐的《锦瑟》:

锦瑟无端五十弦,一弦一柱思华年。

庄生晓梦迷蝴蝶,望帝春心托杜鹃。

沧海月明珠有泪,蓝田日暖玉生烟。

此情可待成追忆,只是当时已惘然。

这首诗受到历代读者的喜爱,但人们读后都莫晓其意。对其解说的分歧颇多,莫衷一是。古往今来,有人说它是李商隐怀念令狐楚家的一位侍女的,有人说它是咏锦瑟乐器的,有人说它是托兴以悼念亡妻的,有人说它是诗人自伤身世的,有人说它是自抒诗歌创作心得的,还有人说它是李商隐"伤玄宗而作",或是为令狐绹而作,等等。这些说法都缺乏十足的根据,都不过是猜测而已。尽管其中有的似乎比较接近情理,有的似乎不近情理,但确实无法定案;只能任从它们的存在,正所谓"姑妄言之,姑妄听之"。因而,有人风趣地说,《锦瑟》《锦瑟》,美如锦绣却晦涩,成为中国诗史上的"哥德巴赫猜想"。

《锦瑟》中间两联连绵用典:庄周梦蝶、望帝伤春、杜鹃啼血、鲛人泣珠、蓝田美玉等,融为一种迷惘、伤感、悲恻、遗憾、恍惚的情感氛围,形成一种梦幻般的朦胧美的意境。"一首锦瑟解人难",却告诉我们一个道理,读这种寄兴深婉的诗篇,只要感受到其独特的情调与诗语的芬芳就足以令人陶醉了,至于硬要字字坐实地去孜孜以求,则是胶柱鼓瑟了。

诗人在创作中有时尽力避免质直平淡,避免一览无余而用种种隐喻、象征,把所要抒发的情感内蕴包裹起来,让读者"横看成岭侧成峰",去自己体味理解。诗歌的语言只提供给读者一种意象组合,只隐约地指点情感的大约走向,但却给读者留下供想象生发和再创造的海阔天空。"诗无达诂"就反映了艺术鉴赏活动的客观规律。唤起读赏者艺术再创造能力,才是阅读鉴赏活动的真谛与归宿。

第九讲 简约与繁复

一、简约与含蓄

我国素有"诗国"之称,我们的祖先创作的诗歌精品已成为世界文学宝库中一颗璀璨的明珠。许多脍炙人口的古典诗词,至今仍拨动着人们的心弦,受到读者的钟爱。

有些青年读者说:"我们很喜欢读古代诗词,但感到难度太大。读古文,疏通了文字就可以大致读懂;但古诗的意境却难以把握。"的确,诗与文是有很大区别的。清人吴乔说:诗歌是酒,散文是饭。西方现代派诗人说:诗歌是舞蹈,散文是散步。这两种说法确有异曲同工之妙。诗歌是以高度凝练的艺术语言负载着深挚情感的有韵律的文学样式。它所抒发的感情比散文要更浓烈,更醇厚,讲究言简意赅,语近情遥,具有一种简约含蓄之美。

古典诗歌要求在限定的字数里,尽可能表达出丰富的内容,文字要求最大限度地向内浓缩,而涵蕴却应最大限度地向外延展。如贺知章《回乡偶书》:

少小离家老大回,乡音未改鬓毛衰;

儿童相见不相识,笑问客从何处来?

——写诗人回到阔别多年的故乡,心情自然是异常激动而浮想联翩的。当年离家,风华正茂;今日返归,鬓发稀疏。两相对照,突出背井离乡之久。后两句写"儿童笑问",语言平淡简约,但诗人无限感慨尽在不言之中:漂泊半生的悲凉、颓发苍颜的感喟、人事无常的慨叹、落叶归根的慰藉,都隐含在这弦外之音里。这就是此诗百读不厌、耐人寻味的原因。

贺知章《回乡偶书》这首诗,其实并不难懂,仅凭文字表面就能了解诗意的表象。但它的难度在于读者如何体会其深层意义。怎样透过表象去分析诗作所要表达的真正内容。诗是简约的,简简单单的一个画面,但怎样透过这个简单的画面去探知深层含义呢?这是阅读鉴赏的要点,也是难点。

有些篇幅短小的古诗,往往在寥寥数语中,包孕着无穷的意蕴,含而不

露,余味绵长。如元稹《行宫》:

> 寥落古行宫,宫花寂寞红。
>
> 白头宫女在,闲坐说玄宗。

——在古老的行宫里,寂寞的红花映衬着白头宫女。她们在春日无聊时,闲谈着开元、天宝年间的先皇旧事。这一幅黯淡凄凉的图画,意在言外,暗示出深长的沧桑盛衰之感。有人说,这寥寥二十字的五绝,抵得上元稹的七言歌行、长歌名作《连昌宫词》。

读这首诗,一下子就能让人感觉到古行宫的繁华早已不复存在,留下的是一片荒凉冷落的景象,宫中虽然春花盛开但也难以掩饰氛围的寂寥,幸存的几个满头白发的老宫女,闲来无事,坐在一起谈论着玄宗的旧事。这个场景会让读者不知不觉联想玄宗时代,从"开元"鼎盛,到物华"天宝",以及玄宗与杨妃的爱情故事,再到"安史之乱"的危机重重。一首寥寥二十字的小诗,竟然蕴含着如此厚重的历史沧桑!

古代送别诗多不可数,笔者最喜欢李白《黄鹤楼送孟浩然之广陵》:

> 故人西辞黄鹤楼,烟花三月下扬州。
>
> 孤帆远影碧空尽,唯见长江天际流。

最后两句,写诗人把朋友送上船,目送其扬帆远去,一直望到帆影模糊,消逝在碧空的尽头。这时,诗人才把目光从远眺凝眸中收拢回来,看到的是一江春水向东流去——浩荡的江水与诗人起伏跃动的心潮融合在一起,把缱绻的情意熔铸在对眼前景物的点染之中。透过字面,开掘一步,我们会领悟到,诗人不直言离思萦怀,但深长的别意却是悠然不尽的。

由于追求简约含蓄之美,诗歌作品在文字之外留有许多空白之处,犹如峰峦之间的壑谷,远望群山的游客往往是看不到的。所谓诗歌鉴赏,就是要披文入情,含英咀华,反复吟味,用艺术再创造去填补空白,垫平壑谷,真切而深刻地领略诗作的意境之美。

诗和画都讲究留白,因为只有留白才能激发观赏者无穷的艺术想象。几年前,笔者和几位画家、书法家同去山里采风。画家顾老师看到树上尚未成熟的毛栗,就画了一幅"毛栗图",画面留了很大的一片空白。笔者即兴写了一首七言绝句《毛栗》:

不与群芳争沃土,单披御赐碧裘裳。

中秋静沐柔情月,紫玉相嵌映宝光。

同行的书法家王老师,立即把这首诗题写在画面空白处,形成诗书画三者的契合,大家都感到十分惬意。

读者在读赏古典诗词时,应静心凝想,在吟诵时,脑中要浮现出诗作所呈现的场景,要善于开动脑筋进行分析比较,应尽力透过字面表象向内在的意境去开掘。诗以简约含蓄为贵,这是古典诗学的重要理论之一,也是诗歌鉴赏和审美体验对诗歌创作提出的要求。读者在鉴赏中,应细心品味,展开艺术联想,举一反三。

古诗读赏,要突出"品味"二字。所谓品味,即审美,就是对作品的内容意境加以揣摩想象、体验回味、咀嚼玩赏、凝思默悟,即从不同作品的美感作用中,品味其意境之美,辨析其成就的高下。我们读诗时要了解创作背景,将作者心与自己心相碰撞,有了共同的情感、共同的语言,就能够感同身受了。当然,鉴赏能力的提高,有一个渐进的过程,随着阅读的深入和眼界的开阔,我们就会径达诗门,终究是能够登堂入室的。

二、简约与精炼

诗歌语言最讲求简约精炼,如果对同一题材、同一意趣的两首诗作进行对比分析,其结果往往是篇幅短小、语言简洁的取胜。请看两首唐诗:

《和赠远》独孤及

忆得去年春风至,中庭桃李映琐窗。

美人挟瑟对芳树,玉颜亭亭与花双。

今年新花如旧时,去年美人不在兹。

借问离居恨深浅,只应独有庭花知。

《题都城南庄》崔护

去年今日此门中,人面桃花相映红。

人面不知何处去,桃花依旧笑春风。

这两首诗作的内容大致相同。独孤及是唐玄宗天宝年间的进士,崔护是唐德宗贞元年间的进士,两人年龄差了四十多年,从时间上看,崔诗有可能是对独孤及诗的改作。至于孟棨《本事诗》所载关于崔护此诗颇具传奇小说色彩的"本事"恐怕是后人敷演的。崔诗仅四句,但从意境上远胜独孤及的八句。

再举唐代著名诗人同题材相对照的一组例证。

第一首是白居易的《板桥路》:

梁苑城西二十里,一渠春水柳千条。

若为此路今重过,十五年前旧板桥。

曾共玉颜桥上别,不知消息到今朝。

第二首是刘禹锡的《柳枝词》:

清江一曲柳千条,二十年前旧板桥。

曾与美人桥上别,恨无消息到今朝。

——刘禹锡将友人白居易诗作《板桥路》删削两句,改写为《柳枝词》。两诗对读,便觉后者精彩感人。正如明人谢榛《四溟诗话》所言:"长篇约为短章,涵蓄有味;短章化为大篇,敷衍露骨。"四句胜过六句,可见简约是诗美的主要标志之一。

三、以繁复达意

诗贵简约,但也不能一概而论。有时为了表达的需要,又非繁复不足以达意。例如《木兰诗》:

唧唧复唧唧,木兰当户织。

不闻机杼声,唯闻女叹息。

问女何所思,问女何所忆。

女亦无所思,女亦无所忆。

——后四句是双问双答,不避繁复。

东市买骏马,西市买鞍鞯,

南市买辔头,北市买长鞭。

——连用四句排比,极写战事之紧迫,渲染了急如星火的氛围。这种繁复笔法似与简约相悖,但谢榛《四溟诗话》言:"若一言了问答,一市买长鞭,则简而无味,殆非乐府家数。"当然,这与诗歌体裁有关,律诗、绝句不能容纳繁复笔法,但在乐府民歌和古体诗、七言歌行里,却适合铺张扬厉、排比夸饰等繁复的表现手法。

《木兰诗》描述木兰十年征战只用六句篇幅:

万里赴戎机,关山度若飞。

朔气传金柝,寒光照铁衣。

将军百战死,壮士十年归。

——笔墨异常精炼。但写木兰复员还家却浓墨重彩,不厌其详:

爷娘闻女来,出郭相扶将。

阿姊闻妹来,当户理红妆。

小弟闻姊来,磨刀霍霍向猪羊。

开我东阁门,坐我西阁床。

脱我战时袍,著我旧时裳。

——这种铺张排比,渲染家族欢聚的热烈气氛,旨在反映民众对和平生活的热切盼望。正如明人瞿佑《归田诗话》所言:"乐天长恨歌凡一百二十句,读者不厌其长;元微之行宫诗才四句,读者不厌其短,文章之妙也!"

第十讲　情趣与理趣

明朝人胡应麟《诗薮》评价时代精神和文学作品之间的关系,他说,盛唐句如"海日生残夜,江春入旧年",中唐句如"风兼残雪起,河带断冰流",晚唐句如"鸡声茅店月,人迹板桥霜",这三句诗皆形容景物,妙绝千古,但是,"盛、中、晚界限斩然"。就是说盛唐、中唐、晚唐所蕴含的时代精神是不一样的。胡应麟导出一个结论:"故知文章关气运,非人力。"就是说不同的时代有不同的精神格调,这是作家自身能力所不能左右的,它必然会打上时代烙印。连唐朝盛、中、晚三代尚且如此,那么唐诗和宋诗的时代精神和艺术倾向的区别就更大了!

就总体而言,唐诗重情趣。唐代诗人用热烈的激情来感受生活,并将其写入诗中。因此,我们读唐诗会得到振奋,得到激发。有个比喻说,读唐诗如饮美酒,让人热烈兴奋;而宋诗是重理趣,给人不是陶醉,而是启迪。因此读宋诗,如品茗茶。"品"是三个"口"字,就是说把一杯茶分成三口喝,余香满颊,愈品愈觉得余味无穷,口齿留香。

唐人贺知章《咏柳》:

碧玉妆成一树高,万条垂下绿丝绦。

不知细叶谁裁出,二月春风似剪刀。

——写春天的柳树,枝条下垂,缀满碧玉。所谓丝绦,就是旗子下边挂下来的穗儿。碧绿是生命的本色,春天到来时,大地回暖,万物复苏,柳树随着春风上下翻飞。柳树枝条上那些细细整齐的树叶,是谁剪裁出来的呢?是二月春风剪裁出来的,是大自然的杰作。这首诗写得层次井然,从总体写到局部。表面是咏柳,但实际上是颂扬春风。把绿柳写得如此美好,就引发人们的想象:这美好的绿柳是谁带来的? 是春风带来的。但风是无形体的,清代诗作:"柳枝西出叶向东,此非画柳实画风。风无本质不上笔,巧借柳枝相形容。"读初唐大诗人贺知章这首咏柳诗,读者受到感染,会产生一种激情——春天多么美好啊!

再读一首《咏柳》,同样是七言绝句,同样是咏柳,可是到了宋代诗人曾巩的笔下,就大不相同了。曾巩,唐宋散文八大家之一。八大家中唐朝有两家:韩愈和柳宗元。然后是宋朝的欧阳修、王安石、苏洵、苏轼、苏辙,最后就是曾巩。曾巩的咏柳诗是这样:

乱条犹未变初黄,倚得春风势便狂。

解把飞花蒙日月,不知天地有清霜。

春天到了,柳条还是冬天那样乱七八糟,没有改变它最初的鹅黄色。如果我们细心观察——春天到来时,柳树并不是一下子变绿的:柳枝上先是长出小芽苞,鹅黄色的。这芽苞张开以后,绿叶就出来。第二句说柳条依仗着春风,疯狂地飘舞起来,狂到什么程度呢?"解把飞花蒙日月","飞花"是什么?是柳絮,它想把柳絮吹起来,把太阳和月亮都遮挡起来。诗人说:你不要猖狂得太早了,天地之间还有清霜,等到秋风一起,清霜一降,你就黄叶飘零,你就完了。"不知",就是知不知?是反诘,更有力。这首诗写的是什么?它写的是一种人,是在人类社会中感悟到的某种哲理。这种人就是《红楼梦》中写的"子系中山狼,得志便猖狂"的小人形象。作者把这种卑鄙小人,用"柳"作为物化外露的形象来表现出来。所以它给人的印象,一点儿不可爱,而是令人可恶、可憎。同时,给人以启迪。我们用这两首诗从总体上说明唐诗和宋诗的差别,就在于情趣和理趣的区别。

那么是不是唐诗都只重情趣,而不重理趣呢?这也不是。例如王之涣《登鹳雀楼》:"白日依山尽,黄河入海流。欲穷千里目,更上一层楼。"最后两句谈的也是哲理。

再如杜甫的《望岳》:

岱宗夫如何?齐鲁青未了。

造化钟神秀,阴阳割昏晓。

荡胸生层云,决眦入归鸟。

会当凌绝顶,一览众山小。

——最后两句,不就是哲理吗?

还有刘禹锡的《酬乐天扬州初逢席上见赠》:

怀旧空吟闻笛赋,到乡翻似烂柯人。

沉舟侧畔千帆过,病树前头万木春。

——这不也是哲理？

但与宋诗相比，唐诗在作品中的议论和哲理是零星的、局部的，远未形成一种时代风气。但宋诗的特点最主要的就是议论化和散文化，"以文为诗"。在唐代，个别诗人如韩愈等已开其端，但因之蔚为一代诗风者则自欧阳修、梅尧臣等人始，至王安石、苏轼、黄庭坚而达到极致。由"以文为诗"到"以议论为诗"，宋诗这一风格特征，有其深刻的时代根源。北宋时期，政治改革和随之出现的朋党之争，从庆历新政到王安石变法，一直是知识分子关心的主要问题。终南宋之世，主战和主和，又将朝野士人分成旗帜鲜明的两大派。绝大多数诗人具有官僚和知识分子双重身份，"开口揽时事，论议争煌煌"，是这批人的共同特征。

与宋诗议论化相关的还有另一个特点：理趣。所谓理趣，指寄寓在诗歌形象中的人生哲理。宋诗理趣形成的文化根源主要不是理学，而是佛门的禅机。

宋代诗歌重理趣，注重情趣和理趣的结合。

苏轼写庐山：

横看成岭侧成峰，远近高低各不同。

不识庐山真面目，只缘身在此山中。

——说的是当局者迷，旁观者清。

苏轼写西湖：

水光潋滟晴方好，山色空濛雨亦奇。

欲把西湖比西子，淡妆浓抹总相宜。

——是说一个人的内质要好，譬如像西湖很美，晴朗时有明朗的美，下雨时候有朦胧的美。一个女子很漂亮，淡扫蛾眉很美，浓施粉黛也很美。

苏轼的《琴诗》：

若言琴上有琴声，放在匣中何不鸣？

若言声在指头上，何不于君指上听？

——是说优美动听的音乐，必须有两个条件：一个是客观上，要有一把好琴；一个是主观上，要有高超的弹奏技艺。有了这两个条件，才能弹奏出悦耳的乐曲。诗作说的是生活道理，但却理趣盎然。

苏轼在乌台诗案后,慨于自身遭遇,在黄州贬所写的一首《洗儿诗》:

人皆养子望聪明,我被聪明误一生。

惟愿孩儿愚且鲁,无灾无难到公卿。

清人查慎行评曰:"诗中有玩世疾俗之意。"苏轼借为孩子过满月之机,把讽刺矛头直指当朝衮衮诸公,读来令人粲然。

过了五百年,诗人钱谦益有感于明末官场之丑态,写了一首《反东坡洗儿诗己巳九月九日》,大唱翻案之调:

坡公养子怕聪明,我为痴呆误一生。

还愿生儿猥且巧,钻天蓦地到公卿。

东坡诗言自己为聪明所误,终生坎坷,故愿孩儿愚鲁笨拙,以平步青云。钱谦益谓自己被痴呆所误,屡遭灾祸,故愿孩儿狷急奸巧,以春风得意。二者皆为借题发挥的愤激之语,是微型的《刺世疾邪赋》。表面上看,二诗观点相反,但细品深究,二者精髓却完全一致。如"照花前后镜",遂使官场群丑之嘴脸纤毫毕现矣!

正如缪钺先生《论宋诗》所言:"唐诗以韵胜,故浑雅,而贵酝藉空灵;宋诗以意胜,故精能,而贵深折透辟。唐诗之美在情辞,故丰腴;宋诗之美在气骨,故瘦劲。唐诗如芍药海棠,秾华繁采;宋诗如寒梅秋菊,幽韵冷香。唐诗如啖荔枝,一颗入口,则甘芳盈颊;宋诗如食橄榄,初觉生涩,而回味隽永。"——这就是对唐诗重情趣与宋诗重理趣之时代分野的艺术化概括。风格是由人的性情决定的,相同的朝代里,也会出现不同风格的作品。王国维在《人间词话》里称唐诗、宋词,是以朝代区分盛行的文体,唐以诗胜,宋以词胜。

钱锺书先生称唐诗、宋诗是以风格区别的,他在《宋诗选注序》里讲得很透彻。宋代诗论家严羽说:宋人"尚理",唐人"尚意兴"。就是说诗"尚理"者近宋,"尚意兴"者近唐。说"唐诗多以丰神情韵擅长,宋诗多以筋骨思理见胜",也是一个大致的概括。比如杜甫、韩愈,都是唐代大诗人,而他们的作品却为宋调开了路。像杜甫的《又呈吴郎》:

堂前扑枣任西邻,无食无儿一妇人。

不为困穷宁有此,只缘恐惧转须亲。

即防远客虽多事,便插疏篱却甚真。

已诉征求贫到骨,正思戎马泪盈巾!

这首诗中间两联:"不为困穷宁有此,只缘恐惧转须亲。即防远客虽多事,便插疏篱却甚真。"循循善诱地说道理、发议论,不正是开宋诗说理的先河吗?

宋人诗作而有唐音者,这里列举张耒、赵师秀的诗作,可以看出他们的风格。如张耒的七绝《初见嵩山》:

年来鞍马困尘埃,赖有青山豁我怀。

日暮北风吹雨去,数峰清瘦出云来。

——潇洒自如,情景交融,其丰神情韵与唐诗相类。

又如赵师秀的七绝《约客》:

黄梅时节家家雨,青草池塘处处蛙。

有约不来过夜半,闲敲棋子落灯花。

——其诗写景抒情之亲切,风格之清新圆润,宛如出自唐人之手。

唐宋诗歌的艺术分野很明显,但这是从宏观上的概而言之,并非楚河汉界壁垒森严。具体到微观的作家作品,你中有我、我中有你,亦属正常。总而言之,唐体和宋调,情趣和理趣,并无高下优劣之分,只是两种不同的风格,不同的艺术手法罢了。而风格之别,本于性情;而性情也并非一成不变,创作风格也会随之变化的。

第十一讲　对面写来

所谓"对面写来",就是诗人在抒发对远方亲友深挚的思念之情时,别出心裁地变换了描写的角度,避开了直接明显地写自己之思,却去描摹所思之人正在热切地思念自己。这种描写想象中的对方对自己的思念的表现方式,比那些单纯写自己本身的思念更翻进了一层,化直而显,委婉而深,辞情凄婉荡动,笔法曲折空灵,颇具艺术感染力。

"对面写来"手法在《诗经》中已肇其端,如《豳风·东山》:

鹳鸣于垤,妇叹于室;

洒扫穹窒,我征聿至。

写久戍征战的一名士兵在返家途中渴望见到亲人的思绪。第三章集中写他对故乡妻子的思念,却将笔墨转写妻子对他的思念。在这位士兵的幻觉中,仿佛看到了妻子此刻正在焦灼地思念着自己的情景——鹳鹤在家门口的土堆上鸣叫,妻子却在屋里长吁短叹、焦躁不安。抒情主人公从内心发出呼唤——快把屋子拾掇好,打扫干净,我很快就要到家了! 对面写来的艺术手法体现出诗人(或抒情主人公)思忆亲友的心理轨迹。这种生活际遇、心理感受既是典型的又带有普遍性,因此很容易拨动读者的心弦,引起强烈的共鸣。

唐代李商隐的《夜雨寄北》:

问君归期未有期,巴山夜雨涨秋池。

何当共剪西窗烛,却话巴山夜雨时。

明明是他想家了,他却在诗中写"你问我什么时候回家啊,我回家的日期可定不下来,巴山的雨太大了,河水挡住了回家的路,什么时候我能回家了,我们俩坐在西窗下共剪烛花的时候,再跟你说当下这巴山夜雨时的所感所思吧。……"

唐人王维《九月九日忆山东兄弟》:

独在异乡为异客,每逢佳节倍思亲。

遥知兄弟登高处,遍插茱萸少一人。

诗的高明之处,在于第三、四两句。诗人设想:今天是重阳佳节,远在故乡的兄弟们在登高遍插茱萸时,必然会因"少一人"而惆怅吧,一定会惦记着"远在异乡为异客"的自己吧。从对方落笔,从此处遥想彼地,以对方之思映衬自己之思,更显情致婉曲,深邃动人。

诗歌一般常用浪漫主义表现手法,此地的实写与对远方的想象交替,"对面写来"就体现这一点。通过遥想揣度远方亲人的情感或表现,来寄托显现自己的感受与心境,就极大加深诗词的艺术表现力。这种手法在唐诗中较为多见,下面进行分析:

第一首 韦应物《寒食寄京师诸弟》:

雨中禁火空斋冷,江上流莺独坐听。

把酒看花想诸弟,杜陵寒食草青青。

——雨中的寒食节更显得寒冷,我独自坐听江上黄莺的鸣叫。端起酒杯赏花时,又想起了远在京都长安老家的几个弟弟。在寒食时,杜陵一带已是野草青青了。

第二首 罗邺《雁二首》之一:

暮天新雁起汀洲,红蓼花开水国愁。

想得故园今夜月,几人相忆在江楼?

"新雁"即征雁,秋色浓而雁南飞,是候鸟的本能,但却激起诗人心中的涟漪。征雁、蓼花、水渚、沙洲、暮天、秋色,在水国秋日的暝色中,羁旅异乡的游子自然产生乡情乡愁。诗作前两句的景语,却蕴含着丰富的情语,为后两句的抒情做好了铺垫。"想得故园今夜月,几人相忆在江楼",不写自己闻雁思亲,却言亲人当此月夜于江楼相聚时思念自己。清人刘熙载云:"绝句取径贵深曲,盖意不可尽,以不尽尽之,正面不写,写反面;本面不写,写对面、旁面,须知睹影知竿乃妙。"这首《雁》诗,写景清丽,抒情深婉,意象的暗示性强烈,将淹留无成,潦倒迟暮之人那种异乡思亲之情表现得十分真切。

第三首 白居易《邯郸冬至夜思家》:

邯郸驿里逢冬至,抱膝灯前影伴身。

想得家中夜深坐,还应说着远行人。

前两句纪实,侧面写"思家":在客中度节,已植"思家"之根。在唐代,冬至这个日子，人们本应在家中和亲人一起欢度。但是如今作者在邯郸客店里碰上这个节日，不知如何是好。第二句，写作者在邯郸客栈里过节的情景。"抱膝"二字，活画出枯坐的神态。"灯前"二字，既烘染环境，又点出"夜"，托出"影"。一个"伴"字，把"身"与"影"联系起来，并赋予"影"以人的感情。只有抱膝枯坐的影子陪伴着抱膝枯坐的身子，作者的孤寂之感，思家之情，已溢于言表。

"想得家中夜深坐，还应说着远行人。"运用想象，正面写"思家"。后两句笔锋一转，来个曲笔，不直接写自己如何思家，而是想象家人冬至夜深时分，家人还围坐在灯前，谈论着自己这个远行之人，以此来表现"思家"，使这种思乡之情扩大化，真实感人。其感人之处是，他在思家之时想象出来的那幅情景，却是家里人如何想念自己。这个冬至佳节，由于自己离家远行，所以家里人一定也过得很不愉快。当自己抱膝灯前，想念家人，直想到深夜的时候，家里人大约同样还没有睡，坐在灯前，"说着远行人"。有过类似经历的人，都可以根据自己的生活体验，想得很多。《邯郸冬至夜思家》没有精工华美的辞藻，没有奇特新颖的想象，只是用叙述的语气来描绘远客的怀亲之情。其佳处，一是以直率质朴的语言，道出了人们常有的一种生活体验，感情真挚动人。二是构思精巧别致，首先，诗中无一"思"字，只平平叙来，却处处含着"思"情；其次，写自己思家，却从对面着笔。

出游独处之人在寒食节，会想到诸弟在故乡联袂出游的踏青之乐；羁旅客居之人在月光朗照之下，会想到故园亲友们也在惦念着自己；天涯游子在冬至之夜，会想到此时此刻家人也会念叨着自己。这种内心感受是人之常情，常令具有同样经历的读者与之共鸣。这种手法还有一个说法叫"反衬思念"，用衬托的手法，用亲人对自己的思念，反衬出自己对亲人深切的思念。

有些诗人把同一时间而处在异地的亲友之间互相忆念的意象并列摆出，创构出相映相生的艺术画面，如王建《行见月》：

月初生，居人见月一月行。

行行一年十二月，强半马上看圆缺。

百年欢乐能几何，在家见少行见多。

不缘衣食相驱遣，此身谁愿长奔波。

篑中有帛仓有粟,岂向天涯走碌碌。

家人见月望我归,正是道上思家时。

"家人见月望我归,正是道上思家时。"诗人见月思家,却悬想家人月下凝眸,心系行人,从侧面渲染本身思乡之情,然后再正面抒发思家心绪。若无这一侧面烘托,结句就索然无味。有此烘托,则再次以明月将两地亲人绾合一处,与开端呼应紧密,情思委婉,余韵不绝。

白居易《江楼月》:

嘉陵江曲曲江池,明月虽同人别离。

一宵光景潜相忆,两地阴晴远不知。

谁料江边怀我夜,正当池畔望君时。

今朝共语方同悔,不解多情先寄诗。

这是白居易给元稹的一首赠答诗。译文为:谁能料到元稹你在嘉陵江边思念我的那个夜晚,也正是我在曲江池畔想着你的时候。"谁料江边怀我夜,正当池畔望君时",表现出白居易和元稹推心置腹的情谊。以"谁料"冠全联,言懊恼之意,进一层表现出体贴入微的感情:若知如此,就该早寄诗抒怀,免得尝望月幽思之苦。"今朝共语方同悔,不解多情先寄诗。"以"今朝""方"表示悔寄诗之迟,暗写思念时间之长,"共语"和"同悔"又表示出双方思念的情思是一样的深沉。

在中天一轮明月的辉映下,双方相思相忆之情同样深挚。诗人神驰千里,把相隔天涯的双方思忆之情状组合在同一意象的画面之中。虽然关山迢递,空间迥远,但对方相忆的神态却近在咫尺,如在目前。

杜甫名作《月夜》:

今夜鄜州月,闺中只独看。

——诗人设想在今夜明月的照耀下,远在鄜州的妻子可能又失眠了,她正凭栏望月,思念牵挂着羁留长安、音讯杳然的自己。妻子那"香雾云鬟湿,清辉玉臂寒"的形象栩栩如生,呼之欲出。诗人望月思家,却写妻子见月思己;明明是长安之月,却写"今夜鄜州月",这种"对面写来"的高妙手法为许多诗评家所称道。

宋代词坛,"对面写来"更为当行本色。如欧阳修《踏莎行·候馆梅残》:

寸寸柔肠,盈盈粉泪,楼高莫近危阑倚。

天涯游子在行色匆匆的征途上,却从对方着想落笔,推想到居家妻子此刻必定是登楼望远,感伤惆怅而柔肠寸断、玉箸双流的。然后,又荡开一笔,内心中关切地劝慰妻子:别再登楼凭栏远眺了吧,那样只会"凝眸处,从今又添、一段新愁"!这种手法把游子思妇之间缠绵缱绻的伉俪之情烘托得浓烈深沉。

运用这种"对面写来"的手法去描摹"一种相思,两处闲愁",把抽象的思念之情化为具体可感的艺术形象,就更加生动感人。另外,不直言个人之思,而通过摹写想象之中对方对自己的思念,则更婉约含蓄,耐人寻味。

扫码获取
☆配套音频
☆名家课程
☆读书笔记
☆交流社群

第二编　诗歌修辞

第十二讲　比喻二柄与多边

一、喻之二柄

"喻之二柄"是钱锺书先生在《管锥编》中提出来的,这一创说是钱氏对汉语修辞学的一大贡献。钱锺书指出:

> 同此事物,援为比喻,或以褒,或以贬,或示喜,或示恶,词气迥异;修词之学,丞宜拈示。斯多噶派哲人尝曰:"万物各有二柄",人手当择所执。剌取其意,合采慎到、韩非"二柄"之称,卿明吾旨,命之"比喻之两柄"可也。

"柄"的本义是指器物的把柄,后以比喻权力,如"权柄""国柄""柄臣"等,慎到、韩非论述的"二柄"是指统治者处理政务时操执赏罚的两种权柄。钱先生刺取"刑"与"德"为"比喻二柄"之理,是从同一个喻体可以具有褒贬好恶迥然不同的感情色彩这一特点来取义命名的,旨在强调比喻修辞的灵活运用。

古罗马斯多噶派哲学家所指出的"万物各有两柄",强调客观事物具有正反两方面的属性。这与美学理论中自然物的"美丑二重性"之说是相吻合的。相当多的自然物同时兼有美与丑两种相对立的审美素质。如同一只老虎,既可以视为美的对象来观赏称道,也可以作为丑的对象来看待鞭挞。"生龙活虎""虎踞龙盘""龙腾虎跃"等是褒扬性的比喻,而"吏狼官虎""为虎作伥""虎兕出柙""苛政猛于虎"等却是贬斥性的比喻。又如桃花,取其艳丽的色彩,可以成为美的对象,"桃之夭夭,灼灼其华"令人联想到美丽的新嫁娘;

若只注重桃花易开易落的特点,又与轻薄无情相联系,"轻薄桃花逐水流"这个比喻又令人联想到轻佻风流的女子。

请对照以下两首写牡丹的绝句:

庭前芍药妖无格,池上芙蕖净少情;

唯有牡丹真国色,花开时节动京城。(刘禹锡《赏牡丹》)

枣花至小能成实,桑叶虽柔解吐丝;

堪笑牡丹如斗大,不成一事又空枝。(王溥《咏牡丹》)

前者以芍药、芙蕖为陪衬,赞颂牡丹"国色天香";后者以枣花、桑叶为陪衬,讥讽牡丹"华而不实"。二诗同咏一物,一褒一贬,但皆命意精妙,喻义深长,且各言之成理,均有令人首肯之处。后者着眼于经济学,注重经济实效,不能说没有道理,但从美学鉴赏来说,牡丹属于观赏植物,拿它和枣树、桑树等经济作物对比,是不合适的。因此,王溥的诗作远不及刘禹锡《赏牡丹》流传久远。

自然物的美丑二重性是自然美的一种特殊的审美特征。客观事物具有正反两方面的属性,人的感情也有两极变化,因而在取象拟喻时,必然带有强烈的主观色彩。譬如唐人皮日休有一首《咏螃蟹呈浙西从事》的诗:

未游沧海早知名,有骨还从肉上生。

莫道无心畏雷电,海龙王处也横行!

——后两句"莫道无心畏雷电,海龙王处也横行",对横行的螃蟹唱出了赞歌。

明代京师流传着百姓们诅咒奸佞的两句诗:

尝将冷眼观螃蟹,看你横行得几时?

——这里横行的螃蟹喻指恶贯满盈的大奸臣严嵩。

在汉文化心理中,"横行"这个词也具有褒贬相异的"二柄":

(1)愿得十万众,横行匈奴中。(《史记·季布传》)

(2)男儿本自重横行,天子非常赐颜色。(高适《燕歌行》)

(3)骁腾有如此,万里可横行。(杜甫《房兵曹胡马诗》)

——这些"横行"者都是(或喻指)纵横驰骋的猛士,具有英勇无畏的霸气和豪情。而"横行霸道""横行乡里""横行无忌"这些词语的所指,却是胡作非为的豪权奸党,或是得志便猖狂的卑鄙小人。

二、喻之多边

对于"喻之多边",钱锺书先生指出:

> 比喻有两柄而复具多边。盖事物一而已,然非一性一能,遂不限于一功一效。取譬者用心或别,着眼因殊,指同而旨则异;故一事物之象可以子立应多,守常处变。(见《管锥编》第一册,第37页)

这就是说,同一事物,由于它的性能和作用不是单一的,加之用以比喻的人着眼点不同,目的不同,所以能用这同一事物构成性质不同的多种比喻。这与美学理论关于"自然美的多面性"的观点是契合的。自然物有多方面的属性,自然物与人的社会生活存在着广泛而复杂的联系,因此自然物的美在一定条件下,在与人类社会生活的特定联系中,会得到不同侧重的显示。譬如蝴蝶,它的斑斓的色彩,翩翩的舞姿以及对鲜花的依恋等不同的侧面,与人的社会生活构成不同的关系,表现出这样或那样的审美属性。如下列带有比喻性质的习用语,"身轻如蝶""蝶粉蜂黄""蜂媒蝶使""招蜂惹蝶""蝶恋花"等都是在取象拟喻时,依表达旨意而任取"蝶"的多样审美属性的一边为相似点。下面我们列举以"水"为喻体的"喻之多边"的例子:

比喻友谊清淡纯净的——君子之交淡如水。(庄子)

比喻爱情缠绵交融的——柔情似水,佳期如梦。(秦观)

比喻长夜深邃悠长的——遥夜沉沉如水,风紧驿亭深闭。(秦观)

比喻人心水平无倾的——长恨人心不如水,等闲平地起波澜。(刘禹锡)

比喻眼睛晶莹明澈的——望穿他盈盈秋水,蹙损他淡淡春山。(王实甫)

比喻月光清冷洁白的——吟罢低眉无写处,月光如水照缁衣。(鲁迅)

比喻天空蔚蓝明净的——一声声送一声悲,云淡碧天如水。(佚名)

比喻席纹起伏荡漾的——扫地焚香闭阁眠,簟纹如水帐如烟。(苏轼)

比喻列队奔腾流淌的——铁骑无声望似水,想关河,雁门西,青海际。(陆游)

比喻愁苦源远流长的——问君能有几多愁？恰似一江春水向东流。（李煜）

"水"这个喻体竟能生发出如此多的比喻来。"阿里山的姑娘美如水""水性杨花"，都用水形容女子，二者一褒一贬，迥然不同。

——一物之体可做面面观，立喻者可从喻体的多边特点中各取所需，每举其一而不及其余。毛泽东主席在诗词创作的用喻上是一位茹古涵今的大家，我们举两个例子：

六月天兵征腐恶，万丈长缨要把鲲鹏缚。（《蝶恋花·从汀州向长沙》）

——在这里，"鲲鹏"比喻腐朽但又拥有庞大力量的反动势力，呈贬义，取鲲鹏体态巨大的一边为喻。

鲲鹏展翅，九万里，翻动扶摇羊角。（《念奴娇·鸟儿问答》）

——在这里，"鲲鹏"比喻壮志凌云的革命力量，呈褒义，取鲲鹏高飞远骞的一边为喻。

这两个诗例，都用"鲲鹏"作为比喻的喻体，一褒一贬，属于典型的喻之二柄。前者取鲲鹏体态巨大的一边为喻，后者取鲲鹏高飞远骞的一边为喻，又是喻之多边的典型体现。

第十三讲　疑喻与博喻

一、诗词的"疑喻"

一个完整的比喻句通常由本体、喻体和喻词这三个部分组成。常见的喻词,除了"如、似、若、像、犹、譬、类、比"之外,还有"是、作、成、即"等。本文拟以语言精练的古典诗歌作品为例,进行论证阐发。例如:

(1)诸峰罗立如儿孙。(杜甫《望岳》)——比喻词"如"

(2)闻道长安似弈棋。(杜甫《秋兴》)——比喻词"似"

(3)白马将军若雷电。(杜甫《折槛行》)——比喻词"若"

(4)额鼻象五岳。(李白《古风》)——比喻词"象"

(5)东海犹蹄涔。(郭璞《游仙诗》)——比喻词"犹"

(6)人生譬朝露。(秦嘉《赠妇诗》)——比喻词"譬"

(7)走马兰台类转蓬。(李商隐《无题》)——比喻词"类"

(8)欲把西湖比西子。(苏轼《饮湖上初晴后雨》)——比喻词"比"

在古典诗歌作品的比喻句式中,有时会出现一个较为特殊的喻词——"疑",但因它常被人们当作通常的"怀疑"义来理解,所以往往被摈弃于喻词之外。例如李白名作《静夜思》:

床前明月光,疑是地上霜。

其中的"疑",就被许多注释本或赏析文章解释为"怀疑"。其实,在古典诗歌作品里,由"疑"与其他常见的喻词以互文的形式相对应,组成的对仗句并不少见。例如:

(1)深居疑避仇,默卧如当暝。(韩愈《东都遇春》)

——其中"疑"与"如"互文同义。

(2)枝低疑欲舞,花开似含笑。(费昶《芳树》)

——其中"疑"与"似"互文同义。

(3)雾浓光若昼,云驶影疑流。(萧绎《咏新月诗》)

——其中"疑"与"若"互文同义。

如果对以上三例诗句中的"疑"字,分别加以细心地揣摩和体味,就会发现:把"疑"解释为"怀疑",其语义表达显得呆滞、别扭,且舍近求远;不如视之为表比喻的喻词,更为直接、顺畅,且与文理相合。其实,在《康熙字典》《中华大字典》《中文大辞典》等辞书中,都有把"疑"字解释为"如""似""若"的义项,就是说,这些权威工具书已经把"疑"字归入喻词家族之中了。

请辨析诗例中的"疑"字:

(1)梅花落处疑残雪,柳叶开时化好风。(杜审言《大酺》)

(2)飞流直下三千尺,疑是银河落九天。(李白《望庐山瀑布》)

(3)乘兴杳然迷出处,对君疑是泛虚舟。(杜甫《题张氏隐居》)

(4)衙斋卧听萧萧竹,疑是民间疾苦声。(郑燮《潍县署中画竹呈年伯包大中丞括》)

以上例句中的"疑"字,都不宜解释为"怀疑",而解为"好像""如同""似乎"等,方为恰切。综上所述,"疑"在古代诗文中可以充任喻词,具有和"如、似、像"等喻词完全一样的语义功能。故将这种以"疑"为喻词的比喻形式,姑称之为"疑喻"也。

二、诗词的博喻

博喻是指三个或三个以上的喻体接连着比喻一个本体,形成"A如B1,如B2,如B3……"的格式。例如:杜甫《观公孙大娘弟子舞剑器行》的开头:

昔有佳人公孙氏,一舞剑器动四方。

观者如山色沮丧,天地为之久低昂。

爧如羿射九日落,矫如群帝骖龙翔。

来如雷霆收震怒,罢如江海凝清光。

分别使用四个喻体比喻公孙大娘的舞技:剑光闪烁如后羿射落九日,矫健腾跃如群仙驾龙飞翔,在雷鸣般的鼓点将歇止时登场,结束时海的波光凝滞平静。

宋人洪迈在《容斋三笔》中谈博喻说:"韩苏两公为文章,用譬喻处重复

联贯,至有七八转者。"韩愈、苏轼在各自的诗文创作中有不少运用博喻的作品。特别受到人们称赞的是苏轼的七言古诗《百步洪》:

> 长洪斗落生跳波,轻舟南下如投梭。
>
> 水师绝叫凫雁起,乱石一线争磋磨。
>
> 有如兔走鹰隼落,骏马下注千丈坡。
>
> 断弦离柱箭脱手,飞电过隙珠翻荷。

——苏轼的《百步洪》描写一叶轻舟在一泻千里的洪流中飞驶,连用七个绝妙的比喻来描摹:"兔走""鹰隼落""骏马下坡""断弦离柱""箭脱手""飞电过隙""珠翻荷"。笔墨淋漓恣肆,蔚为壮观。

再如清人袁枚的《到石梁观瀑布》:

> 一落千丈声怒号,如旗如布如狂蛟。

——连用三喻描摹瀑布的气势,如旌旗飘动,如布帛抖落,如狂蛟腾跃怒吼。将三个比喻浓缩于七言句中,更令人击节。

如清人龚自珍的《西郊落花歌》:

> 如钱塘潮夜澎湃,如昆阳战晨披靡,
>
> 如八万四千天女洗脸罢,齐向此地倾胭脂。

——使用三个明喻(如同钱塘夜潮的汹涌澎湃,又如昆阳大战清晨的战场,还似天女洗脸后倾倒脸盆里的胭脂)来描摹形容西郊山野中的落花,沓叠出、交织成恢宏磅礴的气势和色彩炫目的境界,这种奇思妙想显示出诗人卓然不群的才气。

博喻手法的修辞功能确如钱锺书先生所言:"一连串把五花八门的形象来表达一件事物的一个方面或一种状态。这种描写和衬托的方法仿佛是采用了旧小说里讲的车轮战法,连一接二地搞得那件事物应接不暇,本相毕现,降伏在诗人的笔下。"

博喻手法是"点铁成金"的法术之一,巧妙而贴切地运用它,可以使抽象的思想感情形象化,使平淡的事物鲜明化,使呆板的议论生动化。无论是哲学家还是文学家,无论是诗人还是文艺评论家都可以借助它的艺术力量,使自己的文章放射出动人的异彩。

（一）运用博喻，使抽象的思想感情形象化

文学作品离不开抒情，或是直接抒发作者自己的感情，或是描写人物的思想感情。人的感情是一种抽象的感受，赤裸裸地抒情，即使高调美词连篇也难以拨动读者的心弦。采用博喻能把人物的思想感情化为具体可感的形象。如："（唐玄宗见到李白）如贫得宝，如暗得灯，如饥得食，如旱得云。"（冯梦龙《警世通言·李谪仙醉草吓蛮书》）连用四喻，又构成排比句式，生动地描绘了唐玄宗刚见到李白时的心情。

（二）运用博喻，使平淡的事物鲜明化

毛泽东主席在《星星之火，可以燎原》文章的结尾，热情地欢呼中国革命高潮即将到来："它是站在海岸遥望海中已经看得见桅杆尖头了的一只航船，它是立于高山之巅远看东方已见光芒四射喷薄欲出的一轮朝日，它是躁动于母腹中的快要成熟了的一个婴儿。"运用博喻，使平淡的事物鲜明化。

（三）运用博喻，使呆板的议论生动化

一般说来，议论文字容易失之于呆板乏味。古代的学者在议论说理时，往往采用形象化的语言，避免抽象的干瘪说教。如宋代罗大经《鹤林玉露》对中唐古文运动韩愈、柳宗元这两大领袖人物的文风进行对比："韩为美玉，柳如精金；韩如静女，柳如名姝；韩如德骥，柳如天马。"分别以金玉、美女、名马为喻，对韩愈、柳宗元各自的艺术个性进行了形象化的对比。

正如老舍先生所言："生活经验不丰富，知识不广博，不易写出精彩的比喻来。"总之，比喻是人类思维的智慧之光，是语言艺术绽开的灿烂花朵。中国古典诗歌在比喻修辞的运用上形成了比散文更为灵活多变的运用形式，使比喻更显示出具象性、会意性和灵活性的特点，给人以美的感受。

第十四讲　互喻、倒喻、顶喻和共喻

一、互喻(A如B,B如A)

互喻就是本体与喻体互相设喻,即先用喻体比本体,再用本体比喻体,形成A如B,B如A的格式。例如:

(1)昔去雪如花,今来花似雪。(范云《别诗》)

(2)去岁荆南梅似雪,今年蓟北雪如梅。(张说《幽州新岁作》)

(3)去年相送,余杭门外,飞雪似杨花;

今年春尽,杨花似雪,犹不见还家。

（苏轼《少年游·润州作代人寄远》)

(4)雪似故人人似雪,虽可爱,有人嫌。(苏轼《江神子》)

——以上四例都把"雪"引进比喻的范围,或把花、或把人比喻成雪,接着又把雪比喻成花或人,互喻的诗句使读者产生一种回味无穷的联想。再如:

(5)冰如玉,玉似冰,比壶天表里澄清。(钟嗣成《凌波仙·吊范冰壶》)

——这首小令点化了王昌龄"一片冰心在玉壶"的诗意,用"冰如玉,玉似冰"来称颂范冰壶"表里俱澄澈"的高尚人格与气节。

(6)花枝似脸脸如花,娇脸无瑕玉有瑕,黄金有价春无价。(杨慎《水仙子》)

——这个互喻用"花枝似脸脸如花"来形容少女娇艳的容貌,启人联想。

(7)其上天如水,其下水如天。(郭麟《水调歌头·望湖楼》)

——这个互喻描摹了望湖楼下天水合一的浩渺景色,令人忆起"秋水共长天一色""水随天去秋无际"的景致。

以上互喻诗句都是比喻与回环的兼用。这种互喻句使本体、喻体两种物象缠绕勾连,反复强调,给人留下深刻印象。另外,形成回环往复的音乐美,强化了诗句的节奏感。

二、倒喻（B 如 A）

倒喻又称逆喻，是本体与喻体在位置上互相颠倒的比喻，其特点是喻体置前，本体移后，形成 B 如 A 的格式。例如：

（1）久拼野鹤如霜鬓，遮莫邻鸡下五更。（杜甫《书堂饮既夜复邀李尚书下马月下赋绝句》）

——按正常语序，应为"霜鬓如野鹤"。

（2）花红易衰似郎意，水流无限似侬愁。（刘禹锡《竹枝词》）

——按正常语序，应为"郎意似花，虽红易衰；侬愁如水，无限流淌"。

（3）芙蓉如面柳如眉，对此如何不泪垂？（白居易《长恨歌》）

——写唐玄宗思忆马嵬丧命的杨玉环，回到长安池苑，见芙蓉如睹其面，见柳（叶）如见其眉。其实，比喻的本体仍应是杨妃之"面"与"眉"，复原后应为"面如芙蓉眉如柳"。

（4）桃花应是我心肠，不禁微雨。（王观《临江仙·离怀》）

——按正常语序，应为"我心肠应是桃花"，曲折道出女子唯恐情郎变心的担忧。用娇弱而承受不了微雨摧残的桃花，来比喻自己那敏感、脆弱的感情。

（5）自在飞花轻似梦，无边丝雨细如愁。（秦观《浣溪沙》）

——按正常的语序，应为"梦如飞花，轻盈无碍地翻飞；愁似丝雨，纤细而绵长"。

诗歌的倒喻，都是为了强调喻体，或为了适应平仄韵律的规则而把喻体移至句首，来强化其意象，从而强化了新奇而显豁的艺术效果。

三、顶喻（A 如 B，B 如 C）

顶喻是指在一个句子或相邻的两个句子里，包含着两个明喻；前一个比喻的喻体同时兼任后一个比喻的本体。形成 A 如 B，B 如 C 的格式。例如：

（1）独上江楼思渺然，月光如水水如天。（赵嘏《江楼感旧》）

——"水"既是"月光如水"这一比喻的喻体，又是"水如天"这一比喻的本体。二喻相衔，情景相生，生动地抒发了诗人独上江楼望月怀人的怅惘之情。

(2)携手登高赋,望前山。山色如烟,烟光如雨。(刘辰翁《金缕曲·登高华盖岭和同游韵》)

——以"山色如烟,烟光如雨"的顶喻,来描摹苍茫雄浑的江山胜景。

(3)客心如水水如愁,容易归帆趁疾流。(叶燮《客发苕溪》)

——"客心如水水如愁",即景设喻,抒发扁舟游子的羁旅愁思。

顶喻是在明喻的基础上兼用顶真辞格,两个比喻上递下接,紧紧相依,使意象环生,语势畅达,增强了艺术感染力。

四、共喻(A₁A₂如B)

在一句话里,用一个喻体同时比方并列的两个本体,形成 A_1A_2 如 B 的格式这种喻式我们称之为共喻。例如:

(1)郎马两如龙,春朝上路逢。(卢纶《送黎兵曹往陕府结亲》)

——诗句中的"郎",指黎兵曹,他即将成亲,是为乘龙快婿;所乘之"马"亦如龙媒神驹。故谓"郎马两如龙",以"龙"共喻"郎"与"马",新颖俏皮,充满喜庆气氛。

(2)窈窕双鬟女,容德俱如玉。(白居易《续古诗》)

——赞赏梳着双鬟的窈窕淑女,容貌和品德俱佳,犹如美玉之晶莹纯美。

(3)年光往事如流水,休说情迷。(冯延巳《采桑子》)

——以"流水"共喻"年光"与"往事",抒发"逝者如斯夫,不舍昼夜"之喟叹。

(4)不论世外隐君子,佣儿贩妇皆冰玉。(苏轼《书林逋诗后》)

——以"冰玉"共喻"佣儿""贩妇",这种手法正如汪师韩《苏诗选评笺释》所评:"将以称美林逋,乃至谓吴侬之佣贩皆如冰玉,深一层说入,而林之神清骨冷,其为高节难继处,不待罗缕矣。"

(5)诗情饮兴如云薄,草色花光似酒醲。(范成大《登西楼》)

——以"酒"共喻"草色"与"花光"之蓬勃艳丽,以"云薄"("薄",迫近)共喻"诗情"与"饮兴"的浓烈激荡,以来突出少年豪气。

在共喻句式中,处于比喻本体的两个并列的事物(如"年光、往事""诗情、饮兴"等),必须具有某种共性或内在联系,因而一个喻体即可兼顾胜任。共喻可以突出本体两个事物共同的特征,而且言简意繁,以少胜多。

第十五讲　双喻、连喻和骈喻

一、双喻（A如B₁如B₂）

双喻，指在一个诗句中，并用两个喻体同时比喻一个事物，形成A如B₁如B₂的格式。例如：

（1）月色满床兼满地，江声如鼓复如风。（元稹《使东川·江楼月》）

——"江声如鼓复如风"，以双喻描摹嘉陵涛声如鼓声大作，又似狂风怒吼。

（2）似带如丝柳，团酥握雪花。（温庭筠《南歌子》）

——描写杨柳枝条如带、如丝的飘拂参差的景状。

（3）十指如玉如葱，凝酥体，雪透罗裳里。（敦煌词《倾杯乐·五陵堪娉》）

——以"如玉、如葱"比喻女子手指的纤长白皙。

（4）再安社稷垂衣理，寿同山岳长江水。（敦煌词《菩萨蛮·回鸾辂》）

——以"山岳"与"长江水"为喻体，比喻"寿"之高、之长。

（5）春云如兽复如禽，日照风吹浅又深。（王禹偁《春居杂兴》）

——"春云如兽复如禽"，描写风中春云的瞬息变幻。

（6）秋心如海复如潮，但有秋魂不可招。（龚自珍《秋心》）

——先以"海"比喻心事的浩茫，然后以"潮"比喻心情之激荡。

（7）事事相同古所难，如鹣如鲽在长安。（龚自珍《己亥杂诗》之三十）

——"如鹣如鲽"这个双喻句是用典："鹣"jiān——传说中的比翼鸟，"鲽"dié——传说中的比目鱼。（见《尔雅·释地》）后多用以比喻夫妻恩爱。这两句诗借以比喻诗人龚自珍与莫逆之交吴虹生的友情。

双喻，连用两个喻体比喻同一本体，其中描写景物或心情的双喻，往往呈现出时间或空间的动态变化，使本体的特征得到充分而有层次的描绘与展示。

二、连喻(A如B/C如D)

连喻是指在一句诗里,两个相关联的明喻并列连接在一起,形成A如B/C如D的格式。例如:

(1)可怜九月初三夜,露似真珠月似弓。(白居易《暮江吟》)

——"露似真珠丨月似弓",用连喻把地上露珠与天上弓月勾连在一起,突出"九月初三夜"的可爱。

(2)衣如飞鹑马如狗,临歧击剑生铜吼。(李贺《开愁歌》)

——"衣如飞鹑丨马如狗",用漫画式的夸张性比喻,展示生活的拮据困苦。

(3)扫地焚香闭阁眠,簟纹如水帐如烟。(苏轼《南堂》)

——"簟纹如水丨帐如烟",写诗人在黄州南堂的生活环境,借以烘托安闲自得的情趣。

(4)笋如玉箸椹如簪,强饮且为山作主。(苏轼《越州张中舍寿乐堂》)

——"笋(嫩笋)如玉箸丨椹(桑葚)如簪",借以形容张中舍隐居处的山野风光与情趣。

(5)碧天如水月如眉,城头银漏迟。(秦观《醉桃源》)

——"碧天如水丨月如眉",两个比喻既符合接近联想的心理规律,又妙将景物与抒情联系起来。

连喻的两个喻体之间,并没有直接的联系,但由两个比喻句组成的七言诗句,形成上四下三的音节结构,使诗句的语言更为流畅贯注。

三、骈喻(A如B,C如D)

所谓骈喻,是指一首诗中相互依存、相互对照的两个比喻成对地并列在一起,形成A如B,C如D的格式。例如:

(1)君当作磐石,妾当作蒲苇;

蒲苇韧如丝,磐石无转移。(《孔雀东南飞》)

(2)愿妾身为红菡萏,年年生在秋江上;

重愿郎为花底浪,无隔障,随风逐雨长来往。(欧阳修《渔家傲》)

（3）妾心江岸石，千古无变更；

郎心江上水，倏忽风波生。（吴龙翰《乐府》）

（4）妾似井底桃，开花向谁笑？

君如天上月，不肯一回照。（李白《自代内赠》）

——上述四个例句都是以女性抒情主人公的口吻，用对比手法，妙用骈喻以两个喻体之间的关系去比喻述说两个本体（"妾"与"郎"）之间的关系（"蒲苇"与"磐石"，"红菡萏"与"花底浪"，"岸石"与"江水"，"井底桃"与"天上月"），借以表达抒情主人公————"妾"对爱情的执着追求。

还有一种骈喻的变体，即将两个各自独立的比喻按其特殊的逻辑关系复合联系在一起，以表达深婉的含义。试以苏轼三个诗例说明：

（5）欲将驹过隙，坐待石穿溜。（《次韵答章传道见赠》）

——"驹过隙"，比喻时光易逝；"石穿溜"，即滴水穿石，比喻长期而逐渐深入的磨炼。二喻复加，通过对比昭示深层含义："以短暂易逝的人生，去追求遥遥无期的功名，简直是渺茫之极！"

（6）浮云世事改，孤月此心明。（《次韵江晦叔二首》之二）

——这两个比喻较为曲折，二喻合解，意为："我的心田皎如孤月，但时事如浮云动荡变化不定，使我炽热的一片忠心竟化为孤寂的虚无。"

（7）人似秋鸿来有信，事如春梦了无痕。（《正月二十日，与潘郭二生出郊寻春，忽记去年是日同至女王城作诗，乃和前韵》）

——此联对仗工稳，"人似秋鸿""事如春梦"，二喻骈列，文意相摩荡，顿生深层含义：有志者对人生的追求年年如斯，亘古不变；但因种种外力阻挠，竟使这种努力往往落空，时过境迁，令人遗憾喟叹！

骈喻与连喻的区别在于：连喻的不同喻体间只是平面线条式的连接，并无深层的密切联系；而骈喻的喻体之间却是立体的逻辑联系，形成相互依存，互为因果的密切关系。

第十六讲　互文见义

互文是汉语传统修辞格之一,一般称为"互文见义"。就是在上下文中各省去一部分有关词语,而上下文的语意却可以相互包含、映衬、呼应或补充,体现出"参互成文,合而见义"的特点。

首先看《礼记·坊记》的一句话:"君子约言,小人先言。"什么意思呢?郑玄注曰:"'约'与'先'互言耳,君子'约'则小人'多'矣;小人'先'则君子'后'矣。"这句话的意思就是说:"君子讲话很简约,而且不抢先发言;小人不仅抢着说话,而且一说起来就没完没了。"

互文可分为"本句互文""对句互文"和"三句互文"这三种类型。

一、本句互文

本句互文是为了适应诗歌音节和字数的要求,把在一句诗(或韵文)里需要表述的两个事物(或两个词语),上下文中各出现一个而省去另一个。例如:

(1)秦时明月汉时关,万里长征人未还。(王昌龄《出塞》)

——应理解为"秦汉时的明月,秦汉时的关";上半句省去"汉",下半句省去"秦",前后互为补充,语意才可相备相足。

(2)主人下马客在船,举酒欲饮无管弦。(白居易《琵琶行》)

——应理解为"主人客人都下马,客人主人同在船上。"

(3)烟笼寒水月笼沙,夜泊秦淮近酒家。(杜牧《泊秦淮》)

——应理解为"烟霭月光笼罩着一河寒水,也笼罩着沙岸"。

如各执一边刻板地解说就与事理相悖了。本句互文另如:

(4)烹羊宰牛且为乐。(李白《将进酒》)

(5)唇焦口燥呼不得。(杜甫《茅屋为秋风所破歌》)

(6)牛困人饥日已高。(白居易《卖炭翁》)

(7)山重水复疑无路。(陆游《游山西村》)

由本句互文修辞规律进行分析,如现代京剧《智取威虎山》小常宝的唱词"到夜晚,爹想祖母我想娘",就应理解为"到夜晚,爹和我都想念祖母和娘"。

"本句互文"修辞法在汉语并联结构的四字格固定语中也多有体现,例如:烟消云散(烟云消散)、拈花惹草(拈惹花草)、冰肌玉骨(肌骨冰玉)、降龙伏虎(降伏龙虎)、龙飞凤舞(龙凤飞舞)、慈眉善目(眉目慈善),等等。

二、对句互文

所谓对句互文多指在对偶或大致对应的上下两个诗句中的互文见义,文意彼此呼应、补充、映衬,互文相足,理脉相通。请看下列诗例:

东西植松柏,左右种梧桐;

枝枝相覆盖,叶叶相交通。(《孔雀东南飞》)

——意为:在仲卿、兰芝合葬的墓地四周种上了松柏、梧桐;这些树的枝枝叶叶都覆盖相连在一起。

当窗理云鬓,对镜帖花黄。(《木兰诗》)

——意为:木兰当窗对镜梳理云鬓,又贴上花黄来化妆。

杜甫运用互文的诗句相当多,试举例说明:

(1)感时花溅泪,恨别鸟惊心。(《春望》)

——意为:感时恨别而见花闻鸟皆惊心溅泪。

(2)赐浴皆长缨,与宴非短褐。(《自京赴奉先县咏怀五百字》)

——意为:赐浴与宴者,皆为长缨显贵而非短褐平民也。

(3)花径不曾缘客扫,蓬门今始为君开。(《客至》)

——意为:花径不曾缘客扫,今始为君扫;蓬门不曾为客开,今始为君开。

杜诗在语言锤炼上的功夫颇深,从上引诗例中亦可见一斑。在互文句式的运用中,杜诗富于变化,有翻新求异之处,很有进行探研的必要。总之,对偶互文形分为二而意合如一,义见相足,文畅意明。

红颜弃轩冕,白首卧松云。(李白《赠孟浩然》)

——应理解为"从红颜(年轻时)到白首(年老时),都是弃轩冕(鄙弃功名富贵)而卧松云(隐居山林)的"。

惜秦皇汉武,略输文采;

唐宗宋祖,稍逊风骚。(毛泽东《沁园春·雪》)

——应理解为"惜秦皇汉武与唐宗宋祖,皆略输文采而稍逊风骚"。

对句互文在文赋中也偶有所见,例如:

悍吏之来吾乡,叫嚣乎东西,隳突乎南北,哗然而骇者,虽鸡狗不得宁焉。(柳宗元《捕蛇者说》)

——上句的"东西"和下句的"南北"应合为"到处(或'处处''四处')",全句应理解为"凶暴的差吏来到我的家乡,到处大喊大叫,到处骚扰百姓"。

由对句互文修辞分析,当代歌词《常回家看看》"生活的烦恼,跟妈妈说说;工作的事情,向爸爸谈谈"也是对句互文,应理解为:生活的烦恼和工作的事情,跟爸爸妈妈说说谈谈。

三、三句互文

三句互文较为少见,例如:

绿野风烟,平泉草木,东山歌酒。(辛弃疾《水龙吟·甲辰岁寿韩南涧尚书》)

——句中的"绿野(堂)""平泉(山庄)""东山"分别指唐朝名相裴度、李德裕和东晋宰相谢安退隐时的栖身之所。这三句应理解为"绿野堂、平泉山庄和东山的风烟、草木和歌酒"。这里蕴含着作者辛弃疾的两层深意:一是用历史名相隐栖之地的风光称颂友人韩南涧隐居信州、寄情山水的高洁志趣;二是用历史英雄"东山再起"的故事激励韩南涧振作精神,以"平戎万里""整顿乾坤"为己任,作"风云奔走"的"平戎手"。

辇下风光,山中岁月,海上心情。(刘辰翁《柳梢青·春感》)

——这是南宋覆亡后遗民节士的哀痛之作。三个四字句是典型的三句互文,理应把内容合在一起理解,就是"辇下、山中、海上的风光、岁月、心情"。在时间上,是"过去"(对"辇下"故国的回忆和思念)、"现在"(对自己隐居"山中"现实生活的描写)和"未来"(对"海上"抗元复国斗争的向往)三幅画面的交叉映现;在空间上,是"故都辇下""山中故里"和"南海海上"三处平列对照。这样,时空的距离、沧桑的巨变、复杂的情思都凝聚在这十二个字中——"眷恋故都风光,回顾那繁华的岁月,心情无比凄怆;隐居不仕,面对故乡风光,百无聊赖地虚掷岁月,心情何等愤懑;惦念着在南海坚持抗元的志士,那里的海上风光,他们的战斗岁月,使我心向往之。"

读杜牧《阿房宫赋》:"燕赵之收藏,韩魏之经营,齐楚之精英,几世几年,剽掠其人,倚叠如山。"前三句也可以视为互文见义,应理解为"燕、赵、韩、魏、齐、楚等诸侯国多年收藏、经营的各种金玉重器"。

末了谈互文的表达作用和运用原则。首先,运用互文辞格可以言简意丰,使语言简洁明快而容量大;其次,使语意含蓄凝练,耐人寻味;再次,对句互文和三句互文都要求在语言结构上的整齐对应,这就使互文句式在结构上具有整体均衡对应的美感。从次,三句互文在宋词里比较多见,因为词谱里给了这样的格式,比如《酒泉子》《相见欢》等,而格律诗如"五绝、七绝、五律、七律"等,是没有办法"三句互文"的。最后,使用互文应注意:(1)构成互文句式,应注意达到结构形式的对称性和语意表达的互补性的结合。(2)互文应在音律需要、含义丰富时使用,切忌生拼硬凑。

第十七讲　用典与借代

一、典故性词语

用典是我国古代诗歌常见的表现手法。诗人在创作中引用前人的故实或摘取古籍中的词语去抒情言志,其作用是"举事以类义,授古以证今"。诗中用典往往具有一种暗示或比喻的作用,从而使诗中所表达的内容更为丰富,增强感人的艺术效果。

诗中使用历史典故,给今天的读者,尤其是初学者理解诗意造成了一定的困难。但随着阅读欣赏的深入,只要潜心攻读,逐渐积累,我们就会掌握一定数量的典故性词语。这样,再读起诗词作品来,就会感到顺畅得多了。

用典,是古诗词中常用的一种表现方法,其主要特点是借助一些历史人物、神话传说、寓言故事等来表达自己的某种愿望或情感。诗人的情感往往并不直接流露,而是借助典故作委婉含蓄的表达,或表达对美好事物的讴歌和赞美,或表达对积极乐观人生态度的进取和追求,或表达对壮志难酬的悲愤和慨叹。在对现实景物描绘时引用典故,可把此时此景与彼时彼景相连,能创设新的画面,加深诗的意境,使人产生联想,从而增强作品的表现力和感染力。

古诗词往往受字数、句数的限制,如何在有限的篇幅内表达丰富的内涵,用典就是很好的一种手段。因为用典是对历史故事、传说的高度概括,在增加诗歌容量的同时还可收到言简而意丰的艺术表达效果。

从汉语修辞角度上说,"典故性词语"往往是以"借代"辞格的形式出现的。宋人沈义父《乐府指迷》指出:

炼句下语最是紧要:如说桃,不可直说破桃,顺用"红雨""刘郎"等字;如咏柳不可直说破柳,须用"章台""灞岸"等事。又用事,如曰"银钩空满",便是书字了,不必便说书字;"玉箸双垂",便是泪了,不必更说泪。如"绿云缭绕",隐然鬟发;"困便湘竹"分明是簟;正不必分晓如教初学小儿,说破这是甚物事,方见妙处。

沈义父的这种观点不无偏颇之处,但他举出的"红雨"(桃花落瓣)/"刘郎"(玄都桃树)/"章台"(楚离宫柳林)/"灞岸"(长安灞桥)/"银钩"(写字)/"玉箸"(眼泪)/"绿云"(美女浓密黑发)/"湘竹"(湘妃竹、凉席)等,就属于典故性词语。常用的典故性词语,喜欢诗词的读者是应该掌握的,例如:地名——阳关、桃源、武陵、新亭、渭城、蓬山、巫山、南浦、章台、秦楼、长门、昭阳等。人名——卫霍、管乐、仪秦、巢由、稷契、萧曹、季鹰、夷甫、绿珠、文君、小蛮、樊素、婵娟、莫愁等。物名——丹青、菰羹、鲈脍、玉筋、豆蔻、鸡黍、鱼雁、青鸟、红豆、双鱼、南冠、吴钩、并刀、萤雪等。

一些词语由于古今人们反复使用,已经有了公认的固定的民俗文化象征义,例如:东篱象征远离尘俗,高洁的品格。蓬山象征令人神往的仙境。新亭象征忧国伤时的悲愤之情。桃源象征脱离尘世的虚幻理想。南浦、长亭、灞桥、阳关象征送别。莼鲈象征思乡之情。长门象征遭冷遇嫔妃的不尽愁怨。青楼象征舞榭歌台寻欢作乐的生活。杜鹃象征深切的悲哀。青鸟象征爱情的使者。鱼雁象征远方来信等。豆蔻象征青春年华。红豆象征纯真的爱情等。吴钩象征杀敌报国的豪迈志向。秋扇象征被遗弃妇女的悲愁。萤雪象征刻苦读书的经历。

古代诗人常在诗作中,或以人事喻物,或以物喻人事,也形成了风趣横生的典故性词语,请看苏轼诗句:

岂意青州六从事,化为乌有一先生。

——诗题为《章质夫送酒六壶,书至而酒不达,戏作小诗问之》。读这个诗题,即令人忍俊不禁。"青州从事",以官名代美酒,典出《世说新语·术解》:"桓公有主簿善别酒,有酒辄令先尝,好者谓'青州从事',恶者谓'平原督邮'。""乌有先生"是司马相如《子虚赋》中虚拟人物,《史记·司马相如列传》:"乌有先生者,乌有此事也。"这两句诗可参看诗题,意为:"想不到阁下口惠而实不至,诱人的六瓶美酒竟然化为乌有了。"

典故范围广,来源多方,加之词型不固定,如历史人物姓名典故多不规范,就给读者得理解造成困难。例如:

姓与名错举:如"曹勃"(指曹参、周勃)、"周贾"(指庄周、贾谊)、"彭胥"(指彭咸、伍子胥)等。

人名不说全称：如"玉环飞燕"（指杨玉环、赵飞燕）等。

人名并举：如"蛮素"（指小蛮、樊素）等。

这就要利用《佩文韵府》《渊鉴类函》《骈字类编》等类书，来查找典故出处，只有弄懂其含意，才能准确理解把握典故的真正含义。

晚唐诗人李商隐最善用典，以其七律《泪》为例分析：

永巷长年怨绮罗，离情终日思风波。

湘江竹上痕无限，岘首碑前洒几多。

人去紫台秋入塞，兵残楚帐夜闻歌。

朝来灞水桥边问，未抵青袍送玉珂。

——第一、二两句写"永巷"，汉时宫中长巷，用以关闭失宠嫔妃宫女（泪湿绮罗）。第三句写舜的两个妃子娥皇、女英，在舜死后泪洒湘竹。第四句写晋朝羊祜死后，在岘首山上建碑，人们哀悼他，见碑流泪。第五句写王昭君嫁给南匈奴单于，在秋风入塞时到匈奴的紫宫去。第六句写项羽在垓下被汉军所围，听见汉军皆唱楚歌，认为楚地皆为汉所得。最后两句写灞桥离别。灞桥在长安灞水之上，为唐人送别处。前六句正面咏泪，用了六个有关泪的伤心典故，以衬托出末句流不出来的泪，那是滴在心灵的伤口上的苦涩的泪。这首诗是诗人感伤身世的血泪结晶。

二、词语借代

古典诗词作品中，借代词语比比皆是。例如"烽火""狼烟""干戈"指代战争；"黎元""黎庶""元元""黔首""布衣""白衣"指代"平民百姓"。这些词语皆出自古代典籍，袭用至今。请看以下诗例：

（1）纨绔不饿死，儒冠多误身。（杜甫《奉赠韦左丞丈二十二韵》）

（2）赐浴皆长缨，与宴非短褐。（杜甫《自京赴奉先县咏怀五百字》）

（3）铁衣远戍辛勤久，玉箸应啼别离后。（高适《燕歌行》）

（4）誓扫匈奴不顾身，五千貂锦丧胡尘。（陈陶《陇西行》）

（5）壮岁旌旗拥万夫，锦襜突骑渡江初。（辛弃疾《鹧鸪天·有客慨然谈功名因追念少年时事戏作》）

（6）年少万兜鍪，坐断东南战未休。（辛弃疾《南乡子·登京口北固亭

有怀》)

以上六例皆以服饰冠巾指代如类人物,"纨绔"指豪富子弟,"儒冠"指书生;"长缨"指高官显宦,"短褐"指平民;"铁衣""貂锦""锦襜""兜鍪"皆指代战士,都是以物代人。再请看:

(1)何以解忧,唯有杜康。(曹操《短歌行》)

(2)蚩尤塞寒空,蹭蹬崖谷滑。(杜甫《自京赴奉先县咏怀五百字》)

"杜康",人名,代酒。伊世珍《嫏嬛记》:"杜康造酒,因称酒为杜康。""蚩尤"为上古神话人物,传说他同黄帝作战,曾作大雾来迷惑对方。这里"蚩尤"是雾的代称。以上两例皆以人代物。

有些历史人物已成为后世某种典型人物代称,如西汉人冯唐,才学很高,但年岁很老仍未受重用。于是"冯唐"就成为有志难伸,怀才不遇的代表了:

(1)冯公岂不伟,白首不见招。(左思《咏史》之二)

(2)天子好年少,无人荐冯唐。(曹邺《捕鱼谣》)

再如汉代名将李广善骑射,恤士卒,战功卓著,威震边塞,但终身未封侯。"李广"就成为中华名将的代表:

(1)但使龙城飞将在,不教胡马度阴山。(王昌龄《出塞》)

(2)君不见沙场征战苦,至今犹忆李将军。(高适《燕歌行》)

王勃在《滕王阁序》中就以"冯唐易老,李广难封"来抒发自己怀才不遇的感慨。

元代散曲家张鸣善的《水仙子》:

五眼鸡岐山鸣凤,两头蛇南阳卧龙,三脚猫渭水飞熊。

——"岐山鸣凤""南阳卧龙""渭水飞熊"分别指代明君贤相周文王、诸葛亮和吕尚,但作者把"五眼鸡""两头蛇""三脚猫"等丑陋卑劣的怪物同安邦定国的栋梁联系在一起,尖锐地嘲笑了当时所谓的"英雄",不过是一群招摇过市的丑类。无论以人事喻物,还是以物喻人事,皆生动诙谐,意新语工。

第十八讲　通感与同异

一、视听通感

人的感觉是通过感官产生的。眼、耳、鼻、舌、身是分别司视、听、嗅、味、触的五种官能。各官能分工很明确，但其间往往可以互相沟通，彼此相生。钱锺书先生把这种"五官的感觉简直是有无相通，彼此相生"的现象命名为"通感"。所谓"通感"就是视觉、听觉、嗅觉、味觉、触觉的沟通交融。

古典诗歌中运用通感的佳作很多，例如宋人陈亮的《水龙吟·春恨》：

闹花深处层楼，画帘半卷东风软。

——写繁盛的春花争奇斗艳，好像在喧闹欢嬉，使人在视觉形象里似乎获得了听觉的感受，无声化为有声，视觉沟通了听觉。

又如唐人李贺《南山田中行》：

云根苔藓山上石，冷红泣露娇啼色。

——写山间云雾遮绕，山石上布满了苔藓，娇弱的红花在冷风中瑟缩着，露珠滴落，宛如少女悲啼的泪珠。"冷红"之"冷"，既是深秋夜色的气候特征，又是诗人悲凉心境的写照。这是视觉通于触觉。

再如清人蒋春霖《蝶恋花》：

屋后筝弦莺语艳，浊酒孤琴，门对春寒掩。

——间关莺语，作用于听觉的鸟鸣声竟然有了艳丽之色，这是听觉通于视觉。

另如唐人赵嘏的《发青山》：

凫鹥声暖野塘春，鞍马嘶风驿路尘。

——鸟语啁啾带有春日的暖意，这是听觉通于触觉。

以上四例的"闹花""冷红""语艳""声暖"都是通感的体现。

其实通感是各种感官的相通，是在大脑支配下的一种触类旁通、由此及彼的联想。在诗歌创作过程中，这种形象思维联想的展开是诗人心理活动中的一种幻觉过程。请看摹写音乐和绘画的两首唐诗。

郎士元的《听邻家吹笙》：

凤吹声如隔彩霞，不知墙外是谁家？

重门深锁无寻处，疑有碧桃千树花。

——写诗人在聆听音乐时，由听觉的感受牵动了艺术上的通感，在思维屏幕上出现了美丽的视觉形象："碧桃千树花"。

白居易的《画竹歌》：

婵娟不失筠粉态，萧飒尽得风烟情。

举头忽看不似画，低头静听疑有声。

——写诗人在欣赏墨竹画时，枝条劲直、栩栩欲活的竹枝竹叶，竟使诗人忘却了这不过是一幅画面，似乎听到了风吹竹叶的瑟瑟之声了。

从乐声中能见到画面，从图画中能听到声音，这种奇妙的心理现象就是艺术通感。再如作用于人的空中之云，在诗人笔下，不仅仪态万千，而且还可以从视觉沟通其他感官的感受。下面让我们一起欣赏这些描摹云彩的诗句。

（1）杨花扑帐春云热。（李贺）

（2）闲绿摇暖云。（李贺）

（3）冷云深处宿菰芦。（陆游）

（4）积雪封城，冻云迷路。（屈大均）

您看：云彩有了触觉的温度——"春云热""暖云""冷云""冻云"。

（5）风压轻云贴水飞。（苏轼）

（6）望庾岭模糊，湿云无数。（陈澧）

（7）香云低处有高楼。（范成大）

云彩还有重量和干湿——"轻云""湿云"，还有嗅觉的气味——"香云"。

（8）银浦流云学水声。（李贺）

云彩会发出声响——"学水声"。

（9）愁云绕天起。（鲍照）

（10）颓云万叠，又雨击寒沙，乱鸣金铁。（蒋春霖）

云彩还有意觉的愁苦和颓唐——"愁云""颓云"。

譬如我们读"哀响馥若兰"这句诗，视觉（"兰"）、听觉（"响"）、嗅觉

（"馥"）应同振共鸣；读"秋色冷并刀，一派酸风卷怒涛"这两句词时，视觉（"秋色""并刀"）、听觉（"怒涛"）、嗅觉（"酸风"）、触觉（"冷"）应汇聚贯通。

在诗歌鉴赏过程中，只有调动全部感官，通过语言的流动过程（默读或吟诵）而接受形象，通过自己的想象才能真正进入作品中的艺术世界——产生临其境、观其色、闻其香、聆其声、品其味、触及冷暖、感其哀乐等全方位的立体感受。这种多方沟通、浮想联翩的艺术感受当然就更加深切、透彻了。

总的来说，视听通感就是，从视觉和听觉两个角度，相辅相成，相互衬托，使其描写的景物更具立体感，身临其境感。有些作品是以静衬动，有些作品是以动衬静，使被衬托的一方的特点更加鲜明，突显出被衬托一方的灵动与美。

现代诗人艾青说："给声音以色彩，给颜色以声音。"当代诗人顾城也说过："视觉、听觉、触觉、嗅觉，可以通过心来互相交换，于是颜色的光亮可以听见，声音可以看见。"可见诗歌的通感在渲染气氛、描摹物象、抒发真情以及打破常规以扩大语言张力等方面所具有的奇妙功能是不言而喻的。在诗歌读赏中，读者朋友丰富生活体验，培养敏锐的通感能力，很有必要。

二、同异相衬

古典诗词的语言，要求生动、凝练而丰富多彩。在篇幅不长的一首诗里，如果某一个字反复出现，总会显得干巴巴的，使人感到词汇贫乏。所以写诗时应尽量避免用同字，尤其在律诗的对仗中，更忌出句与对句有同字。但在创作中故意使用同字进行修辞，于难见巧，由险出奇。其中"同异"格的运用，就值得考察与总结。

所谓"同异"格，就是在一句话中，字面上同中有异的两个词语对映出现。例如李白《宣城见杜鹃花》：

蜀国曾闻子规鸟，宣城又见杜鹃花。

一叫一回肠一断，三春三月忆三巴。

后两句"一叫、一回、一断"，"三春、三月、三巴"，就属于同异格词语，语言自然流畅，音节急缓有致，足见诗人思乡情意之笃切。

根据这些同中有异的词语的构词特点，我们把"同异"型词语分为前同后异的"同头式"、前异后同的"并尾式"和中间相同而首尾相异的"齐腰式"三种。

(一)同头式词语

即前一个字相同,后一个字相异,例如:

池北池南草绿,殿前殿后花红。(王建《宫中三台》)

半湿半晴梅雨道,乍寒乍暖麦秋天。(黄公度《道间即事》)

(二)并尾式词语

即前一个字相异,后一个字相同,例如:

白云千里万里,明月前溪后溪。(刘禹锡《谪仙怨》)

芳林新叶催陈叶,流水前波让后波。(刘禹锡《乐天见示伤微之敦诗晦叔三君子皆有深分因是诗以寄》)

(三)齐腰式词语

指在三字句中,第一、三字相异,处在中间的字却相同,例如:

奈心中事,眼中泪,意中人。(张先《行香子》)

怕人知,羞人说,嗔人问。(兰楚芳《四块玉·风情》)

同异格齐腰式词语只能出现在长短句词曲的三字句中。

同异格词语所处的语境往往综合运用多种修辞方法,构成浑然一体的结构,如:

1.同异与对偶的综合运用

桃花细逐杨花落,黄鸟时兼白鸟飞。(杜甫《曲江对酒》)

——形成当句对,且词语搭配贴切,对仗工稳,具有抑扬回复的韵味。

2.同异与排比的综合运用

见月思眉,见云思鬓,见柳思腰。(兰楚芳)

——句式匀称,音调和谐,如"见月""见云""见柳"与"思眉""思鬓""思腰"搭配,组成排比句式,夸张而俏皮把炽烈的相思之情传达出来。

3.同异与对比的综合运用

凭山俯海古边州,筛影翻飞见戍楼。

马后桃花马前雪,出关争得不回头?(徐兰《出关》)

——"马前""马后",形成鲜明对比,给人留下深刻的印象。

4.同异与映衬的综合运用

今日江南春暮,朱颜何处?

莫将愁绪比飞花:

花有数,愁无数。(朱敦儒《一落索》)

——以"花有数"从反面作背景,烘托出"愁无数"的主旨。

5.同异与列锦的综合运用

心似已灰之木,身如不系之舟。

问汝平生功业,黄州惠州儋州。(苏轼《自题金山画像》)

——平列的三个地名暗示出苏轼后半生连遭贬谪、颠沛流离的人生历程。

唐寅有一首属于"同异与镶嵌"综合运用的诗作:

有花无月恨茫茫,有月无花恨转长。

花美似人临月镜,月明如水照花香。

——唐寅的诗歌创作在构思和修辞上都很有艺术个性。这首诗围绕"花"和"月"来写,第一句写"有花无月",第二句写"有月无花",二者都不完美,令人遗恨无穷;后两句写"花如美女、月如明镜"和"明月如水、映照花香",达到香花、明月、美人、静水四者和谐交融的美的至境,令人神往!

第十九讲　诗词对仗

一、律诗的对仗

对仗也称对偶,律诗颔联(第二联)和颈联(第三联)的各自出句与对句规定必须字数相同,词性相同,结构相对称,意思并列相对或相反。如:

千寻铁索沉江底,一片降幡出石头。(刘禹锡《西塞山怀古》)

以上第一联"千寻"和"一片"是数量词相对;"铁索"和"降幡"是名词性偏正词组相对;"沉"和"出"动词并列;"江"和"石"名词并列;"底"和"头"一上一下,方位名词相对。

(一)中间两联对仗的规则有时允许突破

律诗中间两联须对仗的规则,古代诗人有时并不严格遵守。约分两种情况,一种是三联对仗或四联都对仗;另一种是只有一联对仗,或者完全不对仗。

例如杜甫七言律诗《登高》:

风急天高猿啸哀,渚清沙白鸟飞回。(对仗)

无边落木萧萧下,不尽长江滚滚来。(对仗)

万里悲秋常作客,百年多病独登台。(对仗)

艰难苦恨繁霜鬓,潦倒新停浊酒杯。(对仗)

这首通篇对仗,堪称精品。有时诗人在创作中不愿恪守受格律约束,故意摆脱对仗的规则,请看以下两例。首先看杜甫的五言律诗《月夜》:

今夜鄜州月,闺中只独看。

遥怜小儿女,未解忆长安。

香雾云鬟湿,清辉玉臂寒。(对仗)

何时倚虚幌,双照泪痕干。

这是传颂千古的名作,只是颈联对仗。这种只有一联对仗的五律或七律,也很多,后人们给这样的诗起了个名字,叫作"偷春体"。

还有四联都不对仗的作品,唐代僧人皎然的五言律诗《寻陆鸿渐不遇》:

移家虽带郭,野径入桑麻。

近种篱边菊,秋来未著花。

扣门无犬吠,欲去问西家。

报道山中去,归时每日斜。

这首诗作全不对仗,但其平仄粘对完全符合五律格式,可称之律诗变体。这种变体属诗人偶一为之,后人不可奉为律诗特殊模式,初学者更不宜效仿。

(二)对仗的大体分类

1.工对,即标准的工稳对仗形式

茅亭宿花影,药院滋苔纹。(常建《宿王昌龄隐居》)

这一联诗句,不仅词性、结构、字意相同或相并列、相对,而且所咏事物细类也相对或相类,"茅亭"和"药院"都是房子,"花"和"苔"都是植物,"影"和"纹"都是印迹。再如:

五岭逶迤腾细浪,乌蒙磅礴走泥丸。

金沙水拍云崖暖,大渡桥横铁索寒。(毛泽东《长征》)

"五岭"和"乌蒙"都是山名;"逶迤"和"磅礴"都是形容山脉的气势;"金沙"和"大渡"都是江河名;"暖"和"寒"都是指气温,对仗十分工整,堪称工对。

2.宽对,即较为宽松的对仗

较多的律诗对仗,只是词性、结构相同,但所写的具体事物及其细类(如地名对地名)并不相同,这种对仗被称为"宽对"。有少数律诗连词性也不同,只是大体对仗而已。那就更宽了。如刘禹锡《酬乐天扬州初逢席上见赠》中的颔联和颈联:

怀旧空吟闻笛赋,到乡翻似烂柯人。

沉舟侧畔千帆过,病树前头万木春。

属于宽对,因为相对的都不是细类;而且颔联的"旧"和"乡"、"空"和"翻",颈联的"过"和"春"词性都不同,但并不妨碍它成为名篇佳作。

3.借义对,又称借对

酒债寻常行处有,人生七十古来稀。

这是杜甫《曲江》中的第二联。就字面的意思来说，出句中"寻常"即平常的意思，和对句"七十"并不相对。但"寻常"还有一义，古代八尺即为"寻"，十六尺为"常"。借用这一义，就变成数量词，就可以和"七十"相对了。这种借义在古诗中多见。

（三）对仗的禁忌

1.同字不能相对

崔颢《黄鹤楼》诗，"昔人已乘黄鹤去，此地空余黄鹤楼。""黄鹤"在一联中两次出现，而且在同一位置上。鲁迅《湘灵歌》诗，"昔闻湘水碧如染，今闻湘水胭脂痕。""湘水"亦然。但上述二例都在不要求对仗的首联，而且二者都是专有名词，可不计平仄。但在近体律诗的颔联和颈联中，则万万不可。

2.忌讳合掌

虽然字不相同，但字义相同，也不能形成对仗，如果用了，则称之为"合掌"，为律诗大忌。举一个明显合掌的例子，比如说：长空展翅 / 广宇翔云。这就是合掌了。长空和广宇是一个意思，展翅和翔云，也是一个意思。

二、流水对

流水对又称为"串对"或"走马对"。一般的对仗句是并行的两个事物的并举相对，如双峰对峙，二瀑并流，出句与对句位置相换而意思基本不变。流水对的特点是出句与对句在意义上一气贯注，前后相连，如一水奔流，整个一联表达一个完整的内容。流水对这种特殊的对仗形式是在律诗高度繁荣的唐代成熟起来的。

明人胡震亨《唐音癸签》卷四给"流水对"下定义："谓两句只一意也，盖流水对耳。"流水对两句字字相对而文意连贯而下，如流水奔泻，似骐骥驰骋，"流水对""走马对"就是由此取义得名的。对于流水对这种特殊的对仗形式，许多青年学子感到玄妙，难以把握。其实流水对就是一整句话分成两句说，类似现代汉语复句中的两个分句。我们把流水对的一联视为一个复句，把出句和对句视为两个分句；根据诗句的具体内容，分析、判明出句与对句间的意念关系；进而完整、准确地把握住这一联诗的内涵，并把它置于全诗的语言环境和结构章法布局之内去考察和理解。

为了帮助读者掌握辨析流水对的特点及规律,引例分类论说如下:

(一)承接关系的流水对

当君白首同归日,是我青山独往时。(白居易《九年十一月二十一日感事而作其日独游香山寺》)

这类诗句十四字当一气读下,浑灏流转。初读似无诵偶句之感,细加品味,方倍觉其属对之工切。

(二)因果关系的流水对

欲为圣明除弊事,肯将衰朽惜残年。(韩愈《左迁至蓝关示侄孙湘》)

这类流水对虽然句中没有表因果的关联词,但从前后的意义关系上衡量,还是可以判明其因果的逻辑关系的。

(三)递进关系的流水对

每因暂出犹思伴,岂得安居不择邻。(白居易《欲与元八卜邻,先是有赠》)

这类流水对文气连贯,对句诗意又递进了一层,应注重从前后句的逻辑关系上去体味分析。

(四)假设关系的流水对

纵使有花兼有月,可堪无酒又无人。(李商隐《春日寄怀》)

这类流水对的出句与对句,表现出假设关系。

(五)转折关系的流水对

身无彩凤双飞翼,心有灵犀一点通。(李商隐《无题》)

这类流水对不仅对仗精密工稳,而且文意转折,顿挫深警。

(六)条件关系的流水对

但得暑光如寇退,不辞老景似潮来。(范成大《秋前风雨顿凉》)

这类流水对的前后句呈条件关系,一气呵成,如贯珠蝉联,对仗工切。

总之,流水对有以下三个特点:一是文意连贯,有流动之美;二是对仗工稳,有均衡之美;三是语言活泼,有变化之美。

最后谈流水对辨误:

尽管前后两句意义连绵、语气贯通,但它本身没有形成对偶,例如:

(1)与君离别意,同是宦游人。(王勃《送杜少府之任蜀川》)

（2）飞流直下三千尺，疑是银河落九天。（李白《望庐山瀑布》）

（3）问渠那得清如许，为有源头活水来。（朱熹《观书有感》）

这三个古典诗作的名句，都不能获得"流水对"的户籍。再如：

（4）若为化得身千亿，散上峰头望故乡。（柳宗元《与浩初上人同看山寄京华亲故》）

（5）徒使词臣庾开府，咸阳终日苦思归。（刘禹锡《荆门道怀古》）

这两个七言诗句，在意义上属于一个句子，在古代诗话中被称为"十四字句"，北京大学的蒋绍愚先生称之为"连贯句"。这些文意连贯却没有形成对仗的诗句，都不能与"流水对"画等号。

📱扫码获取

☆ 配套音频
☆ 名家课程
☆ 读书笔记
☆ 交流社群

第二十讲 特殊的对偶形式

对偶是汉语言文学独有的一种艺术表现形式。所谓对偶,就是把字数相等、意思相对、结构相同、句法相称的两个句子对称地排列在一起。对偶在古典诗歌(包括诗、词、曲)中运用得极为广泛。这些对偶诗句给读者一种结构和谐的整齐感,读起来上口,听起来悦耳,具有音调抑扬、节奏鲜明的音乐美感。古人在诗歌创作中,苦心孤诣地追求对偶的工稳以及形式的变化,创造出一些较为特殊的对偶形式,如"当句对""隔句对""联璧对",等等。本讲拟对这几种对偶形式作一简单的论说,并援引例句说明,希望对受众朋友读赏诗词有所裨益。

一、当句对

"当句对"又称"就句对",就是在一句之中自成对偶。如:

(1)小院回廊春寂寂,浴凫飞鹭晚悠悠。(杜甫《涪城县香积寺官阁》)

——"小院"与"回廊"相对,"浴凫"与"飞鹭"相对。

(2)城外青山如屋里,东家流水入西邻。(王维《春日与裴迪过新昌里访吕逸人不遇》)

——"城外"对"屋里","东家"对"西邻"。

(3)岁岁金河复玉关,朝朝马策与刀环;三春白雪归青冢,万里黄河绕黑山。(柳中庸《征人怨》)

——"金河"对"玉关","马策"对"刀环","白雪"对"青冢","黄河"对"黑山",全诗四句皆为当句对。

关于当句对的起源,宋人洪迈《容斋随笔》:"唐人诗文或一句中自成对偶,谓之当句对。盖起于《楚辞》蕙肴兰借、桂酒椒浆、桂棹兰枻、斫冰积雪。自齐梁以来,江文通、庾子山诸人亦如此。"洪迈的引例为《九歌·东皇太一》:"蕙肴蒸兮兰借,奠桂酒兮椒浆"《九歌·湘君》:"桂棹兮兰枻,斫冰兮积雪。"其实,溯源到《诗经》,也可以找到最原始的当句对,如螓首蛾眉(《卫风·硕人》),绿衣黄裳(《邶风·绿衣》)等。

在唐人律诗中,较为多见的是互为对偶的两个双音词中有一字相同的当句对,请看:

(1)桃花细逐杨花落,黄鸟时兼白鸟飞。(杜甫)

(2)戎马不如归马逸,千家今有百家存。(杜甫)

(3)座中醉客延醒客,江上晴云杂雨云。(李商隐)

宋人模仿这种格式更为多见,如:

(4)南岭禽过北岭叫,高田水入低田流。(梅尧臣)

(5)野水自添田水满,晴鸠却唤雨鸠归。(黄庭坚)

值得提出的是白居易《寄韬光禅师》诗的前三联:

一山门作两山门,两寺原从一寺分。

东涧水流西涧水,南山云起北山云。

前台花发后台见,上界钟声下界闻。

——六句皆为当句对,尤其是第一、三、四句,每句中皆有两个音节词组相对偶而有两字相同,这种诗句殊为少见。

李商隐有一首七律题为《当句有对》八句诗皆由"当句对"组成,请看:

密迩平阳接上兰,秦楼鸳瓦汉宫盘。

池光不定花光乱,日气初涵露气干。

但觉游蜂绕舞蝶,岂知孤凤忆离鸾。

三星自转三山远,紫府程遥碧落宽。

冯浩笺注曰:"八句皆自为对,创格也。"当句对的写作比一般的对偶句更费斟酌,确实有一定的难度。但是古代杰出的诗人却乐于在这高难度的格律要求下进行创作,以显示其卓荦超群的笔力。上文所引诸例,词语搭配贴切,对偶工稳,读来具有一种抑扬回复的韵味。"当句对"对于新诗创作也有一定的影响,如歌曲《我的中国心》:"长江长城,黄山黄河,在我心中重千斤。"就是典型的当句对。

二、隔句对

"隔句对"又称为"扇面对"或"扇对"。它的特点是一联之中的上句与下句并不对偶,而邻近的两联四句之中,第一句与第三句对偶,第二句与第四句对偶。例如：

缥缈巫山女，归来七八年。

殷勤湘水曲，留在十三弦。(白居易《夜闻筝中弹潇湘送神曲感旧》)

——第一句"缥缈巫山女"与第三句"殷勤湘水曲"对偶；而第二句"归来七八年"与第四句"留在十三弦"对偶。可见隔句对是隔句交叉相对，扩大了对偶句的容量，形成了上一联十个字与下一联十个字的对偶。

请再看七言诗的例句：

莫悲建业荆榛满，昔日繁华是帝京；

莫爱广陵台榭好，也曾芜没作荒城。(韦庄《杂感》)

——其实是十四字为一句的对偶句式。隔句对在《诗经》中已肇其端，如：

昔我往矣，杨柳依依；

今我来思，雨雪霏霏。(《小雅·采薇》)

——这种交叉的对偶使呆板的句式富于变化，宛转流利，对后世隔句对的形成和发展起到了"导夫先路"的作用。

在唐诗中隔句对更为多见，技巧更为娴熟，如：

海客谈瀛洲，烟涛微茫信难求；

越人语天姥，云霞明灭或可睹。(李白《梦游天姥吟留别》)

煖客貂鼠裘，悲管逐清瑟；

劝客驼蹄羹，霜橙压香橘。(杜甫《自京赴奉先县咏怀五百字》)

井底引银瓶，银瓶欲上丝绳绝；

石上磨玉簪，玉簪欲成中央折。(白居易《井底引银瓶·止淫奔也》)

隔句对在词曲中也得到广泛的运用，先举辛弃疾的词为例：

腰间剑，聊弹铗；

尊中酒，堪为别。(《满江红》)

解频教花鸟，前歌后舞；

更催云水，暮送朝迎。(《沁园春·再到期思卜筑》)

把两句为一组的普通对偶发展成四句为一组的隔句对，这在诗律发展史上是一大进步。隔句对不仅扩大了对偶辞格的疆域，加大了诗歌表达内容的容量,而且使诗歌句式、语言更加灵活畅达。

在当代新诗的创作中,隔句对也受诗人垂青。如郭小川《秋歌》中的一节:

> 风中的野火呵,长明不灭!
>
> 有多险的关隘,就有多勇的行列。
>
> 浪里的渔舟呵,身轻如蝶!
>
> 有多大的艰难,就有多壮的胆略。

他的《青纱帐——甘蔗林》《秋日谈心》《刻在北大荒的土地上》等全首均由隔句对组成。读来别具风姿,如诗如赋。传统楹联中的长联则是隔句对的进一步发展,使这种对偶格式,登峰造极。

三、联璧对

"联璧对"又称"四句对",就是以四句为一组形成互为对偶的句式,犹如把几块璧玉连缀在一起。联璧对在古诗中偶然有之,但极为罕见,如黄庭坚的《送王郎》:

> 酌君以蒲城桑落之酒,
>
> 泛君以湘累秋菊之英,
>
> 赠君以黔川点漆之墨,
>
> 送君以阳关堕泪之声。

乍看过来像是散文句,毫不似对偶,但认真体味,方知是"以歌行之气,运于偶句"了。词中联璧对也很少见,只有《满江红》等个别词牌才能容纳这种联璧对的句式。如辛弃疾的词作:

(1)云液满,琼杯滑,长袖起,清歌咽。

(2)溪左右,山南北,花远近,云朝夕。

(3)诗酒社,江山笔,松菊径,云烟展。

(4)尊如海,人如玉,诗如锦,笔如神。

联璧对在元曲中得到了广泛的运用。在散曲作品中,联璧对往往与排比手法配合运用,融为一体,例如:

三言联璧对:

云黯黯,水迢迢,

风凛凛,雪飘飘。(花李郎《玉翼蝉煞》)

四言联璧对:

银筝懒按,锦瑟慵弹,

玉箫倦品,宝鉴羞观。(贯云石《梁州第七》)

五言联璧对:

苍猿攀树啼,残花扑马飞。

越女随舟唱,山僧逐渡归。(吕止庵《后庭花》)

七言联璧对:

功名万里忙如燕,斯文一脉微如线。

光阴寸隙流如电,风霜两鬓白如练。(薛昂夫《塞鸿秋》)

八言联璧对:

银杏叶凋零鸭脚黄,玉树花冷淡鸡冠紫,

红豆蔻啄余鹦鹉粒,碧梧桐栖老凤凰枝。(贯云石《南吕一枝花·丽情》)

从上述联璧对例句中可以看出,散曲具有与含蓄蕴藉的诗词相反的艺术个性,它多用排比铺陈,无论写景、言志、抒情都以穷形尽相,刻露无余为宗旨。联璧对语势如飞流注涧,一泻无余;语言似明珠走盘,圆转晓畅,正是散曲作者进行铺陈的好方法。从古典诗歌这些工稳精美、脍炙人口的特殊对偶形式中,我们可以窥见古代诗人在对偶句锤炼中,刻意出奇,另立新法,别出新意的创新精神。

第二十一讲　词曲鼎足对

"鼎足对"就是以三句为一组,互为对偶,犹如鼎的三条腿。周德清《中原音韵》、朱权《太和正音谱》、王骥德《曲律》中对它都有简略的论述。鼎足对在元曲中运用得很广泛,表现出独特的艺术个性,如:

暮云收,晴虹散,落霞飘。(郑光祖《驻马听近》)

黄花庭院,青灯夜雨,白发秋风。(张可久《人月圆·客垂虹》)

和露摘黄花,带霜烹紫蟹,煮酒烧红叶。(马致远《夜行船·秋思》)

散曲的"鼎足对"对事物的描摹刻画是淋漓酣畅的,作者乐于采用这种奇特的对仗格式去状物抒情。确实,"鼎足对"对于散曲泼辣宏肆的风格的形成也起到了一定的推动作用。

在学术界,人们一般都认为鼎足对是散曲独有的对偶形式,王季思先生在《元散曲选注》中的前言部分指出:"(散曲)对仗的种类也增加了,像鼎足对,就是诗词中没有的。"我们在研读唐宋词作品时,发现并札录了大量的鼎足对例证。如果说散曲的《折桂令》《醉太平》《天净沙》《水仙子》等曲牌的句格便于使用鼎足对的话,那么唐宋词的《行香子》《柳梢青》《醉蓬莱》《国门东》《水调歌头》《眼儿媚》《水龙吟》等词牌的句格也同样能容纳鼎足对句式。例如《行香子》词牌:

(1)奈心中事,眼中泪,意中人。(张先)

(2)任雪霏霏,云漠漠,月溶溶。(黄升)

(3)对一张琴,一壶酒,一溪云。(苏轼)

(4)甚霎儿晴,霎儿雨,霎儿风。(李清照)

再如《柳梢青》词牌:

(5)昨夜浓欢,今朝别酒,明日行客。……

无限离情,无穷江水,无边山色。(谢逸)

(6)楼外残钟,帐前残烛,窗边残月。……

心下难弃,眼前难觅,口头难说。(朱敦儒)

《水调歌头》:（用辛弃疾词例）

(7) 梦连环，歌弹铗，赋登楼。

(8) 王家竹，陶家柳，谢家池。

(9) 醉淋浪，歌窈窕，舞温柔。

再如《醉蓬莱》词牌：

(10) 玉宇无尘，金茎有露，碧天如水。（柳永）

再如《国门东》：

(11) 指红尘北道，碧波南浦，黄叶西风。（贺铸）

又如《金人捧露盘》词牌：

(12) 梦湘云，吟湘月，吊湘灵。（高观国）

再如《眼儿媚》词牌：

(13) 绿杨影里，海棠亭畔，红杏梢头。（朱淑真）

(14) 今宵眼底，明朝心上，后日眉头。（佚名）

再如《水龙吟》词牌：

(15) 千古兴亡，百年悲笑，一时登览。（辛弃疾）

(16) 绿野风烟，平泉草木，东山歌酒。（辛弃疾）

再如《诉衷情》词牌：

(17) 胡未灭，鬓先秋，泪空流。（陆游）

(18) 追往事，惜流年，恨风烟。（晁端礼）

再如《酒泉子》词牌：

(19) 绿杨浓，芳草歇，柳花狂。（温庭筠）

(20) 掩银屏，垂翠箔，度春宵。（温庭筠）

另外，《定西蕃》《华胥引》《忆少年》《人月圆》《宝鼎现》《千秋岁》《最高楼》《玉蝴蝶》《石州慢》《烛影摇红》《六州歌头》等词牌都可以容纳鼎足对的句子。至于例句，兹不赘举。

为什么唐宋词中如此丰富的鼎足对例句却没能引起研究者的重视呢？原因有二：一是唐宋词中鼎足对的句式多被后人归入排比辞格中，而未能从对偶的角度对其进行研究；二是为散曲鼎足对显赫的声势所掩，未能摆脱传统的定论，而去追根溯源，探求其本。

　　上文所引词中鼎足对的实例林林总总、绚烂多姿,表现出灵巧、自由的特点。词的鼎足对,突破了律诗对仗僵滞的模式,显得灵活、生动。如律诗的对仗忌"合掌"(即一联中的出句和对句的意思相同,或上联对仗方式与下联雷同皆被称为合掌),但词的鼎足对却完全摆脱了这种束缚,对偶的一组之中的各句不避合掌。再如律诗对仗忌出句与对句中有间字,因此力避字句的重复,而词的鼎足对却不受此局囿,上文引例中就有不少出现同字的对偶,尤其是《行香子》《柳梢青》等词牌的鼎足对更以同字见长。词中鼎足对以三字句和四字句为多,五言以上的极为少见。在句法的安排和技巧的运用上远不如后世散曲鼎足对那样灵活、丰富。

　　散曲作品中八字句以上的鼎足对亦不少见,如:

羡傅说守定岩前版,

叹灵辄吃了桑间饭,

劝豫让吐出喉中炭。(查德卿《寄生草》)

感春情来来往往蜂媒,

动春意哀哀怨怨杜宇,

乱春心娇娇怯怯莺雏。(马致远《惜春曲》)

伴虎溪僧鹤林友龙山客,

似杜工部陶渊明李太白,

有洞庭柑东阳酒西湖蟹。(马致远《拨不断》)

银筝女银台前理银筝笑倚银屏,

玉天仙携玉手并玉肩同登玉楼,

金钗客歌金缕捧金樽满泛金瓯。(关汉卿《南吕一枝花》)

　　散曲的鼎足对有些是曲律所规定的,有些则是约定俗成的惯例,但因现存曲谱的科学性较差,我们应着重从作品实际去进行分析。有些曲牌如《天净沙》《折桂令》《水仙子》《醉太平》等句式适于使用鼎足对,因此形成了应当遵守的格律。另外散曲可以在曲牌规定的字句之外另加衬字,这样就使同一曲调的作品在数字上有很大的伸缩性。衬字的灵活运用使传统的格律发生了很大的松动,散曲因此得到了长足的发展,成为"中国最自然的文学"(王国维语),这就为鼎足对的运用开拓了疆域,扩展了道路。另外散曲鼎足对往往与比喻、双关、博喻、排比、复沓、叠字、嵌字等修辞方法结合起来,珠联璧合,相得益彰。

综上所述,我们可以看出散曲的对偶与诗词相比有三个区别:在艺术形式上,诗词的对偶要求很严而散曲较宽;在语言风格上,诗词典雅工丽而散曲俚俗浅显;在艺术手法上,散曲更为灵活多样。

唐宋词作的鼎足对还处于探索阶段,在艺术手法上远不如后世散曲鼎足对那样丰富和成熟。但是在这种特殊对偶形式发展过程中,唐宋词为元散曲"导夫先路"的作用应予充分肯定。对古典词曲中这种特殊的对偶形式进行探研和总结,对于新诗的创作与发展也是大有裨益的。

📖 扫码获取
☆配套音频
☆名家课程
☆读书笔记
☆交流社群

第二十二讲　顶真与双关

一、顶真续麻

顶真是一种修辞格,又称为顶针、联珠,就是用前一语句的末尾做后一语句开头,使邻近的句子首尾相衔,取得很好的修辞效果。顶真格在古典诗歌中运用得很广泛,在我国最古老的诗集《诗经》中屡见不鲜,如"窈窕淑女,寤寐求之。求之不得,寤寐思服。"(《周南·关雎》)虽然艺术上还不够成熟,但对顶真在诗歌中的运用起到了"导夫先路"的作用。

"顶针"原为刺绣或缝衣时中指所戴之金属指环,环上满是小凹点,以便推针穿布,一针一针地缝。在修辞学上,意指后句第一个字(词)用前句最后一个字(词),如同缝衣服一针顶着一针,一句顶着一句走。句子首尾相连,上递下接,环环紧扣,一气呵成,读来令人拍手叫绝。例如明代佚名《桃花冷落》:

桃花冷落被风飘,飘落残花过小桥。

桥下金鱼双戏水,水边小鸟理新毛。

毛衣未湿黄梅雨,雨滴江梨分外娇。

娇姿常伴垂杨柳,柳外双飞紫燕高。

高阁佳人吹玉笛,笛边鸾线挂丝绦。

绦丝玲珑香佛手,手中有扇望河潮。

潮平两岸风帆稳,稳坐舟中且慢摇。

摇入西河天将晚,晚窗寂寞叹无聊。

聊推纱窗观冷落,落云渺渺被水敲。

敲门借问天台路,路过小桥有断桥。

桥边种碧桃。

——从头到尾句句相连,最后一句与诗歌开头遥相呼应,可谓顶真诗之佳作。

古典诗歌的顶真可分为三类,即连环式、连珠式与句中顶真。

（一）连环式顶真

所谓连环式顶真，就是在篇幅较长而且分章节的诗作中，前一章的末句与后一章的首句蝉联相应，回环往复。曹植名作《赠白马王彪》，全诗七章，各章之间皆上递下接。如第二章末句为"我马玄以黄"，第三章首句为"玄黄犹能进"；第三章末句为"揽辔止踟蹰"，第四章首句为"踟蹰亦何留"；第四章末句为"抚心长太息"，第五章首句为"太息将何为"等。这种连环式顶真不仅使各章之间连接紧凑，而且烘托出一种愁肠百转、悲苦郁结的情境，遂极文情之妙。

（二）连珠式顶真

连珠式顶真在诗、词、曲等韵文中运用更广泛。根据诗句之间相互蝉联的那部分词语的字数，我们把连珠式顶真分为以下四种：

1. 句与句间蝉联一字的顶真

如元人无名氏［小桃红］：

断肠人写断肠词，词写心中事。

事到头来不由自，自寻思。

思量往事真诚志，志诚是有。

有情谁似？似俺那人儿。

周德清《中原音韵·定格》评曰："顶真，妙，且音律谐和。"

2. 句与句间蝉联二字的顶真

五代诗人韦庄《杂体联锦》诗：

携手重携手，夹江金线柳。

江上柳能长，行人恋尊酒。

尊酒意何深，为郎歌玉簪。

玉簪声断续，钿轴鸣双毂。

双毂去何方，隔江春树绿。

树绿酒旗高，泪痕沾绣袍。

绣袍紫鹅湿，重持金错刀。

错刀何灿烂……

这首诗如行云流水，气脉贯通。两句为一组，每组首尾相衔，顺势而下。明快晓畅，格调清新。

3.句与句间蝉联三字的顶真

元人马致远杂剧《汉宫秋》第三折的［梅花酒］与［收江南］曲云：

他部从入穷荒，我銮舆返咸阳。

返咸阳，过宫墙；过宫墙，绕回廊；

绕回廊，近椒房；近椒房，月昏黄；

月昏黄，夜生凉；夜生凉，泣寒螿；

泣寒螿，绿纱窗；绿纱窗，不思量！

呀！不思量，除是铁心肠；

铁心肠，也愁泪滴千行。

这两曲妙用短句顶真，有鲜明的节奏感，读来令人回肠荡气。

4.句与句间蝉联四字的顶真

蝉联四字的连珠式顶真很罕见，清代女词人吴藻《花帘词》中有一首《苏幕遮》堪为佳例：

曲栏干，深院宇。依旧春来，依旧春来去。

一片残红无著处，绿遍天涯，绿遍天涯树。

柳花飞，萍叶聚。梅子黄时，梅子黄时雨。

小令翻香词太絮。句句愁人，句句愁人语。

新颖别致，蝉联四字，却毫无生拼硬凑之嫌，音律流畅，语气连贯，艺术构思奇妙，足见女词人的锦心绣口。

5.句中顶真

所谓"句中顶真"，就是在一句诗内，前一个词语与后一个词语之间用同一个字来连接，貌似叠字，实为顶真。请读《题金山寺赠陆先生韵》：

天连泗水水连天，烟锁孤村村锁烟。

寺绕藤萝萝绕寺，川通巫峡峡通川。

酒迷醉客客迷酒，船送行人人送船。

此会应难难会此，传今胜古古今传。

全诗几乎每一句都是首尾同字的回环，"天连水——水连天"，"烟锁村——村锁烟"，"树绕萝——萝绕树"……可谓"句中顶真"的典范之作。"句中顶真"，上下顶接，紧凑有力，给读者留下深刻的印象。

二、谐音双关

双关就是利用语音或语义的条件,使一个词语同时关涉两种不同的事物,即言在此而意在彼。双关分为"谐音双关"和"语义双关"两类。我们在这里着重谈古典诗歌作品中的谐音双关。首先看唐人刘禹锡的《竹枝词》:

杨柳青青江水平,闻郎江上踏歌声。

东边日出西边雨,道是无晴还有晴。

"道是无晴还有晴"的"晴"字,谐音双关"情",一方面是说"东边日出西边雨"晴雨的"晴",另一方面关涉"闻郎江上踏歌声"情意的"情"。用天气阴晴之"晴",隐含地指称爱情之"情"。

谐音双关这种手法就是把同音异义的词有意安排在可以产生两种理解的语句中,以达到言在此而意在彼的目的。在南朝乐府民歌中,谐音双关被广泛运用,成为"吴声""西曲"的重要表现手法之一。如:

(1)三更书石阙,忆子夜啼碑。(《读曲歌》)

——"啼碑"双关"啼悲"。

(2)朝看莫牛迹,知是宿蹄痕。(《读曲歌》)

——"蹄痕"双关"啼痕"。

(3)乘风采芙蓉,夜夜得莲子。(《子夜夏歌》)

——"芙蓉""莲子"双关"夫容""怜子"。

这些南朝乐府民歌大多以描写少女爱情为题材,通过谐音双关的隐语把少女那种难以直言的心事委婉曲折地表露出来。唐诗中也有一些仿拟乐府诗运用双关的佳作,如:

(1)颦眉腊月露,愁杀未成霜。(晁采《子夜歌》)

——"成霜"双关"成双"。

诗歌谐音双关手法的运用在明代民歌中又掀起一个高潮,如:

(2)井面开花井底下红,篾丝篮吊水一场空。

梭子里无丝空来往,有针无线枉相缝。

——"无丝"双关"无思","相缝"双关"相逢"。

(3)滔滔风急浪潮天,情郎哥扳桩要开船。

挟绢做裙郎无幅,屋檐头种菜姐无园。

——"无幅""无园"双关"无福""无缘"。

(4)不写情词不写诗,一方素帕寄心知。

心知接了颠倒看,横也丝来竖也丝,

这般心事有谁知?

——"丝"双关"思"。

(5)新做屋基四方方,细细石子来砌墙。

哥哥会盖大瓦房,问妹要廊不要廊?

——"廊"谐音双关"郎"。

总之,谐音双关这种巧妙运用语言的艺术手段具有悠久的历史性与广泛的群众性,恰当地运用它可以增强诗歌的艺术表现力,很值得进一步加以探研与总结。

第二十三讲　散曲修辞艺术

在古诗艺苑中,唐诗、宋词、元曲前后辉映,各呈异彩,历来就有"诗庄,词媚,曲俗"的说法。散曲是元代新兴的一种诗体,是古典韵文在形式上的一次重大解放。语言的通俗、形式的灵活、内容的多样、音律的松动是散曲的突出特点。在艺术表现手法上,散曲与传统诗词相比,区别有如下四点:诗词贵典雅而散曲尚俚俗,诗词贵含蓄而散曲尚显露,诗词贵敦厚而散曲多诙谐,诗词多用比兴而散曲好用铺陈。散曲修辞与正统诗词相比更是大异其趣,它形成了许多令人瞩目的修辞方式,不拘格套,逞才弄巧,善于大胆创新,翻新出奇。在这方面,散曲之异于诗词,可谓道迥不侔也。我们从林林总总的散曲修辞格式中,选出五种有代表性的辞格,引例论说如下。

一、排比铺陈

诗词讲求比兴寄托,以言近旨远、辞约义丰为尚,而散曲却好用直陈白描,以铺陈排比、显豁直露为当行本色。翻开散曲卷帙,我们会发现,无论写景、叙事、状物、抒情,散曲作者都以穷形尽相,刻露无余为宗旨。请看:

看看的相思病成,怕见的是八扇帏屏:

一扇儿双渐小卿,一扇儿君瑞莺莺;

一扇儿越娘背灯,一扇儿煮海张生;

一扇儿桃源仙子遇刘晨,一扇儿崔怀宝逢着薛琼琼;

一扇儿谢天香改嫁柳耆卿,一扇儿刘盼盼昧杀大官人。

哎! 天公! 天公! 教他对对成,偏俺合孤零!(无名氏《十二月过尧民歌》)

——连续铺排了民间广泛流传的八个恋爱故事,来衬托女主人公渴求自主婚姻的迫切心情,文气连贯,令人目不暇接。又如:

见十二个粉蝶儿飞:

一个恋花心,一个搀春意,

一个翩翩粉翅,一个乱点罗衣,

一个掠草飞,一个穿帘戏,

一个赶过杨花西园里睡,

一个与游人步步相随,

一个拍散晚烟,一个贪欢嫩蕊,

那一个与祝英台梦里为期。(赵岩《喜春来过普天乐》)

——全曲分别描绘了十二(实际上只有十一)只粉蝶不同的情态,渲染出一派旖旎春光和盎然春意的景象,新颖活泼,极富情趣。

二、重字复词

近体诗和长短句的词都以重复的字词为忌,而散曲却以此为长。请看以下几例:

云来山更佳,云去山如画。

山因云晦明,云共山高下。

倚杖立云沙,回首见山家。

野鹿眠山草,山猿戏野花。

云霞,我爱山无价;

看时,行踏,云山也爱咱。(张养浩《雁儿落带得胜令·退隐》)

——全曲九个"山",七个"云"字巧妙勾连,字虽重复,而意却奇妙,烘托出云山幽境和隐栖之乐。

散曲中词语叠用更为多见,呈现出独特的艺术风貌,如以下两首抒写相思离别的小令:

九分恩爱九分忧,两处相思两处愁,十年迢逗十年受。

几遍成几遍休,半点事半点惭羞。

三秋恨三秋感旧,三春怨三春病酒,一世害一世风流。 (徐再思《水仙子·春情》)

怕黄昏忽地又黄昏,

不销魂怎地不销魂;

新啼痕压旧啼痕,

断肠人忆断肠人!(王实甫《十二月过尧民歌·别情》)

这两支小令或一句内词语相叠,或相邻句子中词语重复,尽情地渲染了缠绵悱恻的相思之情。

再如无名氏《塞鸿秋·山行警》:

东边路西边路南边路,

五里铺七里铺十里铺。

行一步盼一步懒一步,

霎时间天也暮日也暮云也暮。

斜阳满地铺,回首生烟雾。

兀的不山无数水无数情无数。

——直率自然,一气呵成,天然俗语,不啻自其口出。词语的叠用使全曲变为基本上以三字为一组的短句,音急节促,有回环流走之妙。

三、连环往复

有些散曲全篇由几个中心词语连环往复组成,如张鸣善《普天乐·愁怀》:

雨儿飘,风儿飏。

风吹回好梦,雨滴损柔肠。

风萧萧梧叶中,雨点点芭蕉上。

风雨相留添悲怆,雨和风卷起凄凉。

风雨儿怎当,雨风儿定当,风雨儿难当。

——全曲各句分别组成四联对偶句和一联鼎足对,以"风雨"为中心词语,连环往复,格调累累如珠。

再如刘庭信的散曲《一枝花·秋景怨别》的[尾声]:

惊回残梦添凄楚,无奈秋声最狠毒:

风声忀,雨声怒,角声哀,鼓声助。

一声听,一声数,一声愁,一声苦。

投至的风声宁,雨声住,角声绝,鼓声足。

又被这一声钟撞我一声长吁,

则我这泪点儿更多如窗前雨。

——全曲二十句,三字句就占十五句之多,围绕着由"风、雨、钟、角、鼓声"组成的立体"秋声",进行反复描述,声调急促,传神地刻画出抒情主人公彻夜难以安眠的凄怆之情。通篇是四面秋声递相起,如常山之蛇,首尾相应。

四、独木桥体

诗忌同韵,但曲中有通首只押一韵者,即独木桥体。如无名氏的《塞鸿秋》:

> 爱他时似爱初生月,
>
> 喜他时似喜看梅梢月,
>
> 想他时道几首西江月,
>
> 盼他时似盼辰钩月。
>
> 当初意儿别,今日相抛撇,
>
> 要相逢似水底捞明月。

——全曲一"月"字押韵到底,写出相思深情,语言活泼,意趣盎然。

再如周文质《叨叨令·自叹》的第一首:

> 筑墙的曾入高宗梦,
>
> 钓鱼的也应飞熊梦。
>
> 受贫的是个凄凉梦,
>
> 做官的是个荣华梦。
>
> 笑煞人也末哥,笑煞人也末哥,
>
> 梦中又说人间梦。

——曲词以"梦"字为韵脚,反映出沦至"九儒十丐"最低下地位的汉族文人普遍存在的人生虚幻的思想的现实,从这个侧面反映了社会的黑暗。

五、广譬博喻

博喻就是使用多种多样的比喻来形容某一事物或说明某一个道理。妙用博喻的散曲佳作俯拾皆是。它们妙语如珠,奇喻叠起,变传统比兴的深婉隐曲为宏肆豪辣,令人耳目一新,充分体现出散曲独特的艺术个性。如马致远散套《夜行船·秋思》:

蛩吟罢一觉才宁贴，

鸡鸣时万事无休歇，争名利何年是彻！

看密匝匝蚁排兵，乱纷纷蜂酿蜜，急攘攘蝇争血。

作者把世间那群追名逐利的无耻之徒喻为排兵之蚁、酿蜜之蜂、争血之蝇，向其投以鄙夷的目光。而尘世的纷扰、群小的龌龊则在这个博喻句中逼真而形象地显示出来。请看下面两首小令：

夺泥燕口，削铁针头，刮金佛面搜求，无中觅有。

鹌鹑嗉里寻豌豆，鹭鸶腿上劈精肉，蚊子腹内刳脂油，亏老先生下手！

（无名氏《醉太平》"讥贪小利者"）

——连用六个生动形象的比喻，尖锐地嘲讽了元代那些贪得无厌的统治者、剥削者搜刮民脂民膏的丑行。全曲语言俚俗、诙谐，把敲骨吸髓的"老先生"之流的贪婪本性刻画得入木三分，揭露得纤毫毕现。

比你做水花儿聚了还散，

比你做蜘蛛网到处粘拈，

比你做锦揽儿与你暂时牵绊，

比你做风筝儿线断了，

比你做扁担儿，担不起莫要担，

比你做正月半的花灯也，

你也亮不上三四晚。（醉月子《新选挂技儿》）

——根据词意揣度，可能是一位歌伎对追求她的轻薄男子所言，带有调笑的意味。全曲运用眼前六个事物作喻，新颖而又贴切，语言通俗，泼辣明快，六个"比你做"又构成排比句式，赋比兼陈，清新幽默。

散曲在文学史上占有很高的地位，标志着我国诗歌形式的一次大解放，也预示着富有强大生命力的白话新体诗的产生。散曲绚烂多姿的艺术表现手法和修辞方式对后世的民间演唱文学产生了深远的影响，从当代许多戏曲、曲艺形式中，我们能强烈地感受到这种影响的存在。而历代文人仅以诗文为正统文学，词被称为"诗余"，曲则被称为"词余"，甚至把散曲摒弃于文学殿堂之外。这种历史的偏见，至今尚未完全销声匿迹。因此，对于散曲的各种修辞形式进行深入、切实地探研，还有待于进一步加强。

第二十四讲　特殊的押韵形式

押韵是我国古典诗歌传统的艺术手法之一。经过无数代人的努力,创造出许多较为特殊的押韵形式,如柏梁体、福唐体、短柱体等。拟对这几种特殊的押韵形式,做简要论说。

一、柏梁体

古代诗歌中一般逢偶句押韵的为隔句韵。也有少数作品是句句都押韵,这称为排韵。柏梁体就是句句都押韵,而又一韵到底的诗体。相传汉武帝建造柏梁台,大宴群臣,席间宣布凡是俸禄在二千石以上的高级官员每人作一句诗,合成一首七言诗。于是包括汉武帝在内共二十六人每人一句,句句押韵,联成一首《柏梁诗》。后世就把每句用韵的七言古诗称为柏梁体。魏文帝曹丕著名的七言诗《燕歌行》就是一首柏梁体诗,请看:

秋风萧瑟天气凉,草木摇落露为霜,群燕辞归雁南翔。

念君客游思断肠。慊慊思归恋故乡,何为淹留寄他方?

贱妾茕茕守空房,忧来思君不敢忘,不觉泪下沾衣裳。

援琴鸣弦发清商,短歌微吟不能长。

明月皎皎照我床,星汉西流夜未央。

牵牛织女遥相望,尔独何辜限河梁!

这首乐府诗句句用韵,一韵到底,一气卷舒,声情相谐,不愧为柏梁体的佳作。柏梁体诗有以下四个特点:(1)只限于七言古诗,忌入律,忌对仗;(2)全诗每句都得押同一平声韵,中间不得转韵;(3)诗的句数不限,可以是偶数,也可以是奇数;(4)韵脚允许同字连押。柏梁体用韵很密,音乐性与节奏感都很突出,但终不如隔句韵那样平稳舒缓,易于安排;加之,长篇诗作一韵到底使作者费力而难工,所以它始终不能跻身于诗体正宗,只得居于别体之列。

二、福唐体

通篇使用同一个押韵的诗被称为福唐诗,又俗称为独木桥体。对于"福唐"二字的含义,学术界迄今尚无确论。夏承焘《唐宋词论丛》云:"其体不知始于何人,'福唐'之名亦未得解。"王力《汉语诗律学》亦云:"'福唐'义未详。"但从这种有趣的诗体的特点上看,全诗只允许押同一个字的韵脚,既窄且险,犹如小心翼翼地走过一座独木桥,这大概就是"独木桥体"取义命名的来由吧。

福唐独木桥体在词曲中较为多见,张德瀛《词征》:"福唐体者,即独木桥体也。创自北宋黄鲁直《阮郎归》用'山'字,辛稼轩《柳梢青》用'难'字,赵惜香《瑞鹤仙》用'也'均然。"另外蒋捷、刘克庄、石孝友等宋人皆有福唐独木桥体词作存世。

一般说来,福唐独木桥体诗词不仅难写,而且难工。通篇同押一个韵脚,往往使声韵和语言显得呆板,缺少变化。但是也有名家高手于难见巧,写出情韵盎然的独木桥体佳作来,《词苑丛谈》载董文友望梅一调,通篇以"七"字为韵:

奴年两七。比陶家八八,李家七七。

风情仙韵知难并,自思量,可及十分之七。

却似天孙,几望断新秋初七。

正闲看北斗,遥挂阑干,云边横七。

空有琴弦五七,更词名八六,歌名一七。

奈唱回残月晓风,难说与,韦曲才人柳七。

简点春风,已花信今番六七。

怕年华都似,顷刻开花殷七。

——词作以女子口吻叙说,共押十个"七"字为韵,把枯燥乏味的数字安排得妥帖巧妙,虽属文人游戏笔墨,但慧心巧舌,读来还是饶有风趣的。

福唐独木桥体在元散曲中也较为多见,意新语工,字响调圆,体现出独特的俚俗口语风格。如无名氏的元曲小令《折桂令》:

叹世间多少痴人,多是忙人,少是闲人。

酒色迷人,财气昏人,缠定活人。

钹儿鼓儿终日送人,车儿马儿常时迎人。

精细的瞒人,本分的饶人。

不识时人,枉只为人。

——全曲十二句皆押"人"字韵,写尽了元代病态社会的世态人情。

福唐独木桥体作为诗中一格,对后世文学,尤其是对民歌民谣产生了一定的影响。如赵树理《李有才板话》中的顺口溜("刘广聚,假大头"),袁水拍《马凡陀的山歌》中的《发票贴在印花上》等皆是通篇以一字为韵的。曾有一首题为"人字歌"的诗篇,全诗押"人"字韵:

清明寒气紧逼人,怎敌扫墓万千人。

人民本是守法人,无奈小丑气杀人。

人民总理爱人民,恶犬狂吠也算人?

暂披画皮扮作人,定能揭破画皮人!

这首诗是对福唐独木桥体的妙用,表现出对周总理的沉痛悼念以及对"四人帮"的严正声讨。独木桥体诗歌格式整齐,韵律往复,语言流畅,读来顺口,听起悦耳,易诵易记,但多数作品成为诗人求新猎奇的文字游戏,文学价值不高。

三、短柱体

所谓短柱体是在诗的句中韵的基础上发展起来的。句中韵在《诗经》《楚辞》和汉代谣谚中就有一些例证,词曲中的句中韵更为常见,如宋词:

(1)琅然‖清圆‖谁弹? 响空山‖无言。

(2)长松‖之风‖如公。 肯余从‖山中。

再如元曲中:

(1)柳绵‖满天‖舞旋。

(2)醉烘‖玉容‖微红。

(3)玉娘‖粉妆‖生香。

(4)忽听‖一声‖猛惊。

(5)本宫‖始终‖不同。

（6）自古‖相女‖配夫。

（7）口来‖欲开‖两腮。

以上引例皆为二字一韵，六字分为三韵，形如短柱。在元曲中出现了某一部分用句中韵的作品，如汤舜民的《醉太平》中有一副鼎足对：

柳屯云‖护城闉‖两岸黄金嫩，

杏酤春‖映山村‖万树胭脂喷，

草铺茵‖绕湖滨‖一片绿绒新。

每句的第三字、第六字皆为句中韵，读来确实音韵回环，朗朗上口。这种句中韵发展到极致，就出现了全篇各句均为两字一押韵的短柱体诗。这种诗每句往往有两韵或三韵，典型之作是元人虞集的《折桂令·席上偶谈蜀汉事因赋短柱体》：

鸾舆｜三顾｜茅庐，汉祚｜难扶，日暮｜桑榆。

深渡｜南泸，长驱｜西蜀，力拒｜东吴。

美乎｜周瑜｜妙术，悲夫｜关羽｜云殂；

天数｜盈虚，造物｜乘除。

问汝｜何如？早赋｜归欤。

通篇两字一韵，平仄通叶，精心雕镂，语妙天成。读来音繁韵促，节奏铿锵，文笔流转自然，并无滞涩拼凑之感，足见作者高超的笔力。但此类短柱体费力难工，故和者盖寡，问津者鲜矣。

四、转韵

转韵又称为换韵，就是较长篇幅的诗章可以中间转韵，譬如有的诗两句一韵，如《诗经·大雅·常武》：

王犹允塞，徐方既来。｜

徐方既同，天子之功。｜

四方既平，徐方来庭。｜

徐方不回，王曰还归。

这种两句一押韵，至下两句又弃掷前韵，改换他韵的方式又称为掷韵。再如《文镜秘府论》的引例：

不知羞,不肯留;|

集丽城,夜啼声;|

出长安,过上兰;|

指扬都,越江湖;|

念邯郸,忘朝餐;|

但好去,莫相虑。

在古体诗中,四句一转韵很常见。例如唐人张若虚的《春江花月夜》:

春江潮水连海平,海上明月共潮生。

滟滟随波千万里,何处春江无月明!‖(转韵)

江流宛转绕芳甸,月照花林皆似霰;

空里流霜不觉飞,汀上白沙看不见。‖(转韵)

江天一色无纤尘,皎皎空中孤月轮。

江畔何人初见月?江月何年初照人?‖(转韵)

人生代代无穷已,江月年年只相似。

不知江月待何人,但见长江送流水。‖(转韵)

白云一片去悠悠,青枫浦上不胜愁。

谁家今夜扁舟子?何处相思明月楼?‖(转韵)

可怜楼上月徘徊,应照离人妆镜台。

玉户帘中卷不去,捣衣砧上拂还来。‖(转韵)

此时相望不相闻,愿逐月华流照君。

鸿雁长飞光不度,鱼龙潜跃水成文。‖(转韵)

昨夜闲潭梦落花,可怜春半不还家。

江水流春去欲尽,江潭落月复西斜。‖(转韵)

斜月沉沉藏海雾,碣石潇湘无限路。

不知乘月几人归,落月摇情满江树。

古体诗转韵有的三句一转,有的四句一转,很为普遍,兹不赘举。

在长短句的词作中,转韵更为多见,而格式日趋复杂多变。平仄韵转换或平仄韵错落的词调是相当多的,常见的如《清平乐》《菩萨蛮》《更漏子》《虞美人》《定风波》《诉衷情》《相见欢》《减字木兰花》等。我们知道词是可以配乐演唱的,一首唐宋词作,如果在韵律上安排了平仄相间的转韵,那么对于词的内容变化和意脉的转折或升华,都会起到暗示作用,而且使词的音乐韵味更为浓郁,使舒促的节奏更富变化。

以上所谈只是古典诗歌特殊押韵方式之中荦荦显者。纵观古典诗歌用韵的演化发展,大约可概括为"古诗"—"律诗"—"词曲"。古诗用韵变化多端,《诗经》用韵为其滥觞。据清代音韵学家江永《古韵标准》的统计,《诗经》用韵方法多达数十种。汉魏古诗用韵方法虽渐狭窄,但平仄韵可通押,转韵亦为自由。齐梁间永明声律之风盛行,逐步发展形成了格律诗。用韵要求趋于严整而划一,即诗章必一韵到底,隔句押韵,限用平声韵。格律愈趋精细完美,但用韵格式却愈为狭窄单一。宋元以来,词曲兴盛。词曲之作虽有谱调拘囿,但格式颇繁,足资选用。加之相当一部分谱调容许转韵,而且词的仄韵三调(上、去、入)可通用,曲的平仄四声均可通押。这样,诗之用韵又由严整划一变为宽松多样,呈现出丰富多彩的状况。

总之,古典诗歌在三千年的发展历程中,形成了纷然杂陈、分镳并驱的押运形式。这些林林总总的押韵法对后世诗歌产生了极大的影响。我们从现代的戏剧、曲艺、歌谣以及新诗的韵律中可以体察出古典诗歌这种垂范后昆的影响所在。

第二十五讲　叠字

　　叠字是一种较为常见的修辞方式,在古典诗、词、曲等韵文中,叠字的运用十分普遍。

一、古诗叠字

　　叠字是指两个相同的字重叠组成的词语,是一种比较常见的修辞方式。两字相叠被称为单叠,四字相叠被称为双叠。在古典诗词曲中,叠字的运用相当普遍。

　　我国古代第一部诗歌总集《诗经》共三百零五篇,其中竟有二百零四篇运用叠字。《诗经》在运用叠字方面显示了精深的语言表现力和惊人的创造性,对后世诗歌创作产生了深远的影响。如:

　　风雨凄凄,鸡鸣喈喈……

　　风雨萧萧,鸡鸣胶胶。(《郑风·风雨》)

　　昔我往矣,杨柳依依;

　　今我来思,雨雪霏霏。(《小雅·采薇》)

　　这两首诗都是受到历代评论家称许的叠字佳句。清人王筠把《诗经》中的叠字汇集分类,编成《毛诗重言》一书。刘勰《文心雕龙·物色》中对于《诗经》的叠字给予高度评价:“灼灼状桃李之鲜,依依尽杨柳之貌,杲杲为日出之容,瀌瀌拟雨雪之状,喈喈逐黄鸟之声,喓喓学草虫之韵……并以少总多,情貌无遗矣。虽复思经千载,将何易夺?”

　　汉代五言诗《古诗十九首》,运用了叠字的竟达十三首之多。如《青青河畔草》:

　　青青河畔草,郁郁园中柳;

　　盈盈楼上女,皎皎当窗牖;

　　娥娥红粉妆,纤纤出素手。

　　顾炎武在《日知录》中称此诗“连用六叠字,亦极自然,下此即无人可继。”

　　在格律严整的近体诗盛行之后,叠字运用得就比较少了,这是因为近体诗在句数字数上都有严格的规定,遣词造句都讲求高度精炼,如果一味滥用叠字,势必造成诗意的繁复和音节上的板滞。但在唐宋两代律诗里,成功地运用叠字的佳作仍不乏其例。如崔颢的名作《黄鹤楼》:

　　晴川历历汉阳树,芳草萋萋鹦鹉洲。

　　"历历"是说登楼远眺时,汉阳的树木清晰在望,尽收眼底;"萋萋"是形容鹦鹉洲上芳草浓密茂盛,一片葱翠。运用两组叠字使这联诗句形象鲜明,如在目前,意境更为高远。假如去掉这两组叠字,诗句成为"晴川汉阳树,芳草鹦鹉洲",则兴味索然了。

　　杜甫是善于用叠字写诗的艺术大师,他的七言律绝中妙用叠字的清词丽句很多,如:

　　(1)穿花蛱蝶深深见,点水蜻蜓款款飞。(《曲江》)

　　(2)信宿渔人还泛泛,清秋燕子故飞飞。(《秋兴》)

　　(3)无边落木萧萧下,不尽长江滚滚来。(《登高》)

　　上述诗句中的叠字,有的精微细致地描摹刻画了客观事物的动态,有的深切真挚地表露了诗人的思想感情,无论是状物还是抒情,均达到拟声、摹形、传神的境地,使诗句音节琅琅,形象栩栩欲活。杜诗中的叠字安排都是经过锤炼而成的,状物写景都精当熨帖,"语不惊人死不休",可见锤炼语言的苦心。

二、词曲叠字

　　在词这种体裁中,叠字运用也不算少,例如:

　　(1)过尽千帆皆不是,斜晖脉脉水悠悠,肠断白草洲。(温庭筠《望江南》)

　　(2)念去去,千里烟波,暮霭沉沉楚天阔。(柳永《雨霖铃》)

　　(3)千古兴亡多少事,悠悠。不尽长江滚滚流。(辛弃疾《南乡子》)

　　上述词作基本承袭诗的手法,并没有什么突破。在宋代词作的叠字运用中,最为令人击节赞赏的是李清照名作《声声慢》的开头:寻寻觅觅,冷冷清清,凄凄惨惨戚戚。连用七对叠字,超然笔墨蹊蹊之外,确实是大胆的创新。这十四字内包容着千种愁情、万斛怨恨。后世评论给予极高评价:

此乃公孙大娘舞剑手，本朝非无能词之士，未曾有一下十四叠字者。……后叠又云'梧桐更兼细雨，到黄昏点点滴滴'，又使叠字，俱无斧凿痕。（张端义《贵耳集》）

首句连下十四个叠字，真似大珠小珠落玉盘也。（《词苑丛谈》）

清代女词人贺双卿在其《凤凰台上忆吹箫》中，妙用叠字倾吐内心愁怨，亦为名作：

寸寸微云，丝丝残照。

有无明灭难消，正断魂魂断，闪闪摇摇。

望望山山水水，人去去，隐隐迢迢。

从今后，酸酸楚楚，只似今宵。

青遥，问天不应，看小小双卿，袅袅无聊。

更见谁谁见？谁痛花娇？

谁望欢欢喜喜，偷素粉，写写描描？

谁还管，生生死死，夜夜朝朝。

——这首词写得宛转缠绵，情真意切，感人心脾。

元曲具有口语化、通俗化的特点，在格律上又比较宽松，故而叠字使用很为出色，举元人王实甫《十二月尧民歌·别情》小令为例：

自别后遥山隐隐，更那堪远水粼粼。

见杨柳飞绵滚滚，对桃花醉脸醺醺。

透内阁香风阵阵，掩重门暮雨纷纷。

此作安排了六对叠字，"遥山"与"远水"，"杨柳"与"桃花"，"香风"与"暮雨"相对，均以叠字收尾，显得缠绵流转，音节和美，朗朗上口。

在元杂剧中，叠字运用则更为常见。如《西厢记》第四本第三折，崔莺莺唱词［叨叨令］：

见安排着车儿马儿，不由人熬熬煎煎的气；

有甚么心情将花儿靥儿，打扮得娇娇滴滴的媚；

准备着被儿枕儿，只索昏昏沉沉的睡；

从今后衫儿袖儿，都揾作重重叠叠的泪。

兀的不闷杀人也么哥，兀的不闷杀人也么哥！

久已后书儿、信儿,索与我恓恓惶惶的寄。

一连串双叠的叠字句,整齐复沓,流转如珠,如诉如泣,曲折地倾泻出莺莺难以与张生离别的复杂感情缠绵悱恻,呜咽凄楚,把人物的内心世界刻画得细腻入微,栩栩如生。

诗、词、曲均属韵文范畴,在这些体裁的作品中成功地运用叠字这种修辞手法,有三点好处:一是可以使对自然景物和客观事物的描摹更加生动、形象,写景状物,细致真切。二是可以使作品(或人物)的思想感情表达得更为绵密曲折,深切感人。三是可以使作品的气势连贯,音节流美,增强节奏感和修辞美。

三、三字相叠

两字相叠被称为单叠,四字相叠被称为双叠,而三字相叠较为少见,我们姑称之为三叠。

韵文三字相叠是叠字中特殊的一格。本文拟对诗、词、曲中三字相叠的叠字句分类论说如下。

诗的三字相叠句在晚唐诗人刘驾的诗卷中较为多见。他有五首七言绝句的结句都有意安排了三叠的形式,请看:

(1)近来欲睡兼难睡,夜夜夜深闻子规。(《春夜》)

(2)时难何处披衷抱? 日日日斜空醉归。(《秋怀》)

从音节上看,三个相叠的字仅是字面相叠,而读时却分属于两个音节,前两个例句应读为:夜夜—夜深—闻子规。日日—日斜—空醉归。

从语法上衡量,"夜夜""日日"是独立的词,可理解为"每夜""每日"。而第三个"夜""日"却分别与下文的"深""斜"组成了主谓词组,即"夜深""日斜"。全句应理解为"每至深夜(我都难以入眠),闻听子规鸟的悲啼声。每天夕阳西下,(我都)喝醉了酒,空着手回家"。可知诗中三字相叠只是字面形式上的相叠,而实际意义上第二字与第三字并不相连属。

词的三叠字多用在句尾,表示语气的加强,这在《醉春风》《钗头凤》等词牌中有固定的格式要求,如:

(3)归云何许误心期,候候候。……

　　东阳咏罢不胜情，瘦瘦瘦。(贺铸《醉春风》)

(4)素娥传酒袖凌风，送送送。……

　　忽然推枕草堂空，梦梦梦。(朱敦儒《醉春风》)

(5)一怀愁绪，几年离索，错错错。……

　　山盟虽在，锦书难托，莫莫莫。(陆游《钗头凤》)

(6)欲笺心事，独语斜阑，难难难。……

　　怕人寻问，咽泪装欢，瞒瞒瞒。(唐婉《钗头凤》)

这种三叠字用在词的上阕和下阕的结尾处，借以表达深沉强烈的感情。

第二十六讲　双声叠韵

为什么许多古典诗词作品具有和谐抑扬的音调美呢？除了平仄之外，双声词、叠韵词的运用也是一条重要的原因。

双声词和叠韵词是由部分声音相同的字组成的词，声母相同的叫双声词，如玲珑、淋漓、犹豫等；韵母相同的叫叠韵词，如徘徊、依稀、彷徨等。还有极少数既是双声又是叠韵的词，如辗转、缱绻等，这被称为双声兼叠韵词。

为什么双声词、叠韵词读起来顺口，听起来悦耳呢？因为这些词的音节中某一个构成要素（声母或韵母）是有规律地重复出现，造成音素的回旋，形成听觉上的美感。李重华《贞一斋诗说》云："叠韵如两玉相叩，取其铿锵；双声如贯珠相联，取其婉转。"王国维《人间词话》云："余谓苟于词之荡漾处多用叠韵，促节处用双声，则其铿锵可诵，必有过于前人者。"双声叠韵的音乐效果是很突出的，如《诗经》中双声叠韵的使用相当普遍，"栗烈""参差""踟蹰""玄黄""苤苢""邂逅""流离"等都是见于《诗经》的双声词，而"仓庚""窈窕""绸缪""栖迟"等都是见于《诗经》的叠韵词。在《楚辞》、汉赋及魏晋南北朝诗歌中，双声叠韵的运用更踵事增华、蔚然成风。

当诗歌发展到格律严整的近体诗阶段，运用双声叠韵来锤炼字句已成为诗歌创作必不可少的手段之一了。清人周春在《杜诗双声叠韵谱括略》中指出：双声叠韵，分而言之，三百篇所早有。延及西汉、魏晋，莫不皆然。但尔时音韵之学未兴，并无所谓双声叠韵名目，故散见而不必属对也。自沈约创四声切韵，有"前浮声，后切响"之说，于是始尚对者，或各相对，或互相对，调高律谐，最称精细。唐初，律体盛行，而其法愈密，惟少陵尤熟于此。神明变化，遂为用双声叠韵之极。

诚如周春所言，杜甫的律诗喜欢在上下句之间对应使用双声和叠韵，使之臻于善境。例如：（双声词下标"＿"号，叠韵词下标"‥"号）

迢递来三蜀，蹉跎有六年。（《春日江村》）

作者皆殊列，名声岂浪垂。（《偶题》）

群公纷戮力，圣虑窅裴徊。（《秋日荆南述怀三十韵》）

怅望千秋一洒泪,萧条异代不同时。(《咏怀古迹五首》之二)

风尘荏苒音书绝,关塞萧条行路难。(《宿府》)

再如杜甫《秋兴八首》之一:

江间波浪兼天涌,塞上风云接地阴。

今人吴战垒分析说:"上句'江''间''兼'三字双声,'间''兼''天'三字叠韵,又多为舌齿音,读来连绵赓续,形成一种急速流转的节奏,有助于烘托江上后浪推前浪、滔滔滚滚的汹涌气象。"

晚唐李商隐在律诗语言形式上继承了杜甫精严工稳的特点,同时又青出于蓝,把双声叠韵同平仄、对偶相配合,极大地强化了诗歌的节奏美和音乐美。例如:

已寒休惨淡,更远尚呼号。(《风》)

水色潇湘阔,沙程朔漠深。(《寄和水部马郎中题兴德驿,时昭义已平》)

未容言语还分散,少得团圆足怨嗟。(《昨日》)

贾氏窥帘韩掾少,宓妃留枕魏王才。(《无题》)

在整首诗中运用双声叠韵,更显示出李商隐驾驭音律达到精纯的境地。如《嫦娥》:

云母屏风烛影深,长河渐落晓星沉。

嫦娥应悔偷灵药,碧海青天夜夜心。

今人叶君远分析说:"首句'屏风'和'影','云'和'深','母'和'烛'叠韵,次句'晓星'双声,三句'应'和'灵'叠韵,'应'和'药'双声,二三句之间,'长''嫦'同音,'河''娥'叠韵,四句'夜'字叠音,短短一首七绝,竟使用了如许多的双声叠韵,所构成的音律真是美妙绝伦了。"

在晚唐诗坛上出现了全句均为双声或全句皆为叠韵的诗作,各举一首为例:

疏杉低通滩,冷鹭立乱浪。

草彩欲夷犹,云容空淡荡。(皮日休《奉和鲁望叠韵双声二首双声溪上思》)

肤愉吴都姝,眷恋便殿宴。

逶巡新春人,转面见战箭。(陆龟蒙《叠韵吴宫词》)

　　第一首通篇各句都由双声词组成,第二首通篇各句由叠韵词组成。有人认为这种诗运用语音有规律的配合,形成了音乐美。但我们读这种"冷鹭立乱浪""转面见战箭"等类似"绕口令"的"诗作",却感到很别扭。借用清人钱大昕批评汉赋的一句话作为评语:"好用双声叠韵,连篇累牍,读者聱牙。"皮日休与陆龟蒙以双声叠韵诗相唱和,因其仅着眼于猎奇逞智的声韵使用,却忽视了相应的抒情言志,只能视为文字游戏,不足取法。

　　词学大师夏承焘先生对李清照的名作《声声慢》的双声叠韵运用曾进行了细致的分析。他说:这首词的双声叠韵字,多为舌齿声。计用舌声的十五字:"淡""敌他""地""堆""独""得""桐""到""点点滴滴""第""得"。用齿声的四十二字:"寻寻""清清""凄凄""惨惨""戚戚""乍""时""最""将息""三""盏""酒""怎""正伤心""是""时""相识""积""憔悴损""谁""守""窗""自""怎生""细""这次""怎""愁字"。夏先生分析道:

　　　　全词九十七字,而这两声多至五十七字,占半数以上;尤其是末了几句:"梧桐更兼细雨,到黄昏点点滴滴。这次第,怎一个愁字了得!"二十多字里舌齿两声交加重叠,这应是有意用啮齿叮咛的口吻,写自己忧郁惝恍的心情。不但读来明白如话,听来也有明显的声调美,充分表现乐章的特色。

　　在这里应强调指出,由于古代语音系统与现代语音系统不同,有些古代双声叠韵关系到现代却不是了。例如"憔悴""滑稽""容与"等在上古都属于双声词,但在现代汉语中却不是双声了;又如"朦胧""仓庚"等在上古都属于叠韵词,但在现代汉语中却都不是叠韵了。有些现代为双声、叠韵关系而古代却不是。例如"珍珠""威望"在现代汉语中属于双声词,而在上古汉语中它们都不是双声;又如"树木""舒服"在现代汉语中属于叠韵词,而在上古汉语中却不是叠韵。

第二十七讲　嵌字体诗作

把特定的字嵌入诗句的某一位置,这种诗作称为"嵌字诗"。大致可分为嵌句、嵌词组和嵌词这三种类型。

一、嵌句

把某一句话按特定的格式嵌入诗中,如宋人苏轼的《减字木兰花》,其序曰:"赠润守许仲途,且以'郑容落籍''高莹从良'为句首。"词云:

郑庄好客,容我尊前先堕愤;

落笔生风,籍籍声名不负公。

高山白早,莹骨冰肤那解老?

从此南徐,良月清风月满湖。

关于这首词作有故事流传:苏轼从杭州卸任,应诏还京,路过润州,在宴会上两个营伎向太守提出请求,郑容要求落籍,高莹请求从良。苏轼当场作词,巧妙地把"郑容落籍""高莹从良"这两句话嵌入词作每句的首字。当然,也有把内容依次嵌入诗句的末尾的。

另外,有一首五言诗:

怀面雄姿英,念昔峥嵘程。

总伴统帅侧,理壮蔑利名。

良师星不灭,弓坚镝必鸣。

不尽情与志,离去泪和风。

誓迈铿锵步,除害披荆棘。

魔舞利剑奋,患息乃从容。

神土狂飙卷,州水波涛涌。

称威黄河裔,奇魄游太空。

这首诗十六句,每句的首字合在一起竟是一首四言诗:"怀念总理,良弓不离;誓除魔患,神州称奇。"

二、嵌词组

这类嵌字诗在南北朝诗坛上殊为多见,且名目繁多,有所谓四时诗(嵌入"春夏秋冬")、四气诗(嵌入"喜怒哀乐")、六府诗(嵌入"水火金木土谷")、八音诗(嵌入"金石丝竹匏土革木")、六甲诗(嵌入"甲乙丙丁戊己庚辛壬癸")、十二生肖诗(嵌入"鼠牛虎兔龙蛇马羊猴鸡犬猪")、建除体等等。

所谓"建除体",规定全诗二十四句,从首句开始,每隔句分别以"建、除、满、平、定、执、破、危、成、收、开、闭"十二字为冠。(夏历正月为建寅,二月为除卯……建除十二字是自寅、卯、辰、巳至子、丑这十二时辰的代号。)

南朝诗人鲍照、范云、沈炯诸家皆有建除体诗作问世。此类嵌字诗所嵌内容板滞枯燥,兹举沈炯《十二属诗》说明:

鼠迹生尘案,牛羊暮下来。

虎啸坐空谷,兔月向窗开。

龙隰远青翠,蛇柳近徘徊。

马兰方远摘,羊负始春栽。

猴栗羞芳果,鸡蹠引清杯。

狗其怀物外,猪蠡窅悠哉。

这种标新立异的文字游戏,虽文学性不强,但亦足见诗人巧镶妙嵌的文字功力。嵌字诗亦有佳作,如元代散曲家贯云石的《清江引》:

金钗影摇春燕斜,木杪生春叶。

水塘春始波,火候春初热。

土牛儿载将春到也。

据明人蒋一葵《尧山堂外记》载:贯云石参加一次盛宴,时值立春,宾客请他写一首《清江引》,并限定以"金木水火土"五字分别冠于每句之首,而且句中皆有一个"春"字。在这种曲律严、要求奇的限制下,贯云石当场急就,下笔立书,使满座绝倒。

三、嵌词

这类嵌词的诗更为多见,林林总总,变化繁富。

（一）嵌入姓名

所谓"嵌名诗",即将古今人物的姓名镶嵌在诗句中。如唐人陆龟蒙《寒日古人名》：

初寒朗咏裴回立,欲谢玄关早晚开。

昨日登楼望江色,鱼梁鸿雁几多来?

皮日休《奉和鲁望寒日古人名一绝》：

北顾欢游悲沈宋,南徐陵寝叹齐梁。

水边韶景无穷柳,寒被江淹一半黄。

这两首七言诗分别嵌入古人寒朗、谢玄、楼望、梁鸿,顾欢、徐陵、边韶、江淹等姓名。

这类嵌名诗的多数诗句,在音节上将嵌入的姓与名分开,如：

藩宣/秉戎寄,衡石/崇势位,

年纪/信不留,弛张/良自愧。

初寒/朗咏裴回立,欲谢/玄关早晚开;

北顾/欢游悲沈宋,南徐/陵寝叹齐梁。

妙用词语双关义,构成诗句的双重含意。

今人老舍曾写一首五言短诗：

大雨冼星海,长虹万籁天。

冰莹成舍我,碧野林风眠。

全诗由八位文艺家的姓名组成（即孙大雨、冼星海、高长虹、万籁天、谢冰莹、成舍我、碧野、林风眠）,语义双关,读来妙趣横生。

还有一种"姓名诗",就是将同类人物的姓名铺排入诗。例如元人周文质《时新乐》：

千里独行关大王,私下三关杨六郎,

张飞忒煞强,诸葛军师赛张良。

——这支短曲,歌咏了历史上五位军事人物。

下面请看清代无名氏的《美人名》：

掌上歌舞赵飞燕，昭君和番。

醉舞西施，多计的貂蝉，美貌杨玉环。

崔莺莺，带着红娘游佛殿，

多才杜惠娟，美虞姬垓下自刎真可叹。

从军花木兰，坠楼的绿珠，投江的玉莲，盗令张紫燕。

息夫人，独领雄兵锁江岸。

女主武则天。最可惜，花魁流落长春院，刺目李亚仙。

这首诗分别嵌入历代美女——赵飞燕、王昭君、西施、貂蝉、杨玉环、崔莺莺、红娘、杜惠娟、虞姬、花木兰、绿珠、玉莲、张紫燕、息夫人、武则天、花魁、李亚仙等十七人。这里有历史人物，也有传说中的人物，还有戏剧文学人物，实为美女扎堆儿的大杂烩。

（二）嵌入地名

南朝诗人范云有《州名诗》云：

司春命初铎，青耦肆中樊。

逸豫诚何事，稻梁复宜敦。

徐步遵广隰，冀以写忧源。

杨柳垂场圃，荆棘生庭门。

交情久所见，益友能孰存？

——分别于句中嵌入青、豫、梁、徐、冀、杨、荆、交、益九个州名。

（三）嵌入药名

药名诗在南北朝时已屡见不鲜。兹以宋人陈亚《生查子·药名闺情》为例：

相思意以深，白纸书难足。

字字苦参商，故要槟郎读。

分明记得约当归，远至樱桃熟。

何事菊花时，犹未回乡曲。

——这首词共嵌入十一个药名：相思、薏苡、白芷、苦参、槟榔、狼毒、当归、远志、樱桃、菊花、茴香。

（四）嵌入词牌名

宋人哀长吉《水调歌头·贺人新娶集曲名》云：

紫陌风光好，绣阁绮罗香。

相将人月圆夜，早庆贺新郎。

先自少年心意，为惜媻人娇态，久俟愿成双。

此夕于飞乐，共学燕归梁。

索酒子，迎仙客，醉红妆。

诉衷情处，些儿好语意难忘。

但愿千秋岁里，结取万年欢会，恩爱应天长。

行喜长春宅，兰玉满庭芳。

——每句都嵌入一个词牌名（引文下加重点号的为词牌名）。它们是《风光好》《绮罗香》《人月圆》《贺新郎》《少年心》《媻人娇》《愿成双》《于飞乐》《燕归梁》《索酒子》《迎仙客》《醉红妆》《诉衷情》《意难忘》《千秋岁》《万年欢》《应天长》《喜长春》《满庭芳》。词作文意畅达，妥帖巧妙。

（五）嵌入曲牌名

元人王仲元有《中吕·粉蝶儿·集曲名秋怨》的散套，全曲篇幅较长，兹录其中《红绣鞋》以示一斑：

上小楼凭阑人立，青山口日上平西。

子听得乔木檀鹊踏枝叫声疾，

莫不倘秀才馀音至，夜行船阮郎归？

原来是牧羊关乌夜啼。

——此曲六句竟嵌入十一个曲牌名。它们是《上小楼》《凭阑人》《青山口》《上平西》《乔木楂》《鹊踏枝》《倘秀才》《夜行船》《阮郎归》《牧羊关》《乌夜啼》。曲子读来圆转流畅。

（六）嵌入杂剧名

元人孙季昌有《正宫·端正好·集杂剧名咏情》的散套，录其中的《滚绣球》为例：

付能的潇湘夜雨晴，早闪出乌林皓月明。

正孤雁汉宫秋静，知他是甚情怀月夜闻筝。

那时节理残妆对玉镜台，推烧香到拜月亭。

则被这梅香紧将咱随定，不能够写相思红叶题情。

指望似多情双渐怜苏小，到做了薄幸王魁负桂英，

撇得我冷冷清清。

——嵌入十个杂剧名，分别为杨显之《临江驿潇湘夜雨》、佚名《乌林皓月》、马致远《破幽梦孤雁汉宫秋》、郑光祖《崔怀宝月夜闻筝》、关汉卿《温太真玉镜台》、关汉卿《闺怨佳人拜月亭》、郑光祖《梅香骗涂林风月》、佚名《红叶题情》、王实甫《苏小卿双渐贩茶船》、尚仲贤《王魁负桂英》。嵌入的杂剧名与全曲内容相谐相契，如水中着盐，有味无痕。

嵌字法源远流长，为人们喜闻乐见，像当代用书名、数名、电影名、人名连缀镶嵌的诗歌、相声、对联都是对嵌字修辞的发展。诚然，嵌字诗多为逞才施智的文字游戏，但奇妙高超的语言技巧却可以引起读者的浓厚兴趣。因此，在姹紫嫣红的诗苑中，嵌字诗还应占有一席之地。

第二十八讲　嵌数体诗作

"嵌数"是一种特殊的诗体,从古至今,它受到诗人与读者的喜爱。其特点是把"一"至"十",乃至"百""千""万"的数字巧妙地镶嵌入每句诗中。

诗歌的嵌数法可以分为顺嵌、逆嵌和环嵌三种。

一、顺嵌数法

所谓顺嵌是将数字从小至大依次嵌入诗句中,例如宋代理学家邵雍《山村咏怀》:

一去二三里,烟村四五家,

亭台六七座,八九十枝花。

卢仝的《走笔谢孟谏议寄新茶》:

……一碗喉吻润,两碗破孤闷。

三碗搜枯肠,惟有文字五千卷。

四碗发轻汗,平生不平事,尽向毛孔散。

五碗肌骨清,六碗通仙灵。

七碗吃不得也,唯觉两腋习习清风生。……

这些数字安排在诗中,与文意相呼应。此外,唐、五代以后的一些禅诗、劝善诗以及偈颂诗等,有的也将数字嵌入句中,但并不一定置于句首,也是正规数字诗的一种变形。越到后来,变化越多。

元代无名氏写的散曲《红绣鞋》:

一两句别人闲话,三四日不把门踏。

五六日不来呵在谁家? 七八遍买龟儿卦,

久(谐音"九")以后见他么,十分的憔悴煞!

这首小曲以女子口吻写爱情的波折。全曲六句依次嵌入数字,语言俚俗,情意率真,文势晓畅,体现出典型的民歌风格。

郑板桥《咏雪》:

一片两片三四片,五六七八九十片。

千片万片无数片,飞入梅花都不见。

这首《咏雪》运用一到十的数字,最后一句"飞入梅花都不见"很俚俗却诗意丰满,不失为一首数字诗佳作。这种数字诗是诗人吟诗作词中一种雅俗共赏的趣向,不受缚于律诗中的平仄对仗,显得欢快活泼,更加接地气,也为诗歌平添了一份自然奇趣。

表时序的民歌常用顺嵌法来反映一年之中不同的农事与习俗,例如有一首河南民歌,写四季蔬菜生产:

一月菠菜才发青,二月栽下羊角葱。

三月芹菜长出土,四月竹笋嫩芽生。

五月黄瓜街头卖,六月葫芦似弯弓。

七月茄子头朝下,八月秦椒满树红。

九月柿子红如火,十月萝卜秤上称。

十一月白菜家家有,十二月蒜苗香喷喷!

著名漫画家华君武先生在20世纪80年代发表漫画《红楼菜肴》,其配诗也是一首奇妙的嵌数诗:

拣石头一块,割原作两章,

举版本三两,摘脂评四行,

外加空空癞头五个,西山芹菜六双,

文火烧至七成,法兰盘中高翻它八趟,

高脚杯里领些儿酒(谐音"九")浆,

即可烹成,十全十美红楼佳肴香。

——语调诙谐,讽刺犀利,批评了学术研究上的不正之风。因其嵌数巧妙灵活,给人留下深刻的印象。

一蓑一笠一扁舟,一丈丝纶一寸钩。

一曲高歌一樽酒,一人独钓一江秋。

这是一首题画诗,也曾入选小学语文教材。描写一个渔夫,在江上垂钓的情形:一件蓑衣、一项斗笠、一叶轻舟、一支钓竿,垂钓者一面歌唱,一面饮酒,垂钓的潇洒被刻画得活灵活现。虽然独自钓起一江的秋意,但逍遥中不免深藏几许萧瑟和孤寂。应画中的意境,巧妙地嵌入九个"一"字,平添了许多情趣。

清代女诗人何佩玉擅长作数字诗,她写过这样一首诗:

一花一柳一鱼矶,一抹斜阳一鸟飞。

一山一水一禅寺,一林黄叶一僧归。

——连用十个"一"字,并不给人以重复单调的感觉。

再请看无名氏的《雁儿落带过得胜令》:

一年老一年,一日没一日。

一秋又一秋,一辈催一辈。

一聚一离别,一喜一伤悲。

一榻一身卧,一生一梦里。

寻一伙相识,他一会咱一会。

都一般相知,吹一回唱一回。

全曲十二句竟然用了二十二个"一"字,手法奇异,语言俚俗,似脱口道出,可称嵌数之妙用。

二、逆嵌数法

逆嵌是将数字从大至小地依次嵌入诗中。如元杂剧郑光祖《虎牢关三战吕布》第一折张飞的唱词:

十载武夫闲,九得兵书看,

八卦阵如同等闲,

七禁令将军我小看,

六丁神不许将我遮拦。

者么(即"尽管"意)是五云间,

四壁银山,三姓家(即"三姓家奴",指吕布)恁意儿反。

二哥哥你休将我小看,

凭着我这一生得村汉(即"鲁莽的汉子"),

我可敢半空中滴留扑番过那一座虎牢关。

将从"十"到"半"的数字一次递减嵌入各句之中,一气呵成,引人入胜。

明人吴承恩《西游记》第三六回,有一首倒嵌数的七言诗:

十里长亭无客走,九重天上现星辰。

八河船只皆收港,七千州县尽关门。

六宫五府回官宰,四海三江罢钓纶。

两座楼头钟鼓响,一轮明月满乾坤。

这两首诗都将从"十"至"一"的数字依次安排在诗句中,妙用铺陈手法,描摹出夜阑人静、万籁俱寂的月夜图,异曲同工,皆为佳作。

三、环嵌数法

先用顺嵌,再用逆嵌,使数字从小到大,然后从大到小,次第安排,就形成了环嵌法。如元人郑光祖的杂剧《倩女离魂》中第三折有《十二月》《尧民歌》二曲,就是环嵌的典范之作:

元来是一枕南柯梦里,和二三子文翰相知。

他访四科习五常典礼,能六艺有七步才识。

凭八韵赋纵横大笔,九天上得遂风雷。

想十年身到凤凰池,和九卿相八元辅劝金杯。

他那七言诗六合里少人及,端的个五福全四气备占伦魁。

震三月春雷,双亲行先报喜,都为这一纸登科记。

传说西汉卓文君曾给司马相如写过一首嵌数爱情诗:

一别之后,两地相思,

只说是三四月,又谁知五六年。

七弦琴无心弹,八行书无处传。

九连环从中折断,十里长亭望眼欲穿。

百番想,千番念,万般无奈把郎怨、

万语千言诉不尽,百无聊赖十倚栏。

九重登高看孤雁,八月中秋月圆人不圆。

七月半烧香秉烛问苍天,

六月伏天人人摇扇我心寒!

五月石榴火样红,偏遇阵阵冷雨浇花端;

四月枇杷犹未黄,我欲对镜心已乱。

三月桃花似流水,二月风筝线儿断。

下一世啊,郎呀郎巴不得你为女来我为男!

这首托名为卓文君的诗,从"一"镶至"万",又由"万"嵌到"一",成为环嵌体诗歌的登峰造极之作。

使用一到亿数字在句中大小数各出现一次的最典型的藏头诗是《同心》:

一盆雨倾亿家漂,二官浓情万丈高。

三面风袭千家客,四邻清浊百次挑。

五时安睡十点醒,六遇困境九次逃。

七碗粗食八杯酒,八敬恩人七手摇。

九鼎感言六腑述,十里耕耘五畜饶。

百世盛景四方赞,千年安泰三界超。

万代中华二度跃,亿人同心一浪潮。

嵌字体在诗坛上刚出现时,不过是文人标新立异、炫才逞智的一种文字游戏形式,但经过历代诗人不断地改造创新,它逐渐发展为内容与形式相统一的表现手法之一。嵌数法不仅在诗歌创作中,而且在戏剧、曲艺、俗谣、儿歌、酒令、灯谜以及楹联的创作中,都得到较为广泛的运用。因而对其进行研究总结是很有必要的。

第二十九讲　回文体诗词

　　回文诗是古代杂体诗之一,是一种特殊的诗歌形式。它以一定的法则排列成文,使诗歌既可以顺读,又可以倒读,有的甚至可以反复回旋读之,得诗多首。清代学者朱存孝在《回文类聚序》中指出:"诗体不一,而回文尤异。自苏伯玉妻《盘中诗》为肇端,窦滔妻作《璇玑图》而大备。"其中谈到的《盘中诗》相传是晋人苏伯玉妻所作,全诗三字一句,共二百零七字,写在盘中呈圆形图,可循环读之。所谓《璇玑图》是东晋窦滔妻苏蕙所作,又名织锦《回文旋图诗》,为后世津津乐道。这首回文诗长达八百四十一字,构成一幅纵横各为二十九字的图案,织入八寸见方的织锦上。据说回环反复地读起来,可得诗三千七百五十二首,可谓回文诗中的集大成者。这两首回文诗为开山之作,皆出于女子之手,且流传着说法不一的故事,甚至被后人编入小说和戏曲中,成为古代文苑中的逸闻趣事。

　　后人对回文诗创作感兴趣,原因是乐于在这种费力而难工的诗体上逞巧使气,显露才华,甚至连封建帝王也加入回文诗作者的行列。如南朝梁简文帝(萧纲)就写过《和湘东王后园回文诗》:

　　枝云间石峰,脉水浸山岸。

　　池清戏鹤聚,树秋飞叶散。

　　倒读则为:

　　散叶飞秋树,聚鹤戏清池。

　　岸山浸水脉,峰石间云枝。

　　这首诗顺读、倒读各成一诗,而且协韵。顺读押仄韵,倒读押平韵。回文诗在宋人律诗中屡见,这是与近体诗的"粘对"规则分不开的。律诗或绝句,每一句逢双之字平仄相间,一联之中互对,联与联之间互粘,这种"粘对"具有相对应的对称性。颠倒全篇,对称的基本结构并未被破坏,只不过回文律诗各句第一字和第三字的平仄要求严格些罢了。例如苏轼的《题金山寺》:

　　潮随暗浪雪山倾,远浦渔舟钓月明。

桥对寺门松径小，槛当泉眼石波清。

迢迢绿树江天晓，霭霭红霞晚日晴。

遥望四天云接水，碧峰千点数鸿轻。

这首诗倒着读，也是一首摹写景物的好诗，请看：

明月钓舟渔浦远，倾山雪浪暗随潮。

清波石眼泉当槛，小径松门寺对桥。

晴日晚霞红霭霭，晓天江树绿迢迢。

轻鸿数点千峰碧，水接云天四望遥。

在宋代还出现了回文词，如郭世模的《瑞鹧鸪·席上》：

倾城一笑得人留，舞罢娇娥敛黛愁。

明月宝鞲金络臂，翠琼花珥碧搔头。

晴云片雪腰支袅，晚吹微波眼色秋。

清露亭皋芳草绿，轻绡软挂玉帘钩。

倒过来，下阕变为上阕，仍和《瑞鹧鸪》律：

钩帘玉挂软绡轻，绿草芳皋亭露清。

秋色眼波微吹晚，袅支腰雪片云晴。

头搔碧珥花琼翠，臂络金鞲宝月明。

愁黛敛娥娇罢舞，留人得笑一城倾。

宋人写回文诗词的很多，互相唱和，险觅狂搜，形成一种风气。宋人桑世昌曾辑成《回文类聚》，其中收诗五十二首，词五十五首，作者二十八人。清初朱象贤编辑的《回文类聚续编》收诗二百三十四首，词二十二首，赋一篇，作者三十八人，数量相当惊人。

直至现代仍有诗人写回文诗，如刘大白（1880—1932）的《山家》：

家山是处断林平，近舍村桥跨水横。

华吐夜来初月朗，影留溪上晚霞明。

花开半落飞红雨，瀑泻长空劈翠晴。

沙印绿多苔径曲，斜枝竹碍路人行。

这首写景诗无论正读倒读都意境淡雅，音节和婉，可见作者的匠心与笔力。

回文诗词可分为三种形式：

一是整首诗的倒读回环,这种回文诗全文可颠倒诵读,举五律、七律各一首说明之。

泊雁鸣深渚,收霞落晚川。

析随风敛阵,楼映月低弦。

漠漠汀帆转,幽幽岸火然。

蹙危通细路,沟曲绕平田。

（戴叔伦《泊雁》）

平波落月吟闲景,暗幌浮烟思起人。

清露晓垂花谢半,远风微动蕙抽新。

城荒上处樵童小,石藓分来宿鹭驯。

晴寺野寻同去好,古碑苔字细书匀。

（陆龟蒙《晓起即事因成回文寄袭美》）

二是诗词的前半部分顺读,后半部分是前半部分的逆读,这多表现在回文词中,如苏轼《西江月·咏梅》:

马趁香微路远,沙笼月淡烟斜。

渡波清彻映妍华,倒绿枝寒凤挂。

挂凤寒枝绿倒,华妍映彻清波。

渡斜烟淡月笼沙,远路微香趁马。

《西江月》词调上下阕句法相同,各为六六七六,处在上半阕第三句的七言句,倒读变为下半阕第二句应为六言,以截长补短使之合律。回文词较回文诗更为难写,词人乐于选用字句不限参差,上下阕基本相近的词牌,如《菩萨蛮》《生查子》《西江月》《瑞鹧鸪》等来写回文词。

三是以一句为单位的回文倒读,这种类型的回文词很多见,如苏轼有七首回文《菩萨蛮》,试举其中"冬闺怨"为例:

雪花飞暖融香颊,颊香融暖飞花雪。

欺雪任单衣,衣单任雪欺。

别时梅子结,结子梅时别。

归不恨开迟,迟开恨不归。

再如清人翁与淑的《菩萨蛮·秋夜》:

浅云行散红霞敛,敛霞红散行云浅。

中正月亭空,空亭月正中。

砌蛩吟雨细,细雨吟蛩砌。

灯烬欲阑更,更阑欲烬灯。

这类回文词第一句倒读为第二句,第三句倒读为第四句,余者类推。

另外,整首倒读的回文词有更为奇特的形式,有些词人写出顺读是甲词牌的作品,倒读却成为乙词牌的作品。如清人董以宁的《卜算子·雪江晴月回文倒读(巫山一段云)》:

明月淡飞琼,阴云薄中酒。

收尽盈盈舞絮飘,点点轻鸥咒。

晴浦晚风寒,青山玉骨瘦。

回看亭亭雪映窗,淡淡烟垂岫。

(正读为《卜算子》)

岫垂烟淡淡,窗映雪亭亭。

看回瘦骨玉山青,寒风晚浦晴。

咒鸥轻点点,飘絮舞盈盈。

尽收酒中薄云阴,琼飞淡月明。

(倒读为《巫山一段云》)

总之,在诗歌中运用回文这种修辞方式,增强了作品的表现力和感染力,它充分说明了汉语词汇在相互组合上的灵活性和可塑性,通过打破词序,无论顺读、倒读,都可以使作品成文协韵,从而在音韵上产生循环变化的美感,充溢着回环跌宕的韵味,呈现出诗人于难中见巧的智慧。但应指出,这种形式容易束缚思想,也容易使作者为了追求形式上的回环却忽略了内容的表达而舍本逐末,甚至变成了纯粹的文字游戏,以致削弱了诗歌的思想内容与艺术价值。

第三编 词法与句法

第三十讲 比喻词的省略

在古典诗歌中有一种特殊的比喻句,只出现本体与喻体,而比喻词却被省略了,如:

	本　体	比喻词	喻　体
李　白	古来万事	(如)	东流水
杜　甫	波漂菰米	(如)	沉云黑
高　适	胡骑凭陵	(如)	杂风雨
苏　轼	当其下手	(如)	风雷快

这种省略了比喻词的诗句,将本体事物与喻体事物直接并列连接,虽可归入明喻范畴,但因其比较隐曲,读者往往不易把握。此类诗句颇为多见,请看:

(1)浮云游子意,落日故人情。(李白《送友人》)

——应为"浮云[悠悠,如]游子意,落日[迟迟,似]故人情"。

(2)万鼓雷殷地,千旗火生风。(高适《塞下曲》)

——应为"万鼓[轰响,声如]雷殷地,千旗[飘扬,色似]火生风"。

(3)波澜誓不起,妾心古井水。(孟郊《烈女操》)

——应为"妾心誓[如]如古井水,波澜不起"。

(4)红颜三春树,流年一掷梭。(蓝采和《踏歌》)

——应为"红颜[艳如]三春树,流年[迅似]一掷梭"。

(5)风吹古木晴天雨,月照平沙夏夜霜。(白居易《江楼夕望招客》)

——应为"风吹古木[声如]晴天雨,月照平沙[色似]夏夜霜"。

(6)酒徒飘落风前燕,诗社飘零霜后桐。(苏舜钦《沧浪亭怀贯之》)

——应为"酒徒飘落[形如]风前燕,诗社飘零[状似]霜后桐"。

(7)屠杀熟户烧障堡,十万驰骋山岳倾。(苏舜钦《庆州败》)

——应为"十万驰骋[如]山岳倾"。

(8)世事如今腊酒浓,交情自古春云薄。(苏轼《和欧阳少师寄赵太师次韵》)

——应为"世事如今浓[似]腊酒,交情自古薄[如]春云"。

(9)生前富贵草头露,身后风流陌上花。(苏轼《陌上花》)

——应为"生前富贵[如]草头露,身后风流[似]陌上花"。

(10)微风万顷靴文细,断霞半空鱼尾赤。(苏轼《游金山寺》)

——应为"微风[吹]万顷[水面,波如]靴文细,断霞[映照]半空,[色似]鱼尾赤"。

(11)松根当路龙筋瘦,竹笋漫山凤尾齐。(范成大《步入衡山》)

——应为"松根当路,[状如]龙筋瘦,竹笋漫山,[势同]凤尾齐"。

(12)身世蚕眠将作茧,形容牛老已垂胡。(陆游《七十》)

——应为"身世[将尽,如]蚕眠将作茧,形容[已衰,似]牛老已垂胡"。

(13)琵琶弦急冰雹乱,羯鼓手匀风雨疾。(陆游《九月一日夜读诗稿有感走笔作歌》)

——应为"琵琶弦急[如]冰雹乱[下],羯鼓手匀[似]风雨疾[来]"。

(14)旧恨春江流不尽,新恨云山千叠。(辛弃疾《念奴娇·书东流村壁》)

——应为"旧恨[缠绵,如]春江流不尽,新恨[横亘,似]云山千叠"。

(15)落絮无声春堕泪,行云有影月含羞。(吴文英《浣溪沙》)

——应为"落絮无声[如]春堕泪,行云有影[似]月含羞"。

(16)正惊湍直下,跳珠倒溅;小桥横截,缺月初弓。(辛弃疾《沁园春·灵山齐庵赋时筑偃湖未成》)

——应为"正惊湍直下,[如]跳珠倒溅,小桥横截,[似]缺月初弓"。

(17)世上儿曹都蓄缩,冻芋旁堆秋瓞。(辛弃疾《念奴娇》)

——应为"世上儿曹都蓄缩,[如]冻芋旁堆秋瓞"。

(18)鬓深钗暖云侵脸,臂薄衫寒玉映纱。(晁冲之《都下追感往昔因成》)

——应为"鬓深钗暖[如春]云侵脸,臂薄衫寒[似碧]玉映纱"。

(19)山河破碎风飘絮,身世浮沉雨打萍。(文天祥《过零丁洋》)

——应为"山河破碎[如]风飘絮,身世浮沉[似]雨打萍"。

(20)取富贵青蝇竞血,进功名白蚁争穴。(马谦斋《沉醉东风》)

——应为"取富贵、进功名[者,如]青蝇竞血,[似]白蚁争穴"。

(21)一折青山一扇屏,一湾碧水一条琴。(刘嗣绾《自钱塘至桐庐舟中杂诗》)

——应为"一折青山[如张]一扇屏,一湾碧水[似奏]一条琴"。

(22)我自横刀向天笑,去留肝胆两昆仑。(谭嗣同《狱中题壁》)

——应为"去[者]与留[者]之肝胆[,如同]两昆仑"。有些诗句,上句为本体事物,下句为喻体事物,二者直接勾连,因省去比喻词,更应细心分辨。如:

(23)富家一碗灯,太仓一粒米。(陈烈《题灯》)

(24)遥望洞庭山水翠,白银盘里一青螺。(刘禹锡《望洞庭》)

(25)月黑见渔灯,孤光一点萤。(查慎行《舟夜书所见》)

——本体事物与喻体事物各占一诗行,形成比喻,例句(23)即"富家一碗灯,[如]太仓一粒米";例句(24)即"遥望洞庭山水翠,[如]白银盘里一青螺";例句(25)即"月黑[时]见渔灯,[似]孤光一点萤"。

有些更为复杂的句式,除了应辨明其为省略了喻词的比喻之外,还应搞清其本体与喻体的复杂联系。如:

(26)鸭头新绿水,雁齿小红桥。(白居易《新春江次》)

——不可机械理解为"鸭头如新绿水,雁齿如小红桥"。因此诗是描写新春江上景致,所以本体应为"绿水""红桥",而"鸭头""雁齿"却是喻体。

(27)日月笼中鸟,乾坤水上萍。(杜甫《衡州送李大夫七丈勉赴广州》)

——如果呆板地解为"日月如笼中鸟,乾坤如水上萍",则扞格不通了。这一联诗历来解说不一,郭知达《九家集注杜诗》卷36注曰:"其句盖言:'我身于日月之下,如笼中之鸟,局而不伸;于天地之中,如水上之萍,泛而无定。'非谓言:'以日月为笼而我为鸟,以天地为水而我为萍也。'"此联比喻很特殊,处于本体位置的"日月""天地"不过是句子的状语,而本体"我"(即抒情主人公)与喻词"如"皆被略去。"九家注"所载之解甚当,可参考。

(28)浮云时事改,孤月此心明。(苏轼《次韵江晦叔》)

——这一联诗的本体与喻体的位置和常格相反,意为"尽管时事如浮云般改变不定,但我的这颗心却如孤月一样通体透明"。这是东坡晚年对自己一生的总结,吐露胸襟,无一毫窒碍,在修辞上亦为比喻之妙用。

第三十一讲 动词谓语的省略

在散文句子中,动词谓语是构成句子的主要成分,是不可省略的。但是在古典诗歌中,动词谓语的省略却比较多见。如:

(1)浊酒一杯家万里,燕然未勒归无计。(范仲淹《渔家傲》)

——应为"举浊酒一杯,[则]思家万里"。

(2)昨夜扁舟京口,今朝马首长安。(苏轼《西江月·送别》)

——应为"昨夜扁舟泊京口,今朝马首赴长安"。

(3)扣舷独啸,不知今夕何夕?(张孝祥《念奴娇·过洞庭》)

——应为"不知今夕是何夕?"

(4)去年燕子天涯,今年燕子谁家?(张炎《清平乐》)

——应为"去年燕子飞[向]天涯,今年燕子返[回]谁家?"

以上四例都省略了动词谓语,有的直接出现宾语,有的让主语与宾语直接连接。此外,更为多见的是保留状语而省略了动词谓语的句式。如:

(5)五陵年少争缠头,一曲红绡不知数。(白居易《琵琶行》)

——乍一看来,"争"是动词谓语,其实这个"争"乃是句子的状语,而真正的动词谓语"送"字却被省略了。这句诗应为"五陵年少争送缠头",意即"长安的贵族子弟争先恐后地把锦帛等财物送给我"。如果不了解这句诗省去了动词谓语"争夺"的话,那就会闹笑话了。再如:

(6)此地暂胡马,终身只宋民。(郑思肖《德佑二年岁旦》)

——这首诗是宋末爱国诗人郑思肖在国破家亡后抒情言志的名作,诗句中"暂""只"皆为状语,而动词谓语却被省略。如补充进去,则为"此地[不过]暂驻胡马,[但我]终身只作宋民"。这种保留了状语而省去谓语的诗句并不少见,请看:

(7)越王勾践破吴归,义士还家尽锦衣。(李白《越中览古》)

——应为"义士还家尽着锦衣"。

(8)宿世谬词客,前身应画师。(王维《偶作》)

——应为"[我]宿世谬为词客,前身应是画师"。

(9)寂寞天宝后,田园但蒿藜。(杜甫《无家别》)

——应为"田园但生蒿藜"。

(10)诸姑今海畔,两弟亦山东。(杜甫《送舍弟颖赴齐州》)

——应为"诸姑今留海畔,两弟亦在山东"。

(11)故国犹兵马,他乡亦鼓鼙。(杜甫《出郭》)

——应为"故国犹遭兵马,他乡亦闻鼓鼙"。

(12)老年常道路,迟日复山川。(杜甫《行次古城店泛作,不揆鄙拙,奉呈江陵幕府诸公》)

——应为"老年常滞道路,迟日复落山川"。

(13)古墙犹竹色,虚阁自松声。(杜甫《滕王亭子》)

——应为"古墙犹映竹色,虚阁自闻松声"。

(14)秋窗犹曙色,落木更天风。(杜甫《客亭》)

——应为"秋窗犹透曙色,落木更助天风"。

(15)卷帘唯白水,隐几亦青山。(杜甫《闷》)

——应为"卷帘唯见白水,隐几亦望青山"。

(16)江月去人只数尺,风灯照夜欲三更。(杜甫《漫成》)

——应为"江月去人只隔数尺,风灯照夜欲达三更"。

(17)争信春风红袖女,绿杨庭院正秋千。(叶绍翁《田家三咏》之三)

——应为"绿杨庭院正荡秋千"。

以上各例诗句都省去了动词谓语,但读者可依其状语与宾语的内容,将其省略的动词谓语补充进去。这种省略表叙述的动词谓语却保留表描写的状语的写作方式,不仅没有影响内容的表达,相反却增强了诗句的表达效果。我们可以将其对比参照来总结这种动词谓语省略的长处,请看下表:

	省去谓语	省去状语
王　维	宿世谬词客	宿世为词客
杜　甫	田园但蒿藜	田园但蒿藜
白居易	五陵年少争缠头	五陵年少送缠头
郑思肖	此地暂胡马	此地驻胡马

通过每一组诗句的对比,体味其表达内容的差别,孰优孰劣不言自明。动词谓语的省略情况比较复杂,阅读与欣赏时应注意从语言环境和意念关系上去加以细心辨析。

☆ 扫码获取
☆ 配套音频
☆ 名家课程
☆ 读书笔记
☆ 交流社群

第三十二讲　平行语的省略

　　古典诗歌讲究言简意繁,词约义丰,要求在有限的字数内,尽可能表现出丰富的思想内容。这样就必须打破某些语法惯例的拘囿,省去诗句的某个成分,使诗歌的内容最大限度地向内浓缩,而诗歌的意境尽可能向外延展。其中平行语的省略是很常见的。

　　由于字数或声律的限制,某些诗句在对举两件相关的事物时,往往把表述后一件事物的某一词语省略。例如屈原的《国殇》中,"凌余阵兮躐余行,左骖殪兮右刃伤"一句,"右"字后省去"骖"字。这里的"左骖""右骖"为平行语,把它们同时安排在奇数的诗句中颇为不便,所以只得把后一个"骖"字省略。再如杜牧《西江怀古》的首联:"上吞巴蜀下潇湘,怒似连山静镜光。"两句诗都有平行语的省略,如将省略成分补充进去,应为"上吞巴蜀下控潇湘,怒似连山静似镜光"。下句省去的"似"是承前省略;而上句省去的"控"字,在上文中却没有出现,而是依照相应位置上的"吞"字补出来的。

　　由此可知,平行语的承前省略,一般是省去相同位置上的字,但省去的字可以与上文相同,也可以与上文语义相近。首先,我们分析省去与上文相同的字,例如:

　　(1)洪涛滔天风拔木,前飞秃鹙后鸿鹄。(杜甫《天边行》)

　　——应为"前飞秃鹙,后飞鸿鹄"。

　　(2)东至集壁西梁洋,问谁腰镰胡与羌。(杜甫《大麦行》)

　　——集、壁、梁、洋乃四个州名,时属山南西道。此句应为"东至集壁,西至梁洋"。

　　(3)翻手作云覆手雨,纷纷轻薄何须数。(杜甫《贫交行》)

　　——应为"翻手作云,覆手作雨"。

　　(4)山雪河冰野萧瑟,青是烽烟白人骨。(杜甫《悲青坂》)

　　——应为"青是烽烟,白是人骨"。

　　(5)辛勤奉养十余人,上有慈亲下妻子。(韩愈《寄卢仝》)

　　——应为"上有慈亲,下有妻子"。

(6)上穷碧落下黄泉，两处茫茫皆不见。(白居易《长恨歌》)

——应为"上穷碧落，下穷黄泉"。

(7)跛鳖虽迟骐骥疾，何妨中路亦相逢。(白居易《喜与韦左丞同入南省因叙旧以赠之》)

——应为"跛鳖虽迟，骐骥虽疾"。

(8)轻拢漫捻抹复挑，初为霓裳后六幺。(白居易《琵琶行》)

——应为"初为霓裳，后为六幺"。

(9)树头树底觅残红，一片西飞一片东。(王建《宫词》九十一)

——应为"一片西飞，一片东飞"。

(10)尚平多累自归难，一日身闲一自安。(许浑《村舍》)

——应为"一日身闲，一日自安"。

(11)心知洛下闲才子，不作诗魔即酒颠。(刘禹锡《春日书怀寄东洛白二十二杨八二庶子》)

——应为"不作诗魔，即作酒颠"。

(12)莫厌潇湘少人处，水多菰米岸莓苔。(杜牧《早雁》)

——应为"水多菰米，岸多莓苔"。

(13)相见时难别亦难，东风无力百花残。(李商隐《无题》)

——应为"相见时难，别时亦难"。

(14)春风骋巧如翦刀，先裁杨柳后杏桃。(梅尧臣《东城送运判马察院》)

——应为"先裁杨柳，后裁杏桃"。

(15)汉恩自浅胡自深，人生乐在相知心。(王安石《明妃曲》之二)

——应为"汉恩自浅，胡恩自深"。

(16)江有蛟龙山虎豹，清光虽在不堪行。(王安石《咏月》)

——应为"江有蛟龙，山有虎豹"。

(17)横看成岭侧成峰，远近高低各不同。(苏轼《题西林壁》)

——应为"横看成岭，侧看成峰"。

(18)我居北海君南海，寄意传书谢不能。(黄庭坚《寄黄几复》)

——应为"我居北海，君居南海"。

(19)丈夫生有四方志，东欲入海西入秦。(刘过《多景楼醉歌》)

——应为"东欲入海,西欲入秦"。

(20)十分秋色无人管,半属芦花半蓼花。(黄庚《江村即事》)

——应为"半属芦花,半属蓼花"。

平行语的省略多见于七言诗句,所省略的平行语多为第二字的动词谓语,其位置多处在第五字与第六字之间,形成下面这种格式:

作　者	前一事物	后一事物	
杜　甫	青是烽烟	白( )	人骨
白居易	上穷碧落	下( )	黄泉
王安石	江有蛟龙	山( )	虎豹
苏　轼	横看成岭	侧( )	成峰
黄庭坚	我居北海	君( )	南海
刘　过	东欲入海	西( )	入秦

以上省略的是相同的字,这比较常见。省略相反的字,就比较少了。例如:

(21)天街小雨润如酥,草色遥看近却无。(韩愈《早春呈水部张十八员外》)

——应为"草色遥看有,近看却无"。所省略的"有"与平行语"无"是反义词。

(22)昔别君未婚,儿女忽成行。(杜甫《赠卫八处士》)

——第二句前省略了"今",应为"昔日分别时君尚未婚,而今儿女忽成行了"。所省略的"今"与平行语"昔"是反义词。

(23)他家人定卧,日西展脚睡;诸人五更走,日高未肯起。(王梵志《世间慵懒人》)

——应为"他家人定卧,我日西展脚睡;诸人五更走,我日高未肯起"。所省略的"我"与"人"[别人、他人]是反义词。

第三十三讲　两种不同的比较句式

"不如"这个动词性结构在古今语言实践中极为常见。它常用在比较句中作谓语，表示前者不及后者，即A比不过(或赶不上)B。在古典诗歌中，含有"不如"这个词语的诗句数量很多，主要表现为"A不如B"和"AB不如"这两种句式。在表示比较对象A与B各自程度的对比上，这两种句式呈现出相当复杂而多变的状态。对此，确有辨析阐发之必要。

一、"A不如B"句式

这种句式颇为常见，但又表现为A<B的正体与A>B的别体这两种含义相反的体式。

(一)"A不如B"表示A<B(正体)

所谓"A不如B"是表示在某一特定内容的相互比较中，A的程度不及B，即A<B，例如：

(1)君恩已尽欲何归？犹有残香在舞衣。

　　自恨身轻不如燕，春来长绕御帘飞。(孟迟《长信宫》)

——抒写失宠宫女的愁怨，身在长信冷宫，无缘再见君王之面。后两句是说"自己比不上那轻盈的春燕，它还可以绕着御帘飞舞呢"。

(2)借问江潮与海水，何似君情与妾心。

　　相恨不如潮有信，相思始觉海非深。(白居易《浪淘沙》)

——前两句是说，君情不如江潮，妾心深于海水。"相恨不如潮有信"意为"君情薄幸，久客不归，还比不上那涨落有序的江潮，令我怅恨"。

这种"A不如B"的正体，与散文句式完全相同，都是明确地表示A<B，含义正常而清楚，兹不赘述。

(二)"A不如B"表示A>B(别体)

这种诗例较为少见，但因其表达的内容与正体完全相反，更应仔细辨析，如：

(1)瞿塘嘈嘈十二滩，人言道路古来难。

长恨人心不如水,等闲平地起波澜!(刘禹锡《竹枝词》)

——清人俞陛云在《诗境浅说》中对该诗分析道:"首言十二滩道路艰难……后两句言瞿塘以险恶著称,因水为万山所束,巨石所阻,激而为不平之鸣,一入平原,江流漫缓矣。若人心则平地可起波澜,其险恶殆过于瞿塘千尺滩也。"诗人由江峡之险,联想到世间人情更为险恶叵测。"人心不如水"并非指"人心"<"水",而是说世间那些势利小人的恶毒歹心要比这瞿塘峡水险恶得多,它常无事生非,陷害忠良。"等闲平地起波澜",令人齿冷心寒,防不胜防。若按正体理解为"人心不如峡水险恶",则扞格不通了。

(2)野鹤啄腥虫,贪饕不如鸡。(元稹《青云驿》)

——此句意为"野鹤贪婪地啄食腥秽的虫子,就连那贪吃的鸡也比不上它"。这是说"鸡不如鹤",而不是"鹤不如鸡"。如缺乏细心的体味辨析,那就往往与原意相径庭了。

二、"AB不如"句式

诗人在创作中,为了适应平仄、对仗、押韵等格律上的要求,在句式安排上,有时把相互比较的两个事物并列,却把"不如"这个词语置于句尾,这样就形成了"AB不如"句式。这种古典诗歌独有的句式所表示的对比对象间的程度,往往呈现出更为复杂的状况。"AB不如"句式又可分为三种各具特色的体式,请看:

(一)"AB不如"表示A>B(正体)

古典诗歌的"AB不如"句,大多数表示"B不如A",即A>B。如果简单地把"AB不如"看成是"A不如B"的翻版,那就谬之千里了。如:

(1)士卒何草草,筑城潼关道。

大城铁不如,小城万丈余。(杜甫《潼关吏》)

——仇兆鳌注曰:"此述修筑潼关'铁不如',言其坚;'万丈余',言其高。"(见《杜诗详注》卷7)。如把"大城铁不如"解释为"大城不如铁",显然不妥。应理解为"大城坚固无比,连钢铁都比不过它",即"城关坚固,比铁还硬,比钢还强"之意。

(2)白发丝难理,新诗锦不如。(杜甫《酬韦韶州见寄》)

——仇兆鳌注曰:"白发自怜,新诗称韦。"这指明,"白发"句是诗人自谓,"新诗"句是称誉好友韦韶州,意为"我白发如丝,不胜簪理,您新写的诗篇文采华瞻,连锦绣都比不上它",即"新诗的辞采胜过了锦绣"。

(3)我闻声价金应敌,众道风姿玉不如。(元稹《贻蜀五首·张校书元夫》)

——意为"我听说您的声价可与黄金相匹敌,众人都说您的风姿绰约,连美玉都为之黯然失色",即"风姿胜过美玉"之意。

(4)紫蔗橡来大,黄柑蜜不如。(杨万里《夜饮》)

——意为"紫蔗像屋橡那么粗壮,黄柑甜美,连蜂蜜都比不上它",即"黄柑比蜂蜜还甜"。

(5)多年华鬓丝相似,三月春愁水不如。(程嘉燧《阊门访旧作》)

——"三月春愁水不如"是说"暮春三月,我春愁萦绕,连滚滚东流的春水都不及它的绵长"。若理解成"三月春愁不如水",则逆情悖理了。

此类"AB不如"句式,带有否定性比喻的性质,本体(A)与喻体(B)在同一个句子中紧密连接,又如:

(1)交情郑重金相似,诗韵清锵玉不如。(白居易《继之尚书自余病来寄遗非一又蒙览醉吟先生传题诗以美之今以此篇用伸酬谢》)

(2)江岸梅花雪不如,看君驿驭向南徐。(杨凭《送别》)

(3)见说身轻鹤不如,石房无侣共云居。(陆龟蒙《和袭美寄题镜岩周尊师所居》)

(4)江头渔家结茆庐,青山当门画不如。(陆游《渔翁》)

(5)一溪盘曲到阶除,四面青山画不如。(戴复古《见山居可喜》)

——例(1)意为"诗韵清朗铿锵,胜过美玉"。例(2)意为"江岸的梅花胜过雪"。例(3)意为"身体轻盈,胜过仙鹤"。例(4)(5)意为"青山秀美胜过图画"。

另一种格式是表示相互比较的两种人(物)分别处于前后相连的两句诗中,如:

(6)青青水中蒲,长在水中居。

　　寄语浮萍草,相随我不如。(韩愈《青青水中蒲》)

——陈沆注曰:"首章,居,谓鱼也;我,蒲草自谓也。此公寄内而代为内人怀己之词。"此诗用比兴手法,"蒲草"喻思妇,"鱼"喻游子。"相随我不如"之"我",即是"蒲草"。此句意为"浮萍行踪无定,却能时常与鱼儿相随相亲,而我却远不及它"。该诗含蓄委婉地传达出思妇眷恋游子的哀怨心情。

(7)始知李太守,伯禹亦不如。(岑参《石犀》)

——这两句诗意为"蜀郡太守李冰兴修水利的功绩卓越,就连上古时善治水的大禹都比不上他",即"李太守胜过了大禹"。

(8)莫道如云稼,今秋云不如。(白居易《太和戊申岁大有年诏赐百寮出城观稼谨书盛事以俟采诗》)

——这两句意为"不要说庄稼一望无际如云海一般,就是万顷云海也比不上今秋丰收在望的庄稼",即"庄稼胜过云海"。

(9)醉骑白马走空衢,恶少皆称电不如。(施肩吾《少年行》)

——诗意为"我醉骑白马驰骋在长安空旷的通衢大街上,许多年轻人都说这飞驰的速度胜过了闪电",即"驰马比闪电还要快"。

(10)我家江南摘云腴,落硙霏霏雪不如。(黄庭坚《双井茶送子瞻》)

——此处"云腴"指代茶叶,"硙"是小石磨。诗说"在我江南故乡,摘下在云雾中生长的茶叶,放在茶硙内研得细细的,那纷纷落下的茶末,胜过了雪花飘扬"。

以上诗例说明,古诗"AB不如"句式,一般应解释为A>B,即本体胜过喻体。

(二)"AB不如"表示A<B(别体)

这种别体数量较少,多为表示人与人之间的对比,如:

(1)唯是利人事,比君全不如。(白居易《和除夜作》)

——这首五言古诗是诗人和友人元稹之作。此句是说"在任地方官为百姓谋利造福方面,我是远远比不上您的"。

(2)如何辛苦为诗后,转盼前人总不如?(黄景仁《写怀》)

——诗句是说:"为什么我辛辛苦苦地写出诗篇后,每与前代诗人对照,却总觉得比不上他们呢?"即"我诗不如前人诗"。

(3)古人材艺今俱有,却是今人古不如。(黄遵宪《寄怀左子兴领事秉隆》)

——是说"虽然古人的才艺在今人身上都有体现,但今人在成就上却远不及古人"。

以上三例说明，"AB不如"句式的别体，表示A＜B，其实际意义与正体迥然相反。

（三）"B不如"表示B＜（A）（变体）

这种"AB不如"的变体，其特点是在诗句中只出现一个人（物），而与之对比的另一个人（物）却往往被承前省略了。例如：

（1）娉娉袅袅十三余，豆蔻梢头二月初。

　　春风十里扬州路，卷上珠帘总不如。（杜牧《赠别》）

——诗的后两句说"在扬州所有的歌楼舞馆，卷上珠帘，品评各位歌伎的容貌，没有能与她相比的"，即"众多美女都不如那位豆蔻少女"。

（2）万里桥边女校书，枇杷花里闭门居。

　　扫眉才子知多少，管领春风总不如。（王建《寄蜀中薛涛校书》）

——诗的后两句说"擅长文学的才女不知有多少，但在文采风流、描摹万物上，都比不上您（指女诗人薛涛）"，即"众多才女都不及薛涛的才华"。

（3）知君暗数江南郡，除却余杭尽不如。（白居易《答微之夸越州州宅》）

——白居易的好友元稹在越州（今浙江绍兴）任上置建一所风景幽雅舒适的住宅。诗人写诗赞扬说："您暗中已访遍了江南各州郡，除了杭州之外，所有州郡都比不上它（越州）了。"

这种句式的诗句，处于B位置的一般是群体人（物），而被承前省略的A却往往是个体人（物），即用群体作为陪衬，以突出个体的卓荦非凡，造成鹤立鸡群的艺术效果。

如能掌握"A不如B""AB不如"两种句式的异同，尤其是对其别体和变体的特殊规律了然于心，那么对古典诗歌的阅读鉴赏和研究工作都是不无裨益的。但也应看到，任何一种语言规律都不是包罗万象、四海皆准的圭臬。尤其对古典诗歌这种繁复多变的句式和语言运用进行研究，很难探索和归纳出整齐划一的语法规范。在阅读实践中，违例出格的特殊诗歌句式比比皆是，有时会使现成的语法绳墨显得苍白乏力。这就要求我们既要掌握和运用诗歌语言的规律，更要灵活变通地去对待和解决具体的问题。须知，在古典诗歌鉴赏与研究上，抱柱守株式的僵滞学风是难以叩开诗歌艺术殿堂的大门的。

第三十四讲　倒装与逆挽

一、词语倒装

唐诗作品中的有些句子词序颠倒,却可化平淡为神奇,意趣横生。例如杜甫《秋兴八首》之八:

香稻啄余鹦鹉粒,碧梧栖老凤凰枝。

——其正常语序本来是"鹦鹉啄余香稻粒,凤凰栖老碧梧枝"。诗人巧妙地将宾语前置,借以强调"香稻粒"的宝贵和"碧梧枝"的优美,从而开拓了意境,使之情韵盎然。

韩愈《左迁至蓝关示侄孙湘》的首联:

一封朝奏九重天,夕贬潮州路八千。

——"路八千"应为"八千路",词序的颠倒不仅是适应韵律,而且更重要的是营造意境。

杜甫《涪城县香积寺官阁》:

诸天合在藤萝外,昏黑应须到上头。

——后句按正常语序应是"到上头应须昏黑",其平仄为仄仄平平平平仄,而这首诗尾联对句的平仄应是仄仄平平仄仄平。这是为了平仄而颠倒了语序。

再如刘禹锡《石头城》:

淮水东边旧时月,夜深还过女墙来。

——前句应为"旧时淮水东边月",但在平仄上与后句不合适,而颠倒后,平仄对应,音律和谐,声调优美。亦因适应平仄而词语颠倒。

李商隐《安定城楼》:

永忆江湖归白发,欲回天地入扁舟。

——前句正常语序是"永忆江湖白发归",但与后句的动词不对仗,为了适应对仗而把动词"归"前移,对仗句因而工整合律。

再如杜甫《阁夜》:

野哭千家闻战伐,夷歌数处起渔樵。

——前句应是"(因)战伐闻千家野哭",但与后句不能形成对偶,因而颠倒句序,使之形成对仗。

白居易《长恨歌》:

行宫见月伤心色,夜雨闻铃肠断声。

——诗歌七言音节多为二二三结构,此联节奏:行宫/见月/伤心色,夜雨/闻铃/断肠声,极富节奏感。但按正常顺序写,则为"行宫见月色伤心,夜雨闻铃声断肠",即散文句式反而削减了诗味。

又如刘长卿《长沙过贾谊宅》:

秋草独寻人去后,寒林空见日斜时。

——按正常语序应是"人去后/独寻/秋草,日斜时/空见/寒林",节奏为三二二,显然不如颠倒后的二二三更有节奏感。

由此可见,诗人颠倒诗句的词序是为了适应格律要求,但与此同时也增强了意境美和节奏美。

二、诗句逆挽

古代诗词作品都注重章法结构的严谨周密,讲求句法安排的跌宕变化。诗歌作品中有一种逆挽倒装的句法,即在一联(两句)诗内,把本应置于前面的诗句放在后面,而把应处在第二句位置上的诗句安排在第一句。运用这种手法常使诗意腾挪摩荡,峭拔健劲。如唐人李商隐的七律《马嵬》:

海外徒闻更九州,他生未卜此生休。

空闻虎旅传宵柝,无复鸡人报晓筹。

此日六军同驻马,当时七夕笑牵牛。

如何四纪为天子,不及卢家有莫愁。

其中的颈联"此日六军同驻马,当时七夕笑牵牛",上句言夜宿马嵬护驾的六军将士皆驻马不前,请诛杨氏兄妹;下句言当年七夕,明皇与杨妃在长生殿私语盟誓,曾讥笑天上牛郎织女一年只能聚首一次,何如他帝妃二人日夜厮守,永不分离。为什么说这两句诗是逆挽倒装句呢?首先从时间上看,"六军同驻马"时为天宝十五载,"七夕笑牵牛"当为天宝十载,先言今日而后

言昔时,这在自然时序上是为逆挽倒装。再从意义上分析,"七夕笑牵牛"乃
是对玄宗荒淫误国的典型概括,同时以此对照"六军同驻马"时明皇尴尬无
措之窘态,对句与出句在逻辑上呈现出因果关系,即"七夕笑牵牛"乃为"六
军同驻马"之原因。诗句先言结果后言前因,这在逻辑关系上是为逆挽
倒装。

诗的倒装犹如三峡中倒流的波涛,犹如大野中变相的回风,是诗歌语言
艺术中一种变常为奇的艺术。诗中的倒装,是指变化语言的常态性的秩序,
或颠倒诗句中文字的先后,或颠倒诗篇中诗句的次第,或颠倒全诗的时间顺
序结构。总之,改变词序、句序、结构顺序的倒装而形成"错位"的倒叙,却能
够化常为奇,化板为活,化平淡为劲健,强化诗的气势,使读者耳目一新,从
而获得一种特殊的美学效果。

诗句的逆挽大致可分为以下三类。

(一)时序逆挽(由今而昔)

一般说来,人们正常的时序概念应为"过去—现在—将来",所以诗词作
品中的常规时态顺序应按"由昔而今"次第叙写。逆挽倒装却相反,先言今
日,后写昔时;或先言将来,后写今日,如唐人温庭筠七律《苏武庙》:

苏武魂销汉使前,古祠高树两茫然。

云边雁断胡天月,陇上羊归塞草烟。

回日楼台非甲帐,去时冠剑是丁年。

茂陵不见封侯印,空向秋波哭逝川。

颈联"回日楼台非甲帐,去时冠剑是丁年"上句言苏武历经十九年,饱尝
千辛万苦,终于从匈奴回归长安,往日楼台依旧,但武帝早已逝去,当年"甲
帐"已不复存在。下句言当年奉命出使之时,苏武戴冠佩剑,正是壮盛之年。
叙述之中,蕴含着无限感慨。这联诗先言"回日",后追述十九年前之"去
时",是典型的时序逆挽倒装。以"去时"之壮盛雄姿反衬"回日"之垂老衰
飒,物是人非,沧桑之叹油然而生。妙用逆挽,由伤今而忆昔,细心体味,顿
觉峭拔警动,摇曳多姿。

另如杜甫《社日》:

今日江南老,他时渭北童。

——先言今日，后述昔日，在平淡的叙写中，字里行间跃动着人生喟叹的涡流。

再如杜甫《送路六侍御入朝》：

更为后会知何地？忽漫相逢是别筵。

——先言将来不知何时何处方能相会，后言朋友久别音讯杳然，此次意外相逢，但刚刚见面又将分别，"又把聚会变成一次分手"。这种先言将来而后述今日之逆挽倒装是为了抒发强烈的情感，造成顿挫的气势。如按正常时序先叙今日相晤，再言将来颇难再会，则显得熟俗平板；而妙用时序逆挽，则去熟俗而趋新奇，化平板而显峻拔，故生动曲折，新人耳目。

(二)逻辑逆挽(前果后因)

逻辑逆挽主要表现在因果关系的诗句上。从原因到结果是事态发展的一般逻辑，因此诗人一般习惯于按照前因后果的顺序来安排句法。诗词作品中前果后因的句式，则打破了事态发展的一般逻辑，倒置了因果顺序。这种句式多见于作品的开头。如杜甫《登楼》：

花近高楼伤客心，万方多难此登临。

锦江春色来天地，玉垒浮云变古今。

北极朝廷终不改，西山寇盗莫相侵。

可怜后主还祠庙，日暮聊为梁甫吟。

首联"花近高楼伤客心，万方多难此登临"一句描写漂泊异乡的老诗人在国势衰微，万方多难之际登上楼台，虽见繁花触目，春意盎然，却黯然伤心。诗的开头先言"花近高楼"之美景却使诗人悲哀感伤，然后再指出这种反常现象是"万方多难"之使然。先言果后言因，其势突兀，如天外奇峰，劈空而来，辞意微婉而深切。

再如王维的《观猎》：

风劲角弓鸣，将军猎渭城。

草枯鹰眼疾，雪尽马蹄轻。

忽过新丰市，还归细柳营。

回看射雕处，千里暮云平。

首联"风劲角弓鸣，将军猎渭城"一句摹写狩猎场景，先言劲风强弩，声势俱足,然后才推出射猎主角"将军猎渭城",先闻其声,再见其人。妙用逆挽句法,先声夺人,"如高山坠石,不知其来,令人惊绝。"(方东树语)

(三)句序逆挽

诗人为了求得语势的矫健峭拔而有意打破某些正常的句序,形成逆挽句式。例如:

(1)闲引鸳鸯香径里,手挼红杏蕊。(冯延巳《谒金门》)

——按正常句式应为"手挼红杏蕊,闲引鸳鸯香径里"。

(2)旧时茅店社林边,路转溪头忽见。(辛弃疾《西江月·夜行黄沙道中》)

——按正常句式应为"路转溪头忽见,旧时茅店于社林边"。

(3)消得向来尘土梦,被他柔橹一声声。(黄景仁《直沽舟次寄怀都下诸友人》)

——按正常句式应为"被他柔橹一声声,消得向来尘土梦"。

这些诗句运用逆挽倒装法,去熟趋新,便收到了化板为峭,句法奇特,韵味悠长的效果。

第三十五讲 "娘"与"郎"

一、诗词里的"娘"

古汉语最初把母亲写为"孃",即女字旁右边是襄阳的襄。如《木兰诗》："旦辞爷孃去,暮宿黄河边。"后来才写作女字旁右边是良好的良。而古汉语的"娘"却是青年妇女通称。例如:

乐府诗《子夜歌》:"见娘喜容媚,愿得结金兰。"

乐府诗《黄竹子歌》:"一船使两桨,得娘还故乡。"

很明显,这两首诗作中的"娘",都指未婚女子。至于吴娘、萧娘、徐娘等,以及在姓氏和"娘"之间加上行第序数的,如公孙大娘、孙二娘、扈三娘、黄四娘、赵五娘、辛十四娘等,皆指某姓氏的已婚青年妇女。在古代诗词中用得较多的是"卫娘""吴娘""秋娘""谢娘"和"萧娘"。

"卫娘"指汉武定的卫皇后,因容貌娇美、鬓发浓密而颇得宠幸。后世诗词遂以"卫娘"为美女歌伎泛称。例如李贺《浩歌》:"漏催水咽玉蟾蜍,卫娘发薄不胜梳。"

"吴娘"与"吴姬""吴娃"同义,皆为江南美女的泛称。例如:

(1)吴娘暮雨萧萧曲,自别江南更不闻。(白居易《寄殷协律》)

(2)风吹柳花满店香,吴姬压酒唤客尝。(李白《金陵酒肆留别》)

(3)吴酒一杯春竹叶,吴娃双舞醉芙蓉。(白居易《忆江南》)

"秋娘",指唐朝金陵女子杜秋娘,后泛称歌舞伎。例如白居易《琵琶行》:"曲罢曾教善才服,妆成每被秋娘妒。"

"谢娘",一是指东晋太傅谢安的侄女、王凝之妻谢道韫,才思敏捷,后以泛指女郎或才女。例如韩翃《送李舍人携家归江东觐省》:"承颜陆郎去,携手谢娘归。"二是唐宰相李德裕家谢秋娘,其为名歌伎,后因以"谢娘"泛指歌伎。史达祖《绮罗香·咏春雨》:"隐约遥峰,和泪谢娘眉妩。"

"萧娘",典出《南史·梁临川靖惠王宏传》。所谓"萧娘",即姓萧姓女子,后为女子的泛称。后世诗词作品中男子所爱恋的女子常称萧娘,女子所恋的男子则称萧郎。例如：

(1)萧娘脸下难胜泪，桃叶眉头易得愁。(徐凝《忆扬州》)

(2)风流才子多春思，肠断萧娘一纸书。(杨巨源《崔娘诗》)

二、诗词里的"郎"

"郎"本官名，为侍从官，多为权贵子弟，后为青年男子美称。《三国志·吴书·周瑜传》载："瑜时年二十四，吴中皆呼为周郎。""郎"作昵称时，只用于青年女子称呼其所爱者。在古代诗词中，"玉郎""阮郎""何郎""萧郎""檀郎"等都成为青年男子的典故性称谓。

(一)玉郎

"玉郎"本为女子对丈夫或情人的爱称。例如顾夐《虞美人》："玉郎还是不还家，教人魂梦逐杨花。"后泛指青年男子。例如元稹《送王十一郎游剡中》："想得玉郎乘画舸，几回明月坠云间。"

(二)阮郎

"阮郎"，指汉朝人阮肇。刘义庆《幽明录》载：会稽郡剡县刘晨、阮肇共入天台山采药，遇两位丽质仙女，被邀至家招为婿，住半年。但二人返乡后，方知世上已过去了十代。后代诗词以"阮郎"借指与丽人结缘的男子。例如武元衡《代佳人赠张郎中》："心爱阮郎留不住，独将珠泪湿红铅。"

(三)刘郎

"刘郎"，所指多人，根据诗作语境加以审辨。

(1)指与阮肇同入天台山的刘晨。李商隐《无题》："刘郎已恨蓬山远，更隔蓬山几万重。"此中"刘郎"即指刘晨。

(2)唐代诗人刘禹锡自称。见其诗作："玄都观里桃千树，尽是刘郎去后栽。"后称旧地重游者，例如周邦彦《瑞龙吟》："前度刘郎重到，访邻寻里，同时歌舞。"

(3)指汉高祖刘邦。例如张安道《题歌风台》："落魄刘郎作帝归，樽前感慨大风诗。"

(4)指汉武帝刘彻。例如李贺《金铜仙人辞汉歌》："茂陵刘郎秋风客，夜闻马嘶晓无迹。"

（5）指三国蜀汉刘备。例如辛弃疾《水龙吟·登建康赏心亭》："求田问舍，怕应羞见，刘郎才气。"

（6）指刘姓男子。例如刘克庄《一剪梅·余赴广东实之夜饯于风亭》："天寒路滑马蹄僵，元是王郎，来送刘郎。"刘克庄被贬广东，好友王迈为之送行。此处"王郎"指王迈，"刘郎"系刘克庄自指。

（四）沈郎

"沈郎"，指南朝诗人沈约，晚年自言体弱多病，腰肢瘦损。由此产生"沈约瘦腰"之典。例如李璟《浣溪沙》："风压轻云贴水飞，乍晴池馆燕争泥。沈郎多病不胜衣。"

（五）崔郎

"崔郎"，指唐代诗人崔护。唐人孟棨《本事诗》载：崔护到长安科考落第，于南郊偶遇美女，次年清明节重访，但此女杳然，遂作《题都城南庄》："去年今日此门中，人面桃花相映红。人面不知何处去，桃花依旧笑春风。"后以"崔郎"为多情男子的典故，如纳兰性德《东风第·一枝桃花》："多情前度崔郎，应叹去年人面。"

（六）杜郎

"杜郎"，指晚唐诗人杜牧，其咏扬州诗作："娉娉袅袅十三余，豆蔻梢头二月初。春风十里扬州路，卷上珠帘总不如。"后诗人以杜郎自喻，如史达祖《喜迁莺》："踪迹，漫记忆，老了杜郎，忍听东风笛。"

（七）何郎

"何郎"，一是指三国魏国大臣何晏，容貌俊美，面容白皙。后以"傅粉何郎"为典。例如刘禹锡《题丁家公主旧宅》："何郎独在无恩泽，不似当初傅粉时。"二是指南朝梁代诗人何逊。例如吴文英《解语花》："春风半面，料准拟、何郎词卷。"

（八）陆郎

"陆郎"，指南朝陈后主的宠臣陆瑜，后泛指冶游男子。例如李贺《夜坐吟》："红霞稍出东南涯，陆郎去矣乘斑骓。"

（九）谢郎

"谢郎"一是指晋代大政治家，即东山再起的谢安。例如温庭筠《谢公墅歌》："朱雀航南绕香陌,谢郎东墅连春碧。"二是指南朝刘宋右卫将军谢庄。《宋书·符瑞志》载:元旦降雪,谢庄下殿时大雪落满衣上,君臣认为吉瑞之兆。李商隐《酬崔八早梅有赠兼示之作》："谢郎衣袖初翻雪,荀令薰炉更换香。"

(十)萧郎

"萧郎",指汉刘向《列仙传》中的萧史。相传,春秋时秦穆公的爱女弄玉,酷爱吹箫。一晚梦吹箫公子,愿与她结为夫妻。穆公按女儿梦中所见,派人寻找,在华山明星崖下,果然遇到一位吹箫的年轻男子萧史。引至宫中与弄玉成亲,两人月下吹箫,萧史乘龙、弄玉跨凤,腾空而去。后遂用"萧郎"借指情郎或佳偶。例如崔郊《赠婢诗》："侯门一入深似海,从此萧郎是路人。"

(十一)潘郎

"潘郎",指西晋诗人潘安,本名潘岳,每外出皆被妇女围观,留下"掷果盈车"的典故。后因仕途不顺,潘岳黑发平添银丝,因以"潘鬓"谓中年男子鬓发初白。后以"潘郎"为衰老代称。例如史达祖《夜合花》："柳锁莺魂,花翻蝶梦,自知愁染潘郎。"词人以"潘郎"自况。

(十二)檀郎

"檀郎",指美男子潘安,其小名檀奴,"檀"关合香气。后遂以"檀郎"为美男泛称。例如唐末无名氏《菩萨蛮》："含笑问檀郎:花强妾貌强?檀郎故相恼,须道花枝好。"李清照《采桑子》："笑语檀郎,今夜纱厨枕簟凉。"

第三十六讲　地名双关与虚指

一、地名双关

地名本来只是一个符号,只作为某一个地方的代称,但为了增强表达效果,人们往往利用某一地名字面的意义进行修辞,以取得表达效果,请看以下宋人诗例:

(1)山忆喜欢劳远梦,地名惶恐泣孤臣。(苏轼《八月七日初入赣,过惶恐滩》)

(2)北往长思闻喜县,南来怕入买愁村。(胡铨《贬朱崖行临高道中买愁村古未有对马上口占》)

(3)惶恐滩头说惶恐,零丁洋里叹零丁。(文天祥《过零丁洋》)

诗人巧妙地把地名的字面义与自己的心境相配合,抒发出好恶哀乐。"喜欢山、惶恐滩、闻喜县、买愁村、零丁洋"这些地名,已成为诗人即景抒情的媒介或素材。《三国演义》中凤雏先生庞统死于落凤坡下,这或许是作者的附会,但"落凤"之地名与凤雏之死如此合拍,着实让读者唏嘘一番了。

还有利用地名字面义加以生发联想的,如《古乐府》:

(4)失我胭脂山,使我妇女无颜色。

——把北部边陲"胭脂山"(实名为焉支山)说成是盛产化妆品"胭脂"的山,由于该山失守,害得妇女搽不上胭脂,实际是说都没脸面见人了。

再如黄庭坚《浣溪沙》:

(5)新妇滩头眉黛愁,女儿浦口眼波秋。

——"新妇滩"和"女儿浦",这两个地名令人想到"新妇""女儿",以其玉肌花貌来比喻山光水色。

苏轼把"小孤山"与"澎浪矶"这两个地名拟人化,把它们写成"小姑"与"彭郎",并成为一对新婚夫妇:

(6)山苍苍,水茫茫,大孤小孤江中央。

……峨峨两烟鬟,晓镜开新妆。

舟中贾客莫漫狂,小姑前年嫁彭郎。(《李思训画长江绝岛图》)

苏东坡巧妙地利用地名双关来"告诫"舟中客商:"看到小孤山如此美丽迷人,你们可不要胡思乱想啦! 告诉老几位,小姑在前年就已经嫁给彭郎了!"全诗充满诙谐欢快的情趣。

旧时京畿地区民间流传一副地名双关绝对:

密云不雨旱三河,虽玉田也难丰润;

怀柔有道皆遵化,知顺义便是良乡。

巧妙地把北京近郊八个地名——密云、三河、玉田、丰润、怀柔、遵化、顺义、良乡——嵌入联中,运用地名的双关义,联语自然,构思别致,奇思巧智,令人赞叹!

二、地名虚指

唐代王昌龄的《出塞》是千古传诵的佳作。诗云:

秦时明月汉时关,万里长征人未还。

但使龙城飞将在,不教胡马度阴山。

这首诗的"龙城飞将"指威震边陲的西汉名将李广,"龙"与"飞"相配合,显现出遒劲飞腾的动态美;"飞龙"与"胡马"相映衬,隐含着居高临下的威慑力。"龙城飞将"已成为历史典故而深入人心。但是"龙城"这个地名却一再被考据家质疑,他们认为王昌龄搞错了地名,而应把"龙城飞将"改为"卢城飞将"或"刚城飞将",搞得人们有些无所适从了。

主张把"龙城"改为"卢城"的是清人阎若璩。他在《潜邱札记》里对此作了长篇考证,主要观点是,"卢城"是汉时右北平郡治所"卢龙城"的简称,李广曾任右北平太守,而"龙城"却是匈奴祭天之处。因此,应把"龙城飞将"改为"卢城飞将"。

涂宗涛在《作"龙城""卢城"皆误——小学语文课本纠谬一则》中指出,汉代右北平郡的治所是"平刚",在今河北省平泉市北数十里;而"卢龙"却是唐代天宝年间所设北平郡的治所,在今河北省卢龙县。"平刚"与"卢龙"两地相距四百里,涂先生认为"作'龙城''卢城'皆误","正确的表述应当是'但使刚城飞将在'或'但使平刚飞将在'"。

阎若璩和涂宗涛都是饱学之士,其考据当然不是无根之谈,但他们对于诗歌中虚指的地名理解得过于坐实了。"龙城"这个地名在《汉书》中出现过两次。《匈奴传》载:"五月,大会龙城,祭其先、天地、鬼神。"《武帝纪》载:"卫青至龙城,获首虏七百。"前者"龙城"是汉朝时匈奴地名,在今蒙古人民共和国鄂尔浑河境;后者"龙城"在漠南,即在今内蒙古锡林郭勒盟境。在隋唐诗歌中,"龙城"泛指北方边塞,至于属敌方要塞还是指我方边塞可依作品内容进行具体分析判断。如:杨炯《从军行》"牙璋辞凤阙,铁骑绕龙城",沈佺期《杂诗》"谁能将旗鼓,一为取龙城"。这两首诗的"龙城",泛指敌方要塞。

再如:虞世南《从军行》"涂山烽候惊,弭节度龙城",王维《塞下曲》"不知马骨伤寒水,惟见龙城起暮云",常建《塞下》"铁马胡裘出汉营,分麾百道救龙城"。这三首诗中的"龙城"皆虚指、泛指我方边塞地区。

回到本节论述的王昌龄《出塞》诗上来,"龙城"虚指、泛指我方边塞,"龙城飞将"就是镇守北方边塞的"飞将军"李广。把这种虚指、泛指的地名,非要锱铢必较地考据、限定、指实为某省某县某地,恐有抱柱守株之弊,因为这种作法与诗意文心相异相悖。再说仅凭自家的"考据",就断然批评古人把地名搞错了,进而改动古人诗作,这种作法并不恰当。

抒情诗词的地名多为虚指、泛指,尤其是边塞军旅地名更是如此。例如宋代爱国诗人陆游诗作中出现的系列地名:

(1)僵卧孤村不自哀,尚思为国戍<u>轮台</u>。(《十一月四日,风雨大作》)

(2)莫作世间儿女态,明年万里驻<u>安西</u>。(《和高子长参议道中二绝》)

(3)万骑击胡<u>青海岸</u>,此时意气令君看。(《衰病不复能剧饮而多不见察戏作此诗》)

(4)壮心自笑何时豁,梦遶<u>祁连</u>古战场。(《秋思》)

(5)何时夜出<u>五原塞</u>,不闻人语闻鞭声。(《题醉中所作草书卷后》)

(6)何当凯旋宴将士,三更雪压<u>飞狐城</u>。(《长歌行》)

(7)安得骅骝三万足,月中鼓吹渡<u>桑乾</u>。(《湖村月夕》)

(8)三更抚枕忽大叫,梦中夺得<u>松亭关</u>。(《楼上醉书》)

(9)王师一日临<u>榆塞</u>,小丑黄头岂足吞!(《即事》)

(10)老去据鞍犹矍铄,君王何日伐<u>辽东</u>?(《忆山南》)

　　这些地名(轮台、安西、青海、祁连、五原、飞狐城、桑乾、松亭关、榆塞、辽东)从新疆、青海、甘肃、内蒙古、河北,直至辽宁。从西北到东北,简直可用一线横贯。以上列举这十个地名都有其实指之处,但在陆诗中却是泛指北方沦陷区的大片国土,借以抒发诗人北定中原,还我河山的壮志。如果后人硬性地把这些地名就指实为某省某县,反倒作茧自缚了。

　　张若虚的《春江花月夜》最后结尾:

　　斜月沉沉藏海雾,碣石潇湘无限路。

　　不知乘月几人归,落月摇情满江树。

　　——"碣石"在河北省昌黎县,"潇湘"是水域名,在湖南省。这里的"碣石、潇湘"泛指"地北天南"。

　　抒情诗的地名多为虚指,例如:

　　(1)少妇城南欲断肠,征人蓟北空回首。(高适《燕歌行》)

　　(2)贺兰山下阵如云,羽檄交驰日夕闻。(王维《老将行》)

　　(3)黄沙百战穿金甲,不斩楼兰终不还。(王昌龄《从军行》)

　　(4)不恨归来迟,莫向临邛去。(孟郊《古离别》)

　　(5)浊酒一杯家万里,燕然未勒归无计。(范仲淹《渔家傲·秋思》)

　　(6)更南浦,送君去。(张元干《贺新郎·送胡邦衡待制赴新州》)

　　以上这些诗句的"城南""蓟北""贺兰""楼兰""临邛""燕然""南浦"等地名都是虚指或泛称。若对这些虚指的地名指实理解和分析,已属胶柱鼓瑟,如果再加以坐实考据,并对诗人进行"搞错方向"之类的批评,更是煮鹤焚琴。因为纯以地理学家的眼光去审视文艺作品(尤其是抒情诗歌),就会形成"对于诗人往往有谬误的判断和隔膜的揶揄"(鲁迅《诗歌之敌》语)。

第三十七讲　列锦句式

古代诗词语言简练,意境深远。在诗句中,凡是对语意表达无甚重大影响的词语都可一概省去,句与句之间的一些说明性的中介环节亦可略去不表。这样,在诗中往往形成似断实连,貌离神合的跳跃感。古代诗词有一种颇为奇特的句式,它由若干名词或名词性的词组连缀而成,其中没有动词谓语,却能摹景叙事,抒情言志。吕叔湘先生称之为"词组代句",是从语法角度命名的(见《中国文法要略》)。谭永祥先生称之为"列锦",则是从修辞角度命名的(见《修辞新格》)。

下面欣赏晚唐诗人温庭筠的名作《商山早行》:

晨起动征铎,客行悲故乡。

鸡声茅店月,人迹板桥霜。

槲叶落山路,枳花明驿墙。

因思杜陵梦,凫雁满回塘。

——这首五言律诗的颔联"鸡声茅店月,人迹板桥霜",就是列锦格的妙用。这一联诗不假雕饰,十字之中写出六种景物:鸡声、茅店、月、人迹、板桥、霜。这里有声响也有色彩,有远景也有近景,未着一动词而人物的动作自在其中,未用一字抒情而情思溢于言外。这一联列锦妙句既传神地描摹了景物,又点明了节令、时间、地点;更重要的是通过这凄清萧索的清晨景色,曲折地透露出早行旅人孤独的心境和羁旅行役的艰辛。

列锦修辞法可分为单句列锦、对偶列锦、三句列锦和连珠列锦。

一、单句列锦

先请看下列诗句:

(1)中军置酒饮归客,胡琴琵琶与羌笛。(岑参《白雪歌送武判官归京》)

——"胡琴琵琶与羌笛",只列出几种乐器名称,但急管繁弦的侑觞演奏,西北边陲的异乡情趣则"境界全出"了。

(2)葡萄美酒夜光杯,欲饮琵琶马上催。(王翰《凉州词》)

——"葡萄美酒夜光杯",皆为西域之特产,借以巧妙地展示出西北边塞的奇特风情。

(3)黄河远上白云间,一片孤城万仞山。(王之涣《凉州词》)

——"一片孤城万仞山",渲染出玉门关雄踞于万仞峰峦之上的峭拔气势。

(4)马上凝情忆旧游,照花淹竹小溪流。钿筝罗幕玉搔头。(张泌《浣溪沙》)

——俞平伯先生对"钿筝罗幕玉搔头"一句注曰:"连用三名词:玉搔头,玉簪,指妆饰;罗幕,帷帐,指所在地;钿筝、乐器,指技艺;只七字,写人、境、情事都有了。"

以上例子,皆有一句由名词或名词性词组组合而成。虽然诗句中所列的只是乐器、美酒、杯杓、山城、头饰等物体的名称,但这种单句列锦,状物而不滞于物,善于引导读者展开由此及彼、由表及里的艺术联想。这种单句列锦,内容比较单一,往往是叙写或描摹一时一地的事物。

二、对偶列锦

诗人往往运用对偶列锦句去摹景状物,抒情言志,例如:

床前磨镜客,林里灌园人。(王维《郑果州相过》)

门外韩擒虎,楼头张丽华。(杜牧《台城曲》)

深秋帘幕千家雨,落日楼台一笛风。(杜牧《题宣州开元寺水阁阁下宛溪夹溪居人》)

——无论写人,还是写景,都妙用对偶列锦把人物或景物组合在一起,以表达深挚丰厚的内在情感。另外,还有一种一句写景,一句写人的对偶列锦句,景中寓情,隽永有味。如:

(1)雨中黄叶树,灯下白头人。(司空曙《喜外弟卢纶见宿》)

——以"雨中黄叶树"比喻灯下的白头人。

(2)落叶他乡树,寒灯独夜人。(马戴《灞上秋居》)

——借"落叶他乡树"衬托客子思乡之孤苦。

(3)乱山残雪夜,孤烛异乡人。(崔涂《除夜》)

——用"乱山残雪夜"烘托出凄凉纷乱的气氛。

这三联对偶列锦句手法相类,后一句皆写灯下之人,前一句皆为写景。一人一景,相映相生,景与心融,神与景会。

诗人常用对偶列锦把时间相异、空间相迥的意象巧妙地组合在一起,启发读者去咀嚼体味,如:

(1)渭北春天树,江东日暮云。(杜甫《春日忆李白》)

——"渭北""江东"相距甚远。

(2)思妇楼头月,征人马上霜。(章美中《初秋感怀》)

——思妇""征人"远隔天涯。

这两种意象也都是靠对偶列锦来连接的。

上面所举的五言诗句,都是没有动词谓语的工稳对仗句,言简意赅,短短的十个字,构成的意境却丰厚广博。下面再举两个著名的七言对偶句。

桃李春风一杯酒,江湖夜雨十年灯。(黄庭坚《寄黄几复》)

——上句回忆少年时与黄几复游宴之乐,下句摹写阔别后思念之深。时间跨度很大,空间距离甚远(首联"我居北海君南海,寄雁传书谢不能"),但各种意象靠对偶列锦连接为一体。

楼船夜雪瓜洲渡,铁马秋风大散关。(陆游《书愤》)

——这联诗句,空间相隔:一是东南瓜洲,一是西北散关;时间相迥:一为冬雪之夜,一为金风秋日。诗人妙用对偶列锦将如此丰厚的内容浓缩于十四字之中,虽未用一动词,但雪夜渡江,战船森列,金戈铁马,秋日杀敌的激战场面就逼真地展现出来了。

三、三句列锦

三个列锦句并列出现,在词曲中较为多见,如贺铸的《青玉案》:

试问闲愁都几许?

一川烟草,满城风絮,梅子黄时雨。

罗大经在《鹤林玉露》中评云:"盖以三者比愁之多也。"作者妙用三句列锦:"一川烟草"无边无垠,延及天涯;"满城风絮"纷扬飘荡,遮天盖地;"梅子黄时雨"连月不开,无休无止。这既是对眼前江南黄梅时节景物的描绘,又平列了三种景物来比喻内心的愁苦。用无边春草、飞扬柳絮、连绵梅雨喻闲愁之阔、之乱、之长。贺铸把抽象、难以说透的"闲愁",描绘得如此生动而传神,成为以景喻情的千古佳句。

在宋词中,可以看到不少三句列锦的佳句:

(1)楼外残钟,帐前残烛,窗边残月。(朱敦儒《柳梢青》)

(2)绿杨影里,海棠亭畔,红杏梢头。(朱淑真《眼儿媚》)

三句列锦在元散曲中更为多见,仅以张可久《人月圆》为例说明:

(3)孔林乔木,吴宫蔓草,楚庙寒鸦。

(4)一声啼鸟,一番夜雨,一阵东风。

(5)黄花庭院,青灯夜雨,白发秋风。

无论是述古人典实,还是摹景状物,都寄寓感慨,饱含深情。这种内在的感情犹如一条纽带,把语言上若断若连的三句列锦连为一串,把意境上相映相生的三种意象融为一体。

四、连珠列锦

三句以上的列锦句我们称之为连珠列锦,如:

诗酒社,江山笔,

松菊径,云烟屐。

　　　　（辛弃疾《满江红》）

鸳鸯浦,鹦鹉洲,竹叶小渔舟。

烟中树,山外楼,水边鸥,

扇面儿潇湘暮秋。

　　　　（张可久《梧叶儿·次韵》）

运用排比铺陈去穷形尽相地描摹事物,读来如明珠走盘,弹丸脱手,圆转而晓畅。这种连珠列锦表现在楹联上更为人所瞩目,如清人邓石如题于碧山书屋的一联:

上联:沧海日,赤城霞,峨眉雪,巫峡云,洞庭月,彭蠡烟,潇湘雨,武夷峰,庐山瀑布:合宇宙奇观,绘吾斋壁;

下联:少陵诗,摩诘画,左传文,马迁史,薛涛笺,右军帖,南华经,相如赋,屈子离骚:收古今绝艺,置我山窗。

上下联各铺排了九种事物,分别述说"宇宙奇观"和"古今绝艺",形成令人击节赞赏的连珠列锦句式,语势如飞流注涧,一泻无余,意象纷至沓来,令人目眩神摇。

列锦辞格的成功运用,丰富了古诗艺术表现手法,对后世诗歌创作也产生了深远的影响。这种辞格具有以下三个特点:

一是言简意繁,辞约义丰,具有很强的艺术概括力,甚至能达到"咫尺有万里之势"的艺术效果。

二是含蓄隽永,词断意属,形散神凝,往往能给读者留下充分驰骋想象,进行艺术再创造的余地。

三是讲求多种修辞手法的综合运用和语言的锤炼。如上述不少引例就是列锦与对偶、互文、用典、设问、比喻等其他辞格的结合运用。

诗歌列锦句讲求语言的精美与健劲,往往形成鲜明的节奏和音乐美感,读起来倍觉笔墨精炼,神采斐然。

扫码获取
☆配套音频
☆名家课程
☆读书笔记
☆交流社群

第三十八讲　诗歌六言句式

各民族语言的发展都是遵循着由短而长,由简而繁,由单一而多样这样的规律发展的。我国古典诗歌语言句式最先成熟的是以《诗经》为代表的四言体,随着社会的进步、文学的发展,句式也逐步演化。从两汉开始,人们尝试着用五言、六言、七言来代替板滞的四言,经过长期不断地探索和实践,诗歌的句式最后定型于五言和七言,而六言却始终没有成为诗歌的一种主要句式。

一、六言句式起源

六言句式在诗歌中出现并不算晚,在《诗经》里就有六言句,如:五月斯螽动股,六月莎鸡振羽。(《豳风•七月》)等。稍多一些的是句中或句尾带有虚字助词的六言诗句,如:置之河之干兮,河水清且涟漪(《魏风•伐檀》)等。这种句中带"兮"等虚字助词的六言诗句在《楚辞》里是大量出现的,如:鸷鸟之不群兮,自前世而固然(《离骚》);抚长剑兮玉珥,璆锵鸣兮琳琅(《九歌•东皇太一》),与天地兮同寿,与日月兮同光(《九章•涉江》)。像《九歌》中的《云中君》《湘君》《东君》《河伯》几乎完全是这种六言句式。

在汉乐府中六言句式常常杂在五言之间,如:

(1)悲歌可以当泣,远望可以当归。(《悲歌》)

(2)上用仓浪天故,下当用此黄口儿。(《东门行》)

(3)饥不从猛虎食,暮不从野雀栖。(《猛虎行》)

在汉乐府中,六言句占比重最大的是《满歌行》:

命如凿石见火,居世竟能几时?

但当欢乐自娱,尽心极所嬉怡。

安善养君德性,百年保此期颐。

在《诗经》中六言句多为单句,而在汉乐府中六言句可连缀为全诗之一节,这就为六言诗的产生奠定了基础。

六言诗的产生有两个源头,一是由《诗经》、汉乐府中六言句式演化成篇,另一则由楚辞骚体六言句式发展而成,二者并行不悖。如六言诗的早期代表作家曹丕就同时运用这两种不同的体例去写六言诗。一首题为《黎阳作》(正体),另一首题为《寡妇》(骚体)。第一首六言九句,平声每句入韵;第二首六言十四句,平声隔句押韵。六言诗就是在汉乐府民歌的六言诗句和楚辞骚体六言句式的基础上发展形成的。

二、六言诗的产生

完整的六言诗始于何人历来有两种说法,一说始于西汉人谷永,一说在东方朔时已有了六言诗。但无论谷永还是东方朔均无六言诗传世,现存最早的六言诗是孔融所作,《古文苑》载有三首,兹录其一如下:

汉家中叶道微,董卓作乱乘衰,

僭上虐下专威。万官惶布莫违,

百姓惨惨心悲。

全诗六言五句,每句都押平韵,格式虽较板滞,但完全脱尽骚体痕迹,可称为现存第一首完整的六言诗。

汉末建安在政治上"王纲解纽",解放思想;在诗歌发展上除旧布新,敢于革新创造。建安诗坛,五言已取代四言而盛行,许多诗人又尝试着用六言、七言写诗,探求开创出新诗体,曹丕就是代表作家,他的六言《令诗》《黎阳作》,七言《燕歌行》皆为诗体革新的典范之作。曹植的六言《妾薄命二首》写得深旷清丽,韵味醲郁,艺术上达到同时代六言诗的高峰。如胡应麟所说:"建安中,三、四、五、六、七言、乐府、文赋俱佳者,独陈思耳。"(胡应麟《诗薮》外编卷一)但是,当时文人写六言仅仅是一种尝试,数量较少,艺术上亦呈粗糙,远没有蔚然成风。

在汉魏乃至南北朝时期,正统文人根本不承认"六言"是诗,而视之为"俗体",属于"难登大雅之堂"之列。如《后汉书•班固传》载:"固所著典引、宾戏、应讥、诗、赋……六言,在者凡四十篇。"《后汉书•孔融传》载:"(融)所著诗、颂、论议、六言……凡二十五篇。"可知六言诗在当时与七言诗一样被摈弃在诗歌正体之外,颇受冷遇。当时诗之正体是指四言、五言。这种偏颇之见一直延及南北朝时期,像钟嵘的《诗品》对从西汉至齐梁的百余位诗人进行论述和品评，根本就没有涉及六言诗和七言诗。

　　南北朝后期，六言诗受声律说影响，从古体向律体演化，如北周庾信的《怨歌行》就是明显的例证：

　　　　家住金陵县前，嫁得长安少年。

　　　　回头望乡泪落，不知何处天边？

　　　　胡尘几日应尽，汉月何时更圆？

　　　　为君能歌此曲，不觉心随断弦。

　　全诗八句，用一平声韵，第三联工对，声律和谐。这种六言八句的诗在唐代发展为成熟的六律，如卢纶、温庭筠、韩偓、鱼玄机等人都有六律传世。在唐代律诗蓬勃兴起的风气影响下，六言绝句开始出现在诗坛上。

三、六言句式三个弱点

　　如上文所述，我国古典诗歌的句式发展基本上是四言—五言—七言的过程，而处于五言与七言之间的六言何以独不能得到长足的发展呢？其原因在于六言句式与五、七言相比，存有三个致命弱点，影响了自身的发展，因而在诗歌句式的竞争中，它无力与五、七言抗衡。六言句式这三个致命弱点分别是：

　　（一）句式组合单调

　　汉语的语词是以单音词和双音词为主要成分的，诗歌的五言句和七言句都能容纳下奇偶相间的单、双语词来组成诗句，所以每一句的节拍有长短变化，读起来抑扬流走；而六言句只能由连续的三个双音词组成，不能容纳单音词音节。如：

　　　　七言：白日—登山—望—烽火

　　　　五言：八月—湖水—平

　　　　六言：山下—孤烟—远村

　　六言句式由于缺少一个单音部的奇数音词，故显得句式组合单调，缺少变化。

　　（二）音节比较板滞

　　五言诗的句式，一般是上二下三，有三个音节，如：

　　　　星垂—平野—阔

七言诗的句式,一般是上四下三,有四个音节,如:

风急—天高—猿啸—哀

读起来上口,听起来悦耳。

六言诗的句式,一般是上四下二或上二下四,有三个音节,如:

水流—绝涧—终日

尽管它比五言多了一个字,但是音节却同是三个,而又缺少奇偶相间的变化,所以读起来比五、七言显得板滞。

(三)平仄变化拘谨

用近体诗的格律来要求,五言有平平平仄仄、仄仄仄平平、仄仄平平仄、平平仄仄平等四种格式,可以极尽变化,比较自由地安排通篇的平仄音律,七言亦如此;而六言仅有平平仄仄平平和仄仄平平仄仄这两种格式,只能构成一副律联,这样就给通篇作品的格律安排造成了极大的障碍。

如果说自然界的生物在生存斗争中是物竞天择的话,那么古代诗歌语言句式的发展和竞争也如此。当时的诗人在从事创作、选择诗体时,当然乐于选择变化较多而又易于表现内容的五言和七言。六言诗和七言诗基本上是同时产生的,并无长幼之分,但由于六言存在着上述与生俱来的致命弱点,它难以正常发育,犹如七言巨人脚下的侏儒,理所当然地衰微下去。

四、六言在词曲中大显身手

如果说六言句式在诗中颇受冷遇,那么在长短的词和散曲中却获得了大显身手的机缘。词的六言句的平仄、音节要求均与六绝相同,六言句式在词这种体裁中得到了较为普遍地运用。词中全首为六言四句的,如《三台》《塞姑》《回波乐》《舞马词》;全首六言六句的,如《河满子》;全首六言八句的,如《谪仙怨》《双鸂鶒》;全首十句的,如《寿山曲》。散见在词中的六言句很多,如:

(1)玉颜憔悴三年,谁复商量管弦。(王建《调笑令》)

(2)昨夜雨疏风骤,浓睡不消残酒。(李清照《如梦令》)

(3)梦后楼台高锁,酒醒帘幕低垂。(晏几道《临江仙》)

龙渝生先生编撰的《唐宋词格律》共收常见词牌一百五十余调,其中含有六言句式的词牌达九十二调之多,占总数百分之六十。

六言句式在散曲内也大量出现,如《天净沙》除一句四言外,其余全为六言,散见于散曲小令中的六言句更为普遍,如:

(4)一个冲开锦川,一个啼残翠烟,一个飞上青天。(张养浩《庆东原》)

(5)风风雨雨清明,莺莺燕燕关情。(张可久《寨儿令》)

为什么六言句式在词、曲这种形式里能够比较广泛地运用呢?一方面是音乐的原因,六言古体在乐府诗中比较常见,可以入乐,进入唐代之后随着乐府诗音乐性的衰微,六言古体则销声匿迹了。词、曲都是可唱的新诗体,这种诗体强烈的音乐性易于容纳六言句。另一方面是因为词、曲长短不一,参差错落的句式安排更有利于六言等杂言句式的运用。由于上述原因,在句式平板方正的律诗中几乎濒于绝境的六言句式却在词、曲的领域里找到了安身立命的归宿。

综上所述,六言句式在诗歌的创作中,尤其在格律严整的律绝中是不宜运用的,所以六言诗无论古体、近体,也无论律、绝均不多见。因此,探研六言诗的形成和发展的过程,科学地分析它衰微不振的原因,对于我们学习和把握古典诗歌发展史、诗律演化史以及语言学的一般规律都是有所裨益的。

第三十九讲 问答体句法(上)

在古典诗歌中,一问一答的设问句殊为常见,例如:

(1)云谁之思? 美孟姜矣。(《诗经》)

(2)何以解忧? 唯有杜康。(曹操《短歌行》)

(3)问君何能尔? 心远地自偏。(陶渊明《饮酒》)

(4)何处是归程? 长亭更短亭。(李白《菩萨蛮》)

(5)飘飘何所似? 天地一沙鸥。(杜甫《旅夜书怀》)

(6)座中泣下谁最多? 江州司马青衫湿。(白居易《琵琶行》)

(7)问君能有几多愁? 恰似一江春水向东流。(李煜《虞美人》)

(8)问渠那得清如许? 为有源头活水来。(朱熹《观书有感》)

(9)今何许? 凭阑怀古,残柳参差舞。(姜夔《点绛唇·丁未冬过吴松作》)

这种人所共知的设问句式不必细论则自明。我们今天要讲的是比较特殊的问答体句式及其语言特点。第一种是问答变体式,第二种是问而不答式,还有第三种寓问于答式和第四种联章问答式,留到下一讲再讲。

第一种 问答变体式

古典诗歌作品中有三种问答变体句式,即铺陈设问、双问双答与本句问答。

(一)铺陈设问式

三国时诗人繁钦有一首杂曲乐府诗《定情诗》,其中连用了十一个问答句,来铺叙恋人间相亲相爱的情意:

我既媚君姿,君亦悦我颜。

何以致拳拳? 绾臂双金环。

何以致殷勤? 约指一双银。

何以致区区? 耳中双明珠。

何以致叩叩? 香囊系肘后。

何以致契阔? 绕腕双跳脱。

何以结恩情？美玉缀罗缨。

何以结中心？素缕连双针。

何以结相于？金薄画搔头。

何以慰别离？耳后玳瑁钗。

何以答欢忻？纨素三条裙。

何以结愁悲？白绢双中衣。

诗人泼墨如倾，不厌其详地设问作答，铺陈情侣之间的"拳拳"之忠、"区区"之情和"殷勤"之爱。互赠的礼品体现出"永以为好也"之意，同时，这些富有特殊含义的饰物也成为他们坚贞爱情的象征。铺陈设问式实际上是设问与排比两种辞格的合用。

（二）双问双答式

前一句诗连续提出两个问题，后一句诗连续作出两个回答。如唐人白居易的《缭绫》：

织者何人衣者谁？

越溪寒女汉宫姬。

第一句连发两问："织者何人？衣者谁？"第二句连作两答："越溪寒女，汉宫姬"。这要比"织者系越溪寒女，衣者乃是汉宫姬"的陈述句要灵巧活泼，摇曳多姿。另外，把生产者与消费者之间的对立以及荣枯迥异的情状如画地并列展示，形成鲜明的对比。

再如北朝乐府诗《木兰辞》：

问女何所思？问女何所忆？

女亦无所思，女亦无所忆。

双问双答要比分别问答的表达效果更为显豁逼真。

（三）本句问答式

所谓本句问答式是指在一句诗中，既提出问题又作回答。如汉乐府诗《桓帝初天下童谣》：

小麦青青大麦枯。

谁当获者妇与姑，丈夫何在西击胡。

吏买马，君具车，请为诸君鼓咙胡。

其中,第二句、第三句意为:"谁去收获这些成熟的谷物呢? 只有妇女和她们的婆母。她们的丈夫到哪里去了呢? 原来是赴西北边塞去抗击胡人的侵扰。"这两句诗应读为"谁当获者? 妇与姑。""丈夫何在? 西击胡。"

再如宋人黄庭坚《以右军书数种赠邱十四》诗:

> 松花泛砚摹真行,字身藏颖秀劲清。
>
> 问谁学之果兰亭,我昔颇复喜墨卿。

其中第三句"问谁学之果兰亭",意为"问他是向谁学习的? 果然是王右军的《兰亭序》",也是典型的本句问答句。提出问题用四个字,旋即以三个字作答,不仅文字洗练简约,而且句法顿挫奇特。

第二种 问而不答式

诗人宦游在外,忽逢故乡来人,于是就在亲切的攀谈中,向乡亲询问家乡情况,这是古诗常见的题材之一。但是诗人往往在诗作中只写连续的发问,却不把故乡来客的答话写入诗中。请看唐人的两首诗作:

> 君自故乡来,应知故乡事。
>
> 来日绮窗前,寒梅著花未?
>
> （王维《杂诗》）
>
> 衰宗多弟侄,若个赏池台?
>
> 旧园今在否? 新树也应栽?
>
> 柳行疏密布? 茅斋宽窄裁?
>
> 经移何处竹? 别种几株梅?
>
> 渠当无绝水? 石计总生苔?
>
> 院果谁先熟? 林花那后开?
>
> （王绩《在京思故园见乡人问》）

以上四例,王绩之作提问最详,巨细不遗,王维之作发问最简,只写一句。孰优孰劣,因与本文题旨无涉,故不置论。但两首诗作有两个共同点,一是所问内容都为故乡花草景物,而不涉及人事;二是只写问话而不写答话。

为什么这样写—只问不答呢? 一是因为受诗歌篇幅的限制,很难再容纳答话内容;二是如句句据实回答,只能造成内容拖沓、句式呆板,且易使诗的韵味丧失。只写问而不写答,能给读者留下想象生发和艺术再创造的充分余地。

通篇以问辞构成的同样题材的典型作品是清人万树写的《贺新凉》词:

汝到园中否?

问葵花向来铺绿,今全红否?

种柳塘边应芽发,桃实树冬活否?

青笋箨褪苍龙否?

手植盆荷钱叶小,已高擎碧玉芳筒否?

曾绿遍芳丛否?

书笺为寄村翁否? 乞文章,茅峰道士,返茅峰否?

舍北人家樵苏者,远斫南山松否?

堤上路,尚营工否?

是处秧青都是浪,我邻家布谷还同否?

曾有雨、有风否?

全词通押一"否"字为韵,属于福唐独木桥体。连珠炮般地连续提出十二个问题,先问园中花卉草木,再问园外邻舍景致,问得细致真切,不惮其烦。从问句中,小园绰约风貌已历历呈于读者面前了。根本就不必写答话,一写则读之索然矣!

通篇设问以屈原《天问》为滥觞,全篇以一"曰"字领头,通体用问语,一口气提出一百七十二个问题,奇矫活突,淋漓酣畅。其后,如唐宋名家作品中,白居易《梦刘二十八因诗问之》(发四问)、杜牧《杜秋娘诗》(发六问)、辛弃疾《木兰花慢·可怜今夕月》(发六问)。

最后,我们阅读欣赏辛弃疾的《木兰花慢》:

小序:中秋饮酒将旦,客谓前人诗词有赋待月无送月者,因用《天问》体赋。

可怜今夕月,向何处,去悠悠?

是别有人间,那边才见,光影东头?

是天外,空汗漫,但长风浩浩送中秋?

飞镜无根谁系? 姮娥不嫁谁留?

谓经海底问无由,恍惚使人愁。

怕万里长鲸,纵横触破,玉殿琼楼。

虾蟆故堪浴水,问云何玉兔解沉浮?

若道都齐无恙,云何渐渐如钩?

把这首词译为现代汉语:

今夜可爱的月亮娇媚千般,你向什么地方走去,悠悠慢慢?

是不是天外还有一个人间,那里的人刚刚看见月亮升起在东边?

茫茫的宇宙空阔无沿,是浩浩长风将那中秋的明月吹远?

是谁用绳索系住明月在天上高悬?

是谁留住了嫦娥不让她嫁到人间?

据说月亮是经海底运转,这其中的奥秘无处寻探,

只能让人捉摸不透而心中愁烦。

又怕那长鲸在海中横冲直撞,撞坏了华美的月中宫殿。

蛤蟆本来就熟悉水性,为什么玉兔也能在海中游潜?

假如说这一切都很平安,为什么圆月会渐渐变得像钩一样弯?

——辛弃疾这首《木兰花慢》构思新颖,想象奇瑰,驰骋想象的翅膀,连珠炮似的对月发出一个个疑问,把有关月亮的一些优美神话传说和生动比喻交织成一幅形象完美的绚丽图画,给人以极大的艺术享受。

王国维在《人间词话》评论说:"稼轩中秋饮酒达旦,用《天问》体作《木兰花慢》以送月曰:'可怜今夕月,向何处,去悠悠? 是别有人间,那边才见,光影东头?'词人想象,直悟月轮绕地之理,与科学家密合,可谓神悟!"

第四十讲　问答体句法（下）

第三种　寓问于答式

这种问式的特点是"只答不问，寓问于答"。从生活常理上去体味，"只问不答"还是讲得通的，但岂有"只答不问"之理？人家并没有问你，你却絮叨不停地去回答，岂不成了神经病？但是从诗歌艺术角度上去分析，"只答不问"不愧为隽永而洗练的一种手法。它并不是"不问"，而只是不把问话内容写进诗内，关键在于把问话内容寓于答话之中，使读者可以从答话里体味和推导出所问的内容。请看唐人贾岛的五言绝句《寻隐者不遇》：

松下问童子，言师采药去。

只在此山中，云深不知处。

经过体味，可以把省略的问话内容补充进去，就成为几问几答的对话了：

诗人问：你师父干什么去了？

童子答：师父采药去了。

诗人问：上哪里采药去了？

童子答：就在这座山上。

诗人问；究竟在哪一块地方？

童子答：山那么高，云雾又那么浓，具体在哪里我也搞不清。

但如将上面这段对话都写入诗中，则叠床架屋，令人厌烦了。

李清照的《如梦令》就是运用寓问于答手法的典型之作，请看：

昨夜雨疏风骤，浓睡不消残酒。

试问卷帘人，却道海棠依旧。

知否，知否，应是绿肥红瘦。

词人在清晨起床时，向正在窗口启户卷帘的侍女发问，粗心的侍女却漫不经心地回答说："院里的海棠花还照旧开着。"问话内容被省略了，但从答话中可以想见。

杜甫的名作《石壕吏》中,也将"夜捉人"的石壕吏在抓丁拉夫时的问话内容全部省略。老妇面对着横暴的差吏,是在其"怒呼"的逼问下,悲苦啼哭着"前致词"的。

致词共为十三句,从儿子说到孙子,从媳妇谈到自己。"吏呼一何怒,妇啼一何苦!"根据诗的内容推导,二人对话应为:

吏:你家的男人都到哪里去了? 快说!

妇:"三男邺城戍,一男附书至,二男新战死,存者且偷生,死者长已矣!"

吏:别啰唆! 家里还有别的人吗? 快把人交出来!

妇:"室中更无人!"

吏:胡说! 屋里怎么有孩子的哭声?

妇:"惟有乳下孙。"

吏:快把你儿媳妇交出来!

妇:"有孙母未去,出入无完裙。"

吏:反正你家得出一个人到前线去!

妇:"老妪力虽衰,请从吏夜归。急应河阳役,犹得备晨炊。"

杜甫在这首叙事诗中并没有采用这种吏问妇答的散文式句式。因为这种生活化的回答冗长拖沓,与诗的语言特点相悖。诗人明写老妇致词作答,暗写差吏多次逼问,以明带暗,寓问于答,言简意繁,蕴藉隽永。

第四种 联章问答式

所谓联章问答,就是将问话与答词分章安排。如唐人王绩的《春桂问答》二首:

问春桂:桃李正芳华,

年光随处满,何事独无花?

春桂答:春华讵能久,

风霜摇落时,独秀君知不?

一首设问,另一首拟答,妙用比兴,含意深远。

再如唐人崔颢《长干曲》的前两首:

第一首女子口吻——

君家何处住？妾住在横塘。

停舟暂借问，或恐是同乡。

第二首男子口吻——

家临九江水，来去九江侧。

同是长干人，生小不相识。

《长干曲》是南朝乐府"杂曲古辞"旧题，这两首短诗就洋溢着男女对唱联体民歌的风味。第一首是女子停舟发问，第二首是男子回答致词。一问一答，分章并列，凝练集中。

在长短句的词中，联章问答又可分为一首词中分片问答、两首词互为问答这样两种格式。前者如敦煌曲子词《鹊踏枝》：

上片思妇口吻——

叵耐灵鹊多谩语，送喜何曾有凭据？

几度飞来活捉取，锁上金笼休共语。

下片喜鹊回答——

比拟好心来送喜，谁知锁我在金笼里。

欲他征夫早归来，腾身却放我向青云里。

上片是思妇埋怨灵鹊报喜无据，发出诘问。下片是灵鹊致答辩之辞。通过思妇与灵鹊的问答，思妇对征夫的深切思念之情不是呼之欲出了吗？这首民间词拟人化的手法和分片问答的结构，使之具有特殊的鲜活韵味。

元人刘敏中的《沁园春·石汝来前》，上片为石问，下片为石答，亦为此体。

两首词互为问答的可欣赏敦煌曲子词《南歌子》二首：

第一首丈夫发问——

斜倚朱帘立，情事共谁亲？分明面上指痕新。

罗带同心谁绾？甚人踏破裙？

蝉鬓因何乱？金钗为甚分？

红妆垂泪忆何君？

分明殿前实说，莫沉吟！

第二首妻子回答——

自从君去后，无心恋别人。梦中面上指痕新。

罗带同心自绾，被猻儿踏破裙。

蝉鬓朱帘乱，金钗旧股分。

红妆垂泪哭郎君。

信是南山松柏，无心恋别人。

第一首词是写远行久客的丈夫突然返回家中，见到妻子倚帘伫立，怀疑她品行不贞而发出一连串声色俱厉的质询，后一首是无辜的妻子针对丈夫的诘问，一一答辩。经过释疑解惑，遂涣然冰释。

另外敦煌曲子词《定风波》"攻书学剑能几何"与"征战偻罗未足多"两首也是这种联章对唱体，颇具民歌风味，感兴趣的朋友自可参看。

《乐府群玉》中载有元人王晔的组曲《双渐小卿问答》十六首，可以说是联章问答体的登峰造极之作。内容是写苏婆婆贪财，把女儿苏卿许配给茶商冯魁，引起原已定亲的黄肇和苏卿的另一恋人双渐的不满，于是告到官府。这十六首用[庆东原][折桂令][殿前欢][水仙子]四个曲调相间咏唱，来记写这些人物的问答之词。如曲词中写问苏卿时的问答：

问苏卿——

［双调·折桂令］

俏排场惯战曾经，自古惺惺，爱惜惺惺。

燕友莺朋，花阴柳影，海誓山盟。

那一个坚心志诚？那一个薄幸杂情？

则问苏卿：是爱冯魁？是爱双生？

苏卿答——

［双调·折桂令］

平生恨落风尘，虚度年华，减尽精神。

月枕云窗，锦衾绣缛，柳户花门。

一个将百十引江茶问肯，一个将数十联诗句求亲。

心事纷纭，待嫁了茶商，怕误了诗人。

下面还有审问冯魁、双渐、黄肇、苏婆婆等时的一问一答。最后一只曲子写"议拟"，作为问官的判词。从第一支曲"黄肇退状"起，至问官"议拟"

止,共含七问七答,表现出这桩所谓"风月案"的全部内容。这组问答体的套曲表现出一定情节的故事,还刻画了不同人物的口吻和性格,形成了小型歌剧的形式。这是一般诗词所难以企及的。

联章问答是民间演唱文学常用的形式之一,在民歌、鼓曲、戏剧唱词中应用广泛。如《小放牛》("赵州石桥什么人修")、《刘三姐》的"对歌"等都是如此。这种将问答分章安排的方式可使诗意集中,语言凝练,避免了一问一答的零散星碎与拖沓。

古典诗歌问答体在格局构制、意境表达、语言风格上都与散文相迥异。这是因为在古典诗歌中,尤其在格律严整的律诗和长短句的词中,要在有限的字数里,尽可能表现出丰富的思想内容,这就要求诗歌辞约义丰,言简意繁,写入诗中的问答之辞,更须简练、集中、工巧,而绝不能如散文那样详尽地铺陈。

清人吴乔《围炉诗话》有一段切中肯綮的论述:"意思犹五谷也。文则炊米为饭,诗则酿米为酒。饭不变形,酒形质变尽。"如果把要写入作品中的问答对话比喻成五谷粮食的话,那么写散文的人就要把五谷"淘洗""蒸煮",使之"炊而成饭";写诗的人则要进行更为复杂的加工,除了"淘洗""蒸煮"之外,还要"发酵""蒸馏""勾兑",使之"酿而为酒"。这种写入诗中的问答对话,就已经变成"形质变尽"的艺术醇醪了。这诚如西方诗语理论所言:"诗人用那种尽管在散文中不适当,但却更适合于诗歌的语言来陈述自己的思想";"词语在诗歌中所意指的与它们在散文中所意指的完全不同。一种意义的光环萦绕在它们周围。"

第四十一讲 常用句法分析

我国古典诗歌都讲究章法和句法的安排,无论是"尺水兴波"的绝句、小令,还是洋洋洒洒的歌行、长调,都讲求全篇章法的开合变化,也注重一联诗句内句法相摩相荡的技巧。古代杰出的诗人词家都善于运用奇正、虚实、抑扬、张弛、疏密、浓淡等艺术辩证法,创造出一些奇妙的句法,或用在诗的开头,振起全篇;或用在诗的中间,波澜跌宕;或用在诗的结尾,荡出新意。本文拟对常用的五种句法分别阐述如下:

一、排除句法,含蓄浑融

请看中唐诗人李益的《上汝州郡楼》:

黄昏鼓角似边州,三十年前上此楼。

今日山川对垂泪,伤心不独为悲秋。

这首七绝写诗人在黄昏时登上汝州(今河南省临汝县)城楼,耳闻鼓角之声,面对山川垂泪伤心。诗人为何如此伤感?诗中没有直接讲明,却在结句"伤心不独为悲秋"中迂曲地暗示读者:诗人悲伤的原因不仅是悲秋,而是为国势担忧。诗的前两句隐含着这样的内容:当时正是藩镇割据之时,战乱频仍,致使地处中原腹地的汝州仍如三十年前安史乱中一样,黄昏时鼓角哀鸣,战云笼罩,俨然如边陲。这首诗的第四句"伤心不独为悲愁"就是"排除句法"之妙用。如果我们把"悲秋"的因素排除在外,即可体味到诗人"凭轩涕泗流"乃是国势衰微、战祸连绵使然。

再如李清照的《凤凰台上忆吹箫》:

新来瘦,非干病酒,不是悲秋。

言自己近来身体消瘦的原因既不是"病酒",也不是"悲秋",却不道出真正的缘由。但读者排除了这两个因素,那么"新来瘦"的来由,自然就是"离怀别苦"了。

排除句法更为常见的是用在诗的结尾,用"只有""惟有"等限制性的词语去斡旋,而将其余皆排除在外,借以奏出弦外之音。请看陆游的七绝

《楚城》：

江上荒城猿鸟悲，隔江便是屈原祠。

一千五百年间事，只有滩声似旧时。

这首诗感慨颇深，但写得婉曲含蓄。从屈原辞世至放翁写诗之时，已经过去了约一千五百年，历经秦汉隋唐北宋，人世沧桑的变化难以言述，今与昔同者只是"滩声"而已，除此之外，当然一切皆是今非昔日。诗人思接千载，把自己的复国壮志与彪炳史册的屈原相比照，看似写江上滩声，实则意在言外，发人深思。再如杨万里《初入淮河绝句》：

两岸舟船各背驰，波浪交涉亦难为。

只余鸥鹭无拘管，北去南来自在飞。

淮河成为南宋与金交界的界河，使南北两方的人们隔绝难以相通。这里只有鸥鹭是自由自在、无拘无束的，它们北去南来、自由飞翔。妙用排除句法，除了鸥鹭水鸟之外，一切都是不自由的，含蓄地发出人不如鸟的感叹。此类排除句式很为多见，如：

（1）宫女如花满春殿，只今惟有鹧鸪飞。（李白《越中览古》）

（2）惟有门前镜湖水，春风不改旧时波。（贺知章《回乡偶书》）

（3）唯余岩下多情水，犹解年年傍驿流。（罗隐《筹笔驿》）

以上数例都妙用排除句法，且都用于诗的结尾，或发昔盛今衰之慨，或抒物是人非之叹，蓄感含情，引而不发，更能引发读者的遥思遐想，笔墨精练，意境浑融浓郁。

二、翻转句法，逆折跌映

所谓翻转句法多见诸词作，就是上句先用否定撇去一层，下句再用肯定转入另一层，于翻转逆折中，使抒情更深一步。

如苏轼《水龙吟·次韵章质夫杨花词》下片换头：

不恨此花飞尽，恨西园、落花难缀。

——从"不恨"与"恨"的转折中，抒发出词人惜春、伤春的惆怅之情。

再如吴文英《高阳台》：

伤春不在高楼上，在灯前欹枕，雨外熏炉。

——诗人认为独上高楼倚危栏，其伤春已令人难以为怀，但这尚可禁受，最令人伤春黯然的乃是"灯前欹枕"，孤栖难眠，或"雨外熏炉"，独坐遐思。通过这种翻转逆折，把其伤春之情映衬得更为浓烈缠绵。

又如辛弃疾《贺新郎·甚矣吾衰矣》：

不恨古人吾不见，恨古人不见吾狂耳。

——用翻转句法来抒发世无知音的深沉愤慨，意蕴沉郁，词情荡动。

此类翻转句并不罕见，如：

(1)南楼不恨吹横笛，恨晓风千里关山。(吴文英《高阳台·落梅》)

(2)不是怨极愁浓，只愁重见了相思难说。(程垓《念奴娇》)

(3)不恨天涯行役苦，只恨西风，吹梦成今古。(纳兰性德《蝶恋花》)

运用翻转句法，在"不恨……，恨……"的句式中，列出令人感伤的两种事物。在跌宕转折中，两种事物相互映衬，一纵一收，借以抒发作者凄婉绵长之情。

三、设想句法，婉转深沉

上句言设想如何，下句则言这种设想根本无法实现，这就是设想句法，如苏轼《水调歌头·明月几时有》：

我欲乘风归去，又恐琼楼玉宇，高处不胜寒。

——先言我欲如何如何，再言不得如此，表现出诗人内心的矛盾。

此类设想句往往用"拟""欲"等字与"只恐""只怕""争奈"等相关合，如：

(1)拟把疏狂图一醉，对酒当歌，强乐还无味。(柳永《蝶恋花》)

(2)欲将幽恨寄青楼，争奈无情江水不西流。(秦观《虞美人》)

(3)欲将心事付瑶琴，知音少，弦断有谁听？(岳飞《小重山》)

设想句先言热切的愿望，再言这种愿望难以实现，在矛盾转折中把理想与现实的矛盾所造成内心的苦痛与哀怨婉曲而深沉地表达出来，情思无尽，耐人寻味。

四、层深句法，腾挪递进

所谓层深句法就是一联两句间用"更""又"等字连接，使诗意层深递进，如李商隐《无题》的尾联：

刘郎已恨蓬山远，更隔蓬山一万重。

——蓬山邈渺，远不可求，已令人扼腕浩叹，何况更远于蓬山，相隔万里的天涯呢！细味诗意，可知是爱情题材，双方本就阻隔横亘，难以晤会，何况女子又被迫远去，会合之愿更为无望，诗意层递加深。又如：

(1)山映斜阳天接水，芳草无情，更在斜阳外。(范仲淹《苏幕遮·怀旧》)

(2)平芜尽处是春山，行人更在春山外。(欧阳修《踏莎行》)

二者手法相类，皆用层深句法使情景相融，虚实相生：斜阳已在遥远的天际，而芳草更在斜阳之外。此景此情令离愁别绪充盈心头，缱绻缠绵。有些层深句虽无"更""又"之类表递进的词语从中斡旋，但依其上下句的意念关系亦可作如是分析。再如：

(3)早是相思肠欲断，忍教频梦见！(薛昭蕴《谒金门》)

——寻常相思萦绕心头，已使我肝肠欲断，更令人难以忍受的是梦中频频相会，醒来更令相思愈炽。亦为典型的层深句法。

层深句法在诗词中颇为多见，如：

(4)已知出郭少尘事，更有澄江销客愁。(杜甫《卜居》)

(5)春残已是风和雨，更著游人撼落花。(黄庭坚《同元明过洪福寺戏题》)

(6)多情自古伤离别，更那堪冷落清秋节。(柳永《雨霖铃》)

这种层深句法往往欲擒故纵，一气流转而又跌宕昭彰。又如：

捣就征衣泪墨题，

寄到玉关应万里，

戍人犹在玉关西。(贺铸《杵声齐》)

——不直言戍人之远，而先言玉关万里之遥，然后再写出丈夫所戍守之处比玉关更远，层层推进，余韵无穷。

五、透过句法，顿挫幽深

这种句法多用"纵"字作领字("纵"有"即使"意)，意谓纵然如此，亦无可奈何，何况又不会如此呢？多表现心中极度的哀伤之情，其抒情一波三折，更为幽深感人。如章碣《东都望幸》：

纵使东巡也无益，君王自领美人来。

——这是一首宫怨词，东都洛阳的宫女盼望皇帝巡幸洛阳，以期承恩受宠。结尾两句妙用透过句法，翻进一层：即使皇帝东巡，对自己也不会有什么益处，因为他会把在长安所宠幸的美人也带了来。透过一层立说，抒发宫女绝望的心情。

再如周邦彦《夜飞鹊》：

花骢会意，纵扬鞭、亦自行迟。

——不言人的依依惜别，而写马识人意，踟蹰缓行。行者不扬鞭，马固已行迟；即使振策扬鞭，马仍自行迟。透过句法乃神来之笔，马之惜别犹如此，人之离情又何以堪尔？

又如晏几道《阮郎归》：

梦魂纵有也成虚，那堪和梦无。

——言相思之苦：别易会难，只得寄希望于梦中相逢。纵然能有梦中相会，亦属虚幻，梦醒之后更难以为怀，但仍希望能有梦。令人愁苦的是连这短暂的虚无的梦也没有。通过透过句法，写出词人无尽的凄苦。

此类句法在唐宋诗词中尚多见，请看：

(1)纵使相逢应不识，尘满面，鬓如霜。(苏轼《江城子·乙卯正月二十日夜记梦》)

(2)千金纵买相如赋，脉脉此情谁诉？(辛弃疾《摸鱼儿》)

(3)纵豆蔻词工，青楼梦好，难赋深情。(姜夔《扬州慢》)

——以上数例所写皆为沉痛无极的抒情，运用透过句法，运意深远，沉郁顿挫，用笔幽邃，较之前文所谈之层深句更为曲折沉郁，愁苦之凝重，诚不啻以血泪书之也。

古典诗词的句法是丰富多彩的，以上所谈只是其中比较常见的或具有代表性的。总之，了解和掌握古诗句法的基本知识，体会一下古代诗人创作的甘苦，对于提高我们的阅读和欣赏能力，还是很有裨益的。

第四十二讲　诗作的总分结构

古典诗歌在句群结构、句法安排上积累的丰富经验,值得我们去探索和总结。运用结构修辞的观点对古典诗歌的篇章结构进行研讨,尚属新的课题。本讲就古典诗歌的"总结分析"类结构修辞法,作一分析研讨。

前一句诗同时提出两个或两个以上的陈述对象,后面的诗句分别对它们一一加以陈述说明;或者前面的几句诗分别陈述两个或两个以上的事物,最后一句诗对它们加以概括总结。这样的句式可称之为总分结构,前者是先总后分式,后者为先分后总式。

一、先总后分式

(一)AB—A—B式

(1)去年今日此门中,人面桃花相映红。

　　人面不知何处去,桃花依旧笑春风。(崔护《题都城南庄》)

再请看宋人欧阳修的两首《望江南》词:

(2)江南柳,花柳两相柔:

　　花片落时粘酒盏,柳条低处拂人头,各自是风流!

(3)江南月,如镜复如钩:

　　似镜不侵红粉面,似钩不挂画帘头,长是照离愁!

(二)ABC—A—B—C式

(4)再拜陈三愿:一愿郎君千岁,

　　二愿妾身长健,三愿如同梁上燕,

　　岁岁长相见。(冯延巳《长命女》)

(三)ABCD—A—B—C—D式

(5)凭画阑,那更春好花好酒好人好,

　　春好尚恐阑珊,花好又怕飘零难保,

　　直饶酒好似渑,未抵意中人好。(程垓《四代好》)

这类先总后分式在词曲中更为常见,如这首元曲:

（6）倚蓬窗无语嗟呀，七件儿全无，做甚么人家？

　　柴似灵芝，油如甘露，米若丹砂，

　　酱瓮儿才馨撒，盐瓶儿又告消乏，

　　茶也无多，醋也无多，

　　七件事尚且艰难，怎生教我折柳攀花！（周德清《折桂令》）

　　——先总说"七件儿全无"，然后分别申述柴、油、米、酱、盐、茶、醋的匮乏情况，感叹元代文人贫困的生活境遇。

（7）看看的相思病成，怕见的是八扇帏屏：

　　一扇儿双渐小卿；一扇儿君瑞莺莺，

　　一扇儿越娘背灯，一扇儿煮海张生，

　　一扇儿桃源仙子遇刘晨，一扇儿崔怀宝逢着薛琼琼，

　　一扇儿谢天香改嫁柳耆卿，一扇儿刘盼盼杀大官人。

　　哎！天公，天公！

　　教他对对成，偏俺合孤另！（无名氏《十二月过尧民歌》）

　　——连续铺排了八个恋爱故事去衬托女主人公渴求自主婚姻的迫切心情，其修辞方式是排比，但从结构修辞的角度分析它是先总后分。这类句式的特点是先总提，后分述，层层铺排，条理清楚。

二、先分后总式

（一）A—B—AB 式

（8）西来为看秦山雪，东去缘寻洛苑春。

　　来去腾腾两京路，闲行除我更无人。（白居易《京路》）

（9）楼上澹山横，楼前沟水清。

　　怜山又怜水，两处总牵情。（韩偓《两处》）

（10）云鬟坠，凤钗垂，

　　鬟坠钗垂无力，枕函欹。（韦庄《思帝乡》）

这类句式结构是先分述，后总括，文通理惬，层次清楚。

（二）A—B—C—D—ABCD 式

（11）巫山一朵云，阆苑一团雪，

　　　　桃源一枝花,瑶台一轮月,

　　　　妻啊! 如今是

　　　　云散雪消,花残月缺。(《荆钗记传奇·祭江》)

　　先铺排四个比喻,极赞妻子钱玉莲的纯洁与美貌,然后总括王十朋得悉妻子死讯后哀恸的心情。分述与总括间又存在着对比和衬跌的关系,哀婉动人。

　　(三)A—B—BA式

　　(12)未解画船留待月,缓歌金缕细留云,

　　　　将云带月入东门。(毛滂《浣溪沙》)

　　(13)欲行且起行,欲坐重来坐。

　　　　坐坐行行有倦时,更枕闲书卧。(辛弃疾《卜算子》)

　　这类A—B—BA式往往使用顶真词格,上递下接,连贯密切。还有一种是先分叙两种意象,在进行总括时,词语略有变化,但从内容上分析,仍为先分后总的句式,如:

　　(14)镜湖水如月,耶溪女似雪。

　　　　新妆荡新波,光景两奇绝。(李白《越女词》)

　　——"新妆"近接"耶溪女","新波"遥承"镜湖水",美女与美景相映相生,相得益彰。

第四十三讲　诗作的交叉结构

　　古典诗歌结构修辞中的"结构",是指一首短诗或长诗的某一章节内诗句的构造。譬如一首诗或诗的某一章节关涉到两个或两个以上的描述对象,这两个或两个以上的词语(或意象)交互出现,这在结构修辞上就称之为交叉结构。请看以下二例:

　　(1)山桃红花满上头,蜀江春水拍山流。

　　　　花红易衰似郎意,水流无限似侬愁。(刘禹锡《竹枝词》)

　　(2)草书何太苦,诗兴不无神。

　　　　曹植休前辈,张芝更后身。(杜甫《寄张十二山人彪三十韵》)

　　例(1)先列举"花""水"两种事物,然后巧为设喻,分别以"花""水"来比况"郎""侬"对待爱情的不同态度。全诗以"花"—"水"—"花"—"水"交错相承,前后呼应,形成了A—B—A—B结构的句式,脉络清晰。例(2)先列举张彪的"草书"与"诗兴",然后用诗杰"曹植"近接"诗兴",用草圣"张芝"遥承"草书",诗意为"您的草书古奥而潇洒,草圣张芝只能是你的传人;您的诗兴如有神助,压倒了前辈诗杰曹植"。这四句诗在意象安排的顺序上与例(1)相迥异,形成A—B—B'—A'结构句式。交互承接,错落有致,气韵流动。

　　前文提到,交叉结构就是指一首(章)诗中,两个(或两个以上)词语或意象的交互出现。交叉结构又可分为交叉顺承、交叉逆承与双领双承等三种形式。

一、交叉顺承式

(一)A—B—A—B式

　　(1)有松数十株,有竹千余竿。

　　　　松张翠伞盖,竹倚青琅玕。(白居易《看炉峰下新置草堂,即事咏怀,题于石上》)

　　(2)我马映林嘶,君帆转山灭。

　　　　马嘶循古道,帆灭如流电。(刘禹锡《重至衡阳伤柳仪曹》)

（二）A—B—A—B—A—B式

（3）可使食无肉，不可使居无竹；无肉令人瘦，无竹令人俗；人瘦尚可肥，俗士不可医。（苏轼《于潜僧绿竹轩》）

这六句诗的意思是："可使食无肉，纵使无肉令人瘦，但人瘦尚可肥也；决不可使居无竹，因为无竹令人俗，而俗士乃不可医也。"诗人没有照这种分头述说的平铺直叙法，而在诗句结构上加以巧妙安排，采用交叉顺承句式，让"无肉"与"无竹"相对映比较，以抒发其崇尚高雅、鄙夷庸俗的高尚情怀。

（三）A—B—C—D—AB—CD式

这种句式先平行铺排几种事物，然后两个为一组进行对应阐述，句式颇为奇特。如白居易的《啄木曲》：

（4）莫买宝剪刀，虚费千金直；我有心中愁，知君剪不得。

莫磨解结锥，徒劳人气力；我有肠中结，知君解不得。

莫染红丝线，徒夸好颜色；我有双泪珠，知君穿不得。

莫近红炉火，炎气徒相逼；我有两鬓雪，知君销不得。

刀不能剪心愁，锥不能解肠结，线不能穿泪珠，火不能消鬓雪。

这首运用博喻手法，说明世上只有愁苦是最难应付的。在句式安排上，先分别列举对应的二物，然后分别顺承叙说，环环紧扣，衔接紧密。此类交叉顺承结构句式，使诗的语句结构紧凑绵亘，增强了语意的连贯性和逻辑性。

二、交叉逆承式

（一）A—B—B—A式

（1）君当作磐石，妾当作蒲苇。

蒲苇韧如丝，磐石无转移。（《古诗为焦仲卿妻作》）

（2）信知生男恶，反是生女好。

生女犹得嫁比邻，生男埋没随百草。（杜甫《兵车行》）

（3）归时莫洗耳，为我洗其心。

洗心得真情，洗耳徒买名。（李白《送裴十八图南归嵩山》）

例（1）其句先言"磐石"，后言"蒲苇"；承句却先承"蒲苇"，后承"磐石"。

例(2)起句先言"生男",后言"生女";承句却先承"生女",后承"生男"。例(3)起句先言"洗耳",后言"洗心";承句却先承"洗心",后承"洗耳"。由于词语交互,近接遥承,使文势富于变化。

另外还有一种意象交叉的"A—B—B'—A'式",更应细心加以辨析,如:

(4)神女峰娟妙,昭君宅有无。

曲留明怨惜,梦尽失欢娱。(杜甫《大历三年春白帝城放船出瞿塘峡》)

(5)铁衣远戍辛勤久,玉箸应啼别离后。

少妇城南欲断肠,征人蓟北空回首。(高适《燕歌行》)

例(4)"曲留"近接"昭君","梦尽"遥承"神女",交互逆承,错落有致,意脉贯通。例(5)"铁衣""玉箸"分别指代"征人""思妇"。错综相对,遂使双方相思相忆之苦更为深挚。

(二)AB—CD—CA—DB式

(6)借问江湖与海水,何以君情与妾心;

相恨不如潮有信,相思始觉海非深。(白居易《浪淘沙》)

这首诗以江潮、海水为喻,写出女子伤离恨别之深怨。"相恨"句谓其夫久客不归,不如江潮涨落有信;"相思"句谓己之思念之情,比海更深。诗的后两句采用逆序承接的结构方式,变俗为奇,化板为活,关合严密,弥见笔力。

(三)AB—CD—BC—DA式

(7)君泪濡罗巾,妾泪滴路尘。

罗巾今在手,日得随妾身。

路尘如因风,得上君车轮。(聂夷中《杂怨》)

诗的后四句说:沾着郎君之泪的罗巾将永留在我(妾)的身边,惟愿沾着我(妾)的泪水的泥土能随着风跟着郎君所乘的车子。这四句形成交互逆承的结构句式,巧妙地渲染了妻子思念远别丈夫之情。

三、双领双承句

所谓双领双承句是指在两句诗中,前一句平列出两件相关联的事物,第二句分别加以解说。这又可分为三种格式。

(一)AB—A'B'式

(1)新人迎来旧人弃,掌上莲花眼中刺。(白居易《母别子》)

犹言:"对迎来的新娘,视为掌上莲花,百般宠爱;对遗弃的旧妻,却目为眼中刺芒,厌恨至极。"这种双领双承结构增强了对比的力度。

(二)AB—B'A'式

(2)东边日出西边雨,道是无晴还有晴。(刘禹锡《竹枝词》)

"东边日出"是"有晴","西边雨"是"无情",逆序相承,避俗趋新,奏出弦外之音。

无论是总分结构还是交叉结构,在具体的诗中,结构的安排时常与组织章句的修辞手法如反复、对偶、排比、层递、顶真、错综、回环、设问、倒装等结合起来,以取得良好的修辞效果。在古典诗歌作品中,如果既采用了结构修辞法去安排诗歌句式结构,又使用了词格修辞法去提高艺术表达效果,那么这二者的关系如何呢? 我们认为结构修辞与辞格修辞是纵向与横向的关系,或者说是立体设计与平面修饰的关系,二者是车之两轮、鸟之双翼,相辅相成,相得益彰。在一首优秀的诗作中,巧妙的结构句式与贴切的修辞方式总是珠联璧合、浑融为一的,前文所引皆为例证,兹不赘论。

第四编　读赏与诗教

第四十四讲　唐诗与音乐

在文学艺术的诸种门类中，没有比诗歌与音乐更为密切的了。在人类的远古时代，诗歌与原始音乐、原始舞蹈相伴而生。在很长的历史时期里，诗与音乐是结合在一起的。后来诗与音乐虽然分了家，但二者一直是互相渗透、互为表里的。

首先讲一个"旗亭画壁"的故事。在盛唐天宝年间，三位著名诗人王昌龄、高适、王之涣三人同行，在天寒微雪中来到一座旗亭（路边飘扬着酒旗的酒馆）。正巧，有十几位梨园艺伎也在这里会饮。三位诗人相约说，我们悄悄地等着，看她们唱谁的诗多，谁就是大诗人。一会儿，一位歌女唱道：

寒雨连江夜入吴，平明送客楚山孤。

洛阳亲友如相问，一片冰心在玉壶。（王昌龄《芙蓉楼送辛渐》）

王昌龄大喜，引手画壁说："一绝句！"一会儿，又一个艺伎唱道：

千里黄云白日曛，北风吹雁雪纷纷。

莫愁前路无知己，天下谁人不识君？（高适《别董大》）

高适大喜，也引手画壁说："一绝句！"过了一会儿，第三个艺伎唱道：

奉帚平明金殿开，且将团扇共徘徊。

玉颜不及寒鸦色，犹带昭阳日影来。（王昌龄《长信秋词》）

王昌龄更喜，又引手画壁说："二绝句！"。此时，王之涣却指着其中色艺最佳的美女说，一会儿她要不唱我的诗，我这一辈子都不和你们争了。过了一会儿，那位美女果然开口唱道：

黄河远上白云间,一片孤城万仞山。

羌笛何须怨杨柳,春风不度玉门关。(王之涣《凉州词》)

王之涣听罢大笑,对高适、王昌龄说,哥们,怎么样?我说得不假吧!——这个故事表明五言和七言绝句就是当时的流行歌曲,也昭示了唐诗的社会普及程度。

唐朝的诗歌与乐曲关系密切,我们举几个著名的乐曲:

(1)关山月——乐府曲调,多写征戍离别之情。如王昌龄《从军行》:"琵琶起舞换新声,总是关山旧别情。"

(2)梅花落——也是曲调名。李白《与史郎中钦听黄鹤楼上吹笛》:"黄鹤楼中吹玉笛,江城五月《落梅花》"。由《落梅花》的笛声想象梅花满天飘落的景象。

(3)后庭花——即玉树后庭花,相传是南朝后主所制的乐曲,为靡靡之音。杜牧《泊秦淮》:"商女不知亡国恨,隔江犹唱后庭花。"

(4)杨柳曲——乐府曲调,也写作"杨柳枝"或"折杨柳",主要写军旅生活,多为伤别之词,以怀念征人为主。例如王之涣《凉州词》:"羌笛何须怨杨柳,春风不度玉门关。"李白《塞下曲》:"笛中闻折柳,春色未曾看。"

(5)行路难——古代乐曲,多言世路艰辛及离别伤悲之情。李益《从军北征》:"天山雪后海风寒,横笛遍吹《行路难》。"

(6)霓裳羽衣曲——相传由唐玄宗改变的乐舞曲,主要表现歌舞升平的景象。白居易《长恨歌》:"渔阳鼙鼓动地来,惊破霓裳羽衣曲。"

诗歌与音乐有相近的本质,它们都表现人的心灵世界,都要在时间的流动中展开。唐诗和音乐联系十分密切,可谓诗中有乐、乐中有诗。正是由于诗歌与音乐的相近与相通,所以诗人欣赏音乐,受音乐触发进而把对音乐的感受升华为诗。古代诗人以诗歌描绘音乐的颇为常见,仅唐代就有钱起的《省试湘灵鼓瑟》、韩愈的《听颖师弹琴》、白居易的《琵琶行》、李贺的《李凭箜篌引》等杰作,都是以诗歌摹写音乐的名篇。

唐代取名士佳句入歌曲乃常俗。诗词的盛行,促进了歌曲的发展,而这些优美的诗章加上音乐的翅膀,也得到了更为广泛的传播。李白《关山月》、王之涣《凉州词》、王维《阳关曲》、刘禹锡《竹枝词》等都是当时著名的歌曲。

在诸多作品中,据王维《送元二使安西》创作的《阳关三叠》是其中影响最大、艺术成就最高的一首。王维诗作最擅长描写山水田园景色,苏轼称他"诗中有画,画中有诗"。王维还精通音乐,尤其擅长弹琵琶。《送元二使安西》是王维为送好友出使边疆而作。全诗只有四句,但离愁别绪、真情挚意尽在其中,所以不久就被配上音乐,成为流行一时的歌曲。因该曲歌词中有阳关、渭城等地名,所以又称《阳关曲》或《渭城曲》。《阳关三叠》在唐时有三叠唱法,即把歌曲反复叠唱三遍。从宋至今,该曲的唱法更是多样,现存有不同的乐谱三十余种。

白居易嗜琵琶如命,一生写了专门歌咏琵琶的诗不下十首——这在整个唐诗中十分罕见。李白恰与白居易相反,他与笛子结下了不解之缘。在他一生写过的八首描写音乐的诗篇中,有五首是专门写笛子艺术的。李白对吹奏乐器笛子的艺术情有独钟。白居易酷爱弹拨乐器琵琶,这与诗人艺术心理和个性有关,值得探讨。

唐代是音乐高度发展的时代,仅对当时使用的乐器粗略统计,就有瑟、钟、鼓、筚篥、方响、角、管、笛、筘、琵琶、筝、箜篌等,它们虽各有特色,但万变不离其宗的,都是因"心动"而"体动",都是为了充分表现演奏者感情。这些基本特征在唐代诗人作品中均有着出色的表现。

唐代描写音乐绝妙功能的代表性诗作,例如李颀、白居易、韩愈、李贺、钱起等都留下了千古传颂的名篇佳作。

李颀《听董大弹胡笳声兼寄语弄房给事》:

董夫子,通神明,深松窃听来妖精。

言迟更速皆应手,将往复旋如有情。

空山百鸟散还合,万里浮云阴且晴。

嘶酸雏雁失群夜,断绝胡儿恋母声。

川为静其波,鸟亦罢其鸣。

乌孙部落家乡远,逻娑沙尘哀怨生。

幽音变调忽飘洒,长风吹林雨堕瓦。

迸泉飒飒飞木末,野鹿呦呦走堂下。

——诗人在董大的胡笳声中看到了"空山百鸟散还合,万里浮云阴且晴。嘶酸雏雁失群夜,断绝胡儿恋母声""幽音变调忽飘洒,长风吹断雨堕瓦。迸泉飒飒飞木末,野鹿啾啾走堂下"等一幅幅生动的画面。而白居易则在琵琶声中看到了"嘈嘈切切错杂弹,大珠小珠落玉盘。间关莺语花底滑,幽咽泉流冰下难""银瓶乍破水浆迸,铁骑突出刀枪鸣"的情景。

韩愈《听颖师弹琴》:

昵昵儿女语,恩怨相尔汝。

划然变轩昂,勇士赴敌场。

浮云柳絮无根蒂,天地阔远随风扬。

喧啾百鸟群,忽见孤凤凰。

——随着颖师的琴声,诗人似乎看到了青年男女柔情似水的窃窃私语,不久因琴声大作,它的昂扬洪亮又使他看到千万勇士奔赴战场的画面。在不断变化的琴声中,他一会儿看到了浮云如柳絮般在天空游弋,又一会儿看到了在百鸟鸣啾中突见一只凤凰引颈高歌……

李贺《李凭箜篌引》,在箜篌演奏中之所见,可谓既奇且绝:

昆山玉碎凤凰叫,芙蓉泣露香兰笑。

十二门前融冷光,二十三丝动紫皇。

女娲炼石补天处,石破天惊逗秋雨。

梦入神山教神妪,老鱼跳波瘦蛟舞,

吴质不眠倚桂树,露脚斜飞湿寒兔。

——诗人通过空山白云、湘娥素女、女娲紫皇、神山神妪、老鱼瘦蛟、吴刚玉兔等画面突出地表现李凭演奏箜篌的美妙技巧。由于上述画面取材于神话传说,它的美是不确定的,这不确定便有了模糊特征,而器乐给听众的感受就因为它的模糊才可以给他们带来无限广阔的联想空间。

钱起《省试湘灵鼓瑟》:

善鼓云和瑟,常闻帝子灵。

冯夷空自舞,楚客不堪听。

苦调凄金石,清音入杳冥。

苍梧来怨慕,白芷动芳馨。

流水传潇浦,悲风过洞庭。

曲终人不见,江上数峰青。

——这是钱起进京参加省试时的试帖诗,题目是从《楚辞·远游》"使湘灵鼓瑟兮,令海若舞冯夷"句中摘出来的。大致诗意是:我常听说湘水神灵,善于弹奏瑟琴,使河神冯夷闻之起舞,远游的旅人却不忍卒听。哀怨曲调使金石为之感伤,高亢乐音直上青云。乐曲传到苍梧之野,感动了舜帝之灵,白芷闻之吐芬芳。乐声顺流到湘江,化作悲风掠过洞庭。曲终声寂看不见鼓瑟的湘灵,只见江上的山色更加苍翠迷人。

音乐与诗歌这两种艺术形式,是一对永不分离的孪生兄弟,或者说是并蒂莲、姐妹花,它们相生相依,装饰着人类的梦想,愉悦着我们的心灵。上述几首唐诗名作,不仅仅是对音乐鉴赏心理的描述,而是彰显了在音乐与自我相融合、音乐与生命相统一的过程中,自身所获得的心灵的奔放和自由,这才是音乐鉴赏的最高境界。

第四十五讲　咏春经典诗词读赏

"阳春三月,江南草长,杂花生树,群莺乱飞。"生机盎然、花香鸟语的明媚春光,是历代诗人刻意描摹吟咏的对象。春天给人的感受,复杂微妙而多变,于是诸如"盼春、迎春、探春、赏春、惜春、伤春、问春、怨春……"之类的词语才得以连绵产生。咏春诗能打动人心,在于"意境"。"意",指诗人主观情意;"境",指客观自然和社会生活。所谓"意境",就是诗人的主观情感与客观现实浑然相契而在作品中形成的一种特有的艺术境界。咏春诗中的"意"(诗人主观的情意)是"境"(对于撩人春光的描摹)的灵魂。

我们精选咏春经典诗词十二首,请您首先诵读,然后再看我们所做的简要分析。

1.劳劳亭

唐·李白

天下伤心处,劳劳送客亭。

春风知别苦,不遣柳条青。

【导读】头两句点明送别之所劳劳亭是令人伤心之处。后两句将春风拟人化,因不忍看到人间折柳送别的场面,故意不吹拂杨柳,不让它发青。视角独特,笔墨简练,用早春的荒漠衬托别情,以抒发人间离别之苦。

2.田园乐

唐·王维

桃红复含宿雨,柳绿更带朝烟。

花落家童未扫,莺啼山客犹眠。

【导读】诗人隐居田园山庄,写雨后清晨所闻所见景象:桃红宿雨,柳绿朝烟,花落莺啼;而"家童未扫"和"山客犹眠"凸显慵懒惬意的心境,借以抒发陶醉自然、安居田园的闲适心情。

3.早春呈水部张十八员外

唐·韩愈

天街小雨润如酥,草色遥看近却无。

最是一年春好处,绝胜烟柳满皇都。

【导读】前两句渲染雨润万物、小草萌动的初春景象,"草色遥看近却无"写得逼真传神。后两句通过初春草色与暮春烟柳对比,赞颂初春风物之新奇喜人。诗作体现诗人敏锐的观察力和描摹景物的生花妙笔。

4.忆江南

唐·白居易

江南好,风景旧曾谙。

日出江花红胜火,春来江水绿如蓝。

能不忆江南?

【导读】白居易曾游历江南,卸任后返回洛阳。诗作以"好"字统领,选择"日出、江花、春来、江水"等典型景物相互映衬。结尾以反问收束,表达对江南春色的赞叹与怀念。意境悠远、韵味深长。

5.城东早春

唐·杨巨源

诗家清景在新春,绿柳才黄半未匀。

若待上林花似锦,出门俱是看花人。

【导读】头两句用新春萌发春意比喻:诗人必须感觉敏锐,善于发现新事物,才能写出新境界。后两句用繁花似锦人如潮比喻:如一味沿袭重复,滥调重弹,则难以登堂入室。诗作通过对城东早春的观察和描写,引发诗歌创作之见解,给读者留下深刻的印象。

6.惠崇春江晚景

宋·苏轼

竹外桃花三两枝,春江水暖鸭先知。

蒌蒿满地芦芽短,正是河豚欲上时。

【导读】苏轼为僧人惠崇《春江晚景图》题诗。前三句写画面景物,竹林、桃花、江水、鸭子、蒌蒿、芦芽,通过对初春大地复苏的景物描写,报春、迎春以抒发心中喜悦。第四句"河豚欲上"却是画面之外的想象。其中"春江水暖鸭先知"成为千古名句,与民谚"一叶落知天下秋"具有同样的韵味。

7. 春日

宋·朱熹

胜日寻芳泗水滨,无边光景一时新。

等闲识得东风面,万紫千红总是春。

【导读】头两句写游春踏青,满眼风光,焕然一新。后两句写从万紫千红的春意中,足以领略东风的真面。另一种说法:"寻芳泗水滨"指求圣于孔门之道。圣人之道如东风催生万物,而万紫千红是比喻儒学的丰富多彩。

8. 春晓

宋·杨万里

一年生活是三春,二月春光尽十分。

不必开窗索花笑,隔窗花影也欣欣。

【导读】头两句议论:在春季三个月里,二月的春光最为动人。后两句叙述:清晨起床,隔窗欣赏庭院春花,就会被眼前春景所感染。诗作抒发对春光的热爱与赞美。

9. 游园不值

宋·叶绍翁

应怜屐齿印苍苔,小扣柴扉久不开。

春色满园关不住,一枝红杏出墙来。

【导读】诗作抓住春天景物特点,头两句写春雨过后,诗人兴致勃勃地前去游园,却不料吃了闭门羹。后两句"春色满园关不住,一枝红杏出墙来",以少总多,景中寓理,给人以喜悦的美感、哲理的启示,故而千古传诵。

10. 春日

宋·陈与义

朝来庭树有鸣禽,红绿扶春上远林。

忽有好诗生眼底,安排句法已难寻。

【导读】前两句先描摹庭院鸟语花香的春晨,再眺望红绿相间的远方树林,为下文预做铺垫;后两句转写诗歌创作心得——"忽有好诗生眼底,安排句法已难寻"——倏忽而生却转瞬即逝的灵感确实很难把握。诗作虚实相生,发人深思。

11. 村居

清·高鼎

草长莺飞二月天,拂堤杨柳醉春烟。

儿童散学归来早,忙趁东风放纸鸢。

【导读】头两句写早春二月,草长莺飞,杨柳拂堤,春光令人陶醉;后两句写孩子们放学后趁着强劲的东风、兴致勃勃地放风筝。诗作透出对春天来临的喜悦,语句明朗,用词洗练,情绪欢快。

12. 新雷

清·张维屏

造物无言却有情,每于寒尽觉春生。

千红万紫安排著,只待新雷第一声。

【导读】这首绝句写于清朝道光四年(1824)初春,当时朝政内外交困。头两句写造物有情,冬去春来,时序交替,循环有度。后两句寄语造物者,绚烂春光都安排妥帖了,我们切盼第一声新雷,来唤醒昏睡的大地吧! 诗作抒发了有识之士对社会大变革的热切期待。

第四十六讲　历代咏梅名作读赏

历代文人赏梅，在于喜爱其独标高格的风情：凌霜傲雪，疏影横斜，苦寒冷艳，恬静芬芳，默默绽放。因而梅与竹携手步入具有人格象征意义的"岁寒三友"（松竹梅）、"四君子"（梅兰竹菊）之列。梅香梅格洋溢于中华诗史、中国画史和文人书斋之中，氤氲雅芳。历代咏梅诗词多不胜数，佳作迭出。兹精选古今名作十六首，并酌加点评导读，以飨读者。

1.赠范晔诗

南朝宋·陆凯

折梅逢驿使，寄与陇头人。

江南无所有，聊赠一枝春。

【导读】陆凯在江南托驿使送一枝梅给长安好友范晔。面对梅花，诗人忽生灵感，此乃报春之消息也。折花赠远，为古来习俗，但"聊赠一枝春"，其意味则久远悠长，后为梅花与友情的象征，沿用迄今。

2.梅花落

唐·卢照邻

梅岭花初发，天山雪未开。

雪处疑花满，花边似雪回。

因风入舞袖，杂粉向妆台。

匈奴几万里，春至不知来。

【导读】春日闺情诗，梅花初发，暗香浮动，征人远在天山，妻盼夫归，却似梅岭、天山相对相隔。梅岭花与天山雪，有相隔之远，也有缠绵之长，离愁别绪，孤苦惆怅，春归人不归也。卢照邻以征人思妇为背景写梅花，别出心裁。

3.早梅

唐·张谓

一树寒梅白玉条，迥临村路傍溪桥。

不知近水花先发，疑是经冬雪未销。

【导读】借景抒情,用洁白的颜色、环境的偏僻、早春的时节、耐寒的气质、俏丽的姿态等特征,描摹早梅的品貌形象。最后将白梅与雪相映衬,读来情趣盎然。

4.和裴迪登蜀州东亭送客逢早梅相忆见寄

唐·杜甫

东阁官梅动诗兴,还如何逊在扬州。

此时对雪遥相忆,送客逢春可自由。

幸不折来伤岁暮,若为看去乱乡愁。

江边一树垂垂发,朝夕催人自白头。

【导读】此诗作于成都草堂,通篇以早梅伤愁立意。诗人裴迪于东亭送客,恰逢早梅花开,乃作诗赠杜甫表达思念之情。此为杜甫唱答之作,前四句答裴诗意,后四句伤时感怀,重在抒情,不在咏物。诗风沉郁,但抒情婉转,直而实曲,朴而实秀,历来被推为咏梅诗上品,明代王世贞更有"古今咏梅第一"之评价。

5.清平乐

南唐·李煜

别来春半,触目柔肠断。

砌下落梅如雪乱,拂了一身还满。

雁来音信无凭,路遥归梦难成。

离恨恰如春草,更行更远还生。

【导读】李煜作为诗人,其光辉在中国诗史上永不褪色。他极少用典,也不刻意雕琢,贵在真挚抒情,却常打动人心。这是一首代离人抒发愁恨的名篇。"砌下落梅如雪乱,拂了一身还满"——花丛独立,落梅如雪,离愁缠绕,写尽了落梅离恨……最后以无垠春草比喻不尽离恨作结。

6.梅花

宋·王安石

墙角数枝梅,凌寒独自开。

遥知不是雪,为有暗香来。

【导读】这首小诗为王安石罢相后退居钟山所作。开头两句写墙角傲然独放的梅花,后两句写梅花与雪花的区别在于有淡雅的暗香。诗作赞颂梅花洁白无瑕、孤傲清高的品格,实为诗人自喻也。

7.山园小梅

宋·林逋

众芳摇落独暄妍,占尽风情向小园。

疏影横斜水清浅,暗香浮动月黄昏。

霜禽欲下先偷眼,粉蝶如知合断魂。

幸有微吟可相狎,不须檀板共金樽。

【导读】素以"梅妻鹤子"名世的林逋,历代盛名不衰。他一生孤高,不涉名利,隐居于西湖孤山。西湖、梅花、林逋,三位一体,已难以分割。"疏影横斜水清浅,暗香浮动月黄昏",成为描摹梅花典范之高标。

8.红梅

宋·苏轼

怕愁贪睡独开迟,自恐冰容不入时。

故作小红桃杏色,尚余孤瘦雪霜姿。

寒心未肯随春态,酒晕无端上玉肌。

诗老不知梅格在,更看绿叶与青枝。

这首诗被历代评家视为红梅绝唱。开篇拟人,解答红梅何以迟开,在传神刻画梅花玉洁冰清、不流时俗的同时,也暗示其孤寂和艰难的处境。"故作小红桃杏色,尚余孤瘦雪霜姿",虽偶露红妆,光彩照人,却仍保留霜雪姿质。虽艳丽多姿,但梅之品格终不改也。"诗老不知梅格在",红梅之所以不同于桃杏者,岂在于青枝绿叶之有无。东坡写梅,重在品格——耐寒、多情与风骨,故饱经磨难的诗人将梅花视为知己也。

9.甲子初春即事

宋·杨万里

腊去寒犹在,春来花未开。

东风忽然到,放尽一园梅。

【导读】头两句写初春伊始,只见春寒不见花;后两句写一旦春风忽至,满园梅花立即盛开。诗作歌颂大自然神奇的伟力,抒发盼春、迎春的喜悦。

语言浅近,格调清新,富有情趣。

10.玉楼春

宋·李清照

红酥肯放琼苞碎,探著南枝开遍未?

不知酝藉几多香,但见包藏无限意。

道人憔悴春窗底,闷损阑干愁不倚。

要来小酌便来休,未必明朝风不起。

【导读】写于李清照流寓江南的晚年。首句抓住梅花特征,以"红酥"比拟花瓣,以"琼苞"美化花苞。所谓"肯放琼苞碎"即"含苞欲放"之意。"探著南枝开遍未",宛转道出梅花未尽开放。"不知酝藉几多香,但见包藏无限意",用流水对将梅花盛开的幽香、意态包蕴其中。下片"道人"系作者自称,"春窗""阑干"为其环境,"憔悴""闷""愁"摹写外貌与内心。独守春窗,无心倚栏,足见心境不佳,但梅花尚应鉴赏。末句口语:"要来小酌便来休,未必明朝风不起。"犹言:想来饮酒赏梅尽管来吧,说不定明天就起风了呢!隐含举杯遣怀,莫辜负春光之意。

11.卜算子·咏梅

宋·陆游

驿外断桥边,寂寞开无主。

已是黄昏独自愁,更著风和雨。

无意苦争春,一任群芳妒。

零落成泥碾作尘,只有香如故。

【导读】诗人以咏物寓志笔法,刻画梅花孤高芬芳、与世无争、即便"零落成泥"而"香如故"的品格,为驿外断桥处风雨之中的梅花叹惋,更是为爱国志士郁郁不得志的命运咏叹。

12.雪梅

宋·卢梅坡

有梅无雪不精神,有雪无诗俗了人。

日暮诗成天又雪,与梅并作十分春。

【点评】诗人指出,雪、梅、诗三者只有并存生发、相互映衬,方为佳境。

诗作讴歌了天(雪—气候)、地(梅—万物)、人(诗—艺术)三者之和谐共存。

13.寒夜

宋·杜耒

寒夜客来茶当酒,竹炉汤沸火初红。

寻常一样窗前月,才有梅花便不同。

【导读】头两句写寒夜有客来访,主人忙点火煮茶待客,可见宾客情谊之深厚。后两句转写窗前明月,一旦有了梅花陪伴便觉韵味无穷。诗人借梅花赞颂来客的高雅芬芳。语言清新,意境隽永,回味无穷。

14.墨梅

元·王冕

我家洗砚池头树,个个花开淡墨痕。

不要人夸颜色好,只留清气满乾坤。

【导读】这首题画诗突出一个"墨"字。头两句写自家洗砚池边的梅树,每一花朵都带有淡淡的墨痕——突显艺术创作的勤奋和甘苦。后两句赞美墨梅不求人夸颜色好,只愿给人间留下清香的美德。诗人借梅自喻,借以表达自身不向世俗献媚的清正情操。

15.题画梅

清·李方膺

写梅未必合时宜,莫怪花前落墨迟。

触目横斜千万朵,赏心只有两三枝。

【导读】扬州八怪之一的李方膺,号晴江,著名诗人兼画家,素以画梅擅长。诗人笔下的墨梅,因从生活中获得创作灵感而别具一格。诗作为画梅的经验之谈。"触目横斜千万朵,赏心只有两三枝",其舍取之妙,对古今画坛产生影响。潘天寿《听天阁画谈随笔》云:"赏心只有两三枝,辄写两三枝可也。盖自然形象,为实有之形象,非画中之形象,故必须舍其所可舍,取其所可取。"

16.卜算子·咏梅

现代·毛泽东

风雨送春归,飞雪迎春到。

已是悬崖百丈冰,犹有花枝俏。

俏也不争春,只把春来报。

待到山花烂漫时,她在丛中笑。

【导读】1961年12月,毛泽东把这首词作为文件,批给在京参加中共中央工作会议的人们阅读,并附陆游原作,加注:"作者北伐主张失败,皇帝不信任他,卖国分子打击他,自己陷于孤立,感到苍凉寂寞,因作此词。"面对当时国内外严峻形势,诗人以飞雪红梅的坚贞、美丽、操守、傲骨与微笑,从容应对,鼓励中国人民发愤图强。"待到山花烂漫时,她在丛中笑。"已成为横绝今古的杰出人格精神之艺术写照。

扫码获取

☆配套音频
☆名家课程
☆读书笔记
☆交流社群

第四十七讲　诗词名作的读音问题

本讲的主要内容是古代诗词作品的读音,自然涉及古代的诗韵。所谓古诗韵,指中国古代诗人作诗所依据的韵,一般依《平水韵》,平、上、去、入四声共一百零六韵。《平水韵》是原籍江北平水的刘渊整理编纂的一部韵书,依据唐人用韵情况,把汉字划分成一百零六个韵部,是更早的二百零六韵的《广韵》的一种略本。每个韵部包含若干字,作律绝诗用韵,其韵脚的字必须出自同一韵部,不能出韵、错用。现代人读诗多以《中华新韵》为读音,《中华新韵》以《新华字典》的注音为读音依据,将汉语拼音的三十五个韵母,划分为十四个韵部作诗的新韵。这样就造成了今音和古音的读音差异。按照推广普通话的要求,应该以《新华字典》注音来读诗,但是我们学习古诗也要了解古韵,因为有些字如果按照今音就不押韵了,这样就失去了诗的节奏感和韵律美。

阅读古代诗词,理解其字义和读音,必须音义结合进行分析判断。原则上按普通话的规范读音读,但遇特殊情况(如需要押韵和保持平仄格式)可采用传统读法。本讲涉及诗词名作常见的十多个读音的辨析。

一、"笼盖四野 yě"还是"四野 yǎ"?

《敕勒歌》:"敕勒川,阴山下。天似穹庐,笼盖四野 yǎ。天苍苍,野 yě 茫茫。风吹草低见牛羊。"

——"笼盖四野"的"野",不念 yě,念 yǎ,上声马韵。"风吹草低见牛羊"的"见",与"图穷匕首见""书读百遍,其意自见"的"见",都念 xiàn。

二、"鬓毛衰 cuī"还是"鬓毛衰 shuāi"?

唐·贺知章《回乡偶书·其一》:"少小离家老大回,乡音无改鬓毛衰。儿童相见不相识,笑问客从何处来。"

——"乡音无改鬓毛衰"的"衰",古汉语读 cuī,减少、稀疏的意思。《王力古汉语字典》:按此诗"衰"已转入灰韵,读仓回切,故与"回"相押。"鬓毛衰",

传统读 cuī，现更正读 shuāi。

三、"萧关逢候骑"的"骑"

唐·王维《使至塞上》："单车欲问边，属国过居延。征蓬出汉塞，归雁入胡天。大漠孤烟直，长河落日圆。萧关逢候骑，都护在燕然。"

——"大漠孤烟直"的"直"是入声字。"萧关逢候骑"的"骑"，做动词时念 qí，如"骑（qí）马"；这里是名词，指骑兵，或指一个骑马的人。"候骑"就是在前面防卫、打听消息的骑马的人，所以念 jì。另如白居易《琵琶行》"银瓶乍破水浆迸，铁骑突出刀枪鸣"的"骑"，也读为"jì"。

四、"荷笠带斜阳"的"荷"

唐·刘长卿《送灵澈上人》："苍苍竹林寺，杳杳钟声晚。荷笠带斜阳，青山独归远。"

——"荷笠带夕阳"的"荷"念 hè，作动词，背的意思。作名词时念 hé，同荷花的"荷"。例如陶渊明《归园田居》："晨兴理荒秽，带月荷锄归。"另外，作者刘长卿的"长"不念 cháng，念 zhǎng。在中国古人的排行中，年长的称为"长卿"，年少的称为"少卿"。

五、"绝胜烟柳满皇都"的"胜"

唐·韩愈《早春呈水部张十八员外》："天街小雨润如酥，草色遥看近却无。最是一年春好处，绝胜烟柳满皇都。"

——"绝胜烟柳满皇都"的"胜"念平声，shēng，超过的意思。从律诗的平仄格式上讲，诗中最后一句的平仄格式是"平平仄仄仄平平"。所以此句中的"胜"字只能读平声，不能是去声。有人把"胜"理解为"胜过"，把这一句的意思解释为"完全胜过那京城满是浓郁的烟柳的时节的景象"，这是不妥的，因为"胜"作"胜过"之义讲的时候要读去声，而不读平声。由此，"绝胜烟柳满皇都"的意思应该理解为"完全能配得上那烟柳浓郁满皇都的景象"。胜，统读 shèng。在普通话"不胜荣幸、不胜感激、不胜酒力"里读作 shèng，但在古诗词如苏轼《水调歌头》："我欲乘风归去，又恐琼楼玉宇，高处不胜寒"中仍读作 shēng。

六、"青鸟殷勤为探看"的"看"

唐·李商隐《无题》:"相见时难别亦难,东风无力百花残。春蚕到死丝方尽,蜡炬成灰泪始干。晓镜但愁云鬓改,夜吟应觉月光寒。蓬山此去无多路,青鸟殷勤为探看。"

——近体诗押平声韵,因此诗作的结句"青鸟殷勤为探看"的"看"必须读作平声。宋·张先《蝶恋花》:"移得绿杨栽后院,学舞宫腰,二月青犹短。不比灞陵多送远,残丝乱絮东西岸。几叶小眉寒不展,莫唱《阳关》,真个肠先断。分付与春休细看,条条尽是离人怨。"这首《蝶恋花》词作押仄声韵,因此"分付与春休细看"的"看",就得读作去声。对于诗词作品中的多音字,如果不在韵脚或者其他平仄严格要求的地方,读平声或仄声都可以。

七、"玉人何处教吹箫"的"教"

唐·杜牧《寄扬州韩绰判官》:"青山隐隐水迢迢,秋尽江南草木凋。二十四桥明月夜,玉人何处教吹箫。"

——从这首近体诗的平仄格式上讲,这个"教"字在句中只能读仄声,如果读平声,就会成为近体诗明确禁止出现的"三平调"。"玉人"是指歌伎,是"教"的宾语,在诗中被提到了主语的位置上。施行"教"这个动作行为的人,当然是杜牧的朋友韩绰,杜牧给省略掉了,没有让他出现在主语的位置上。而作去声读的"教"字,其意思是教导、教诲、指导。这里出现的"教"字,含有"把技能传给人"的意思。杜牧的"玉人何处教吹箫"一句,我们可以理解为"韩绰你在哪里教美人去吹箫呢"?考虑到韩绰在扬州当地的场合,作者却用"教"这个色彩比较文雅、庄重的词儿,明显带有戏谑、玩笑、调侃的语气,此诗句由此形成了一种独特的风格:既幽默诙谐又表达了朋友之间的亲昵、对朋友的思念,以及对彼此的宽慰。

八、"一弦一柱思华年"的"思"

唐·李商隐《锦瑟》诗:"锦瑟无端五十弦,一弦一柱思华年。庄生晓梦迷蝴蝶,望帝春心托杜鹃。沧海月明珠有泪,蓝田日暖玉生烟。此情可待成追忆,只是当时已惘然。"

——这首七言律诗的首句为仄起平收。首联对句"一弦一柱思华年",按照平仄格式,"思华年"中的"思",就只能读成仄声。如果改成平声,句末连用三个平声字,即是"三平调",这是在近体诗中是绝对不允许出现的。因此,"一弦一柱思华年"的"思"只能读去声,不能读平声。

然而在现代汉语普通话中,"思"只读平声,不读去声,《现代汉语词典》和《新华字典》都只注为 sī,而不是 sì。人们很容易把这个"思"误读为平声,理解为"思念,追忆",一些诗词注释本也出现过这一误会。因感于外界而内心哀愁、愁怨,此时"思"是作动词。"思华年"也就是为"华年"的流逝而悲愁,或为"华年"的流逝而愁怨。其实,前人早已把这个"思(sì)"训为"愁思,怨思",只是人们没有特别留意。比如金人元好问《论诗三十首》中就说:"望帝春心托杜鹃,佳人锦瑟怨华年。诗家总爱西昆好,独恨无人作郑笺。"他这里就是把"思华年"换成"怨华年",将原文的"思"解为"愁思,怨思"。

九、"横风吹雨入楼斜"的"斜"

宋·苏轼《望湖楼晚景》:"横风吹雨入楼斜 xiá,壮观应须好句夸。雨过潮平江海碧,电光时掣紫金蛇 shá。"

——"横风吹雨入楼斜"的"斜"押麻韵,念 xiá。另如以下唐诗名作:

杜牧《山行》:"远上寒山石径斜 xiá,白云深处有人家。"

刘禹锡《乌衣巷》:"朱雀桥边野草花,乌衣巷口夕阳斜 xiá。旧时王谢堂前燕,飞入寻常百姓家。"

张若虚《春江花月夜》:"昨夜闲潭梦落花,可怜春半不还家。江水流春去欲尽,江潭落月复西斜 xiá。斜 xié 月沉沉藏海雾,碣石潇湘无限路。不知乘月几人归,落月摇情满江树。"

张志和《渔歌子》:"西塞山前白鹭飞,桃花流水鳜鱼肥。青箬笠,绿蓑衣,斜 xié 风细雨不须归。"

在此,附带说"蛇"的读音。"电光时掣紫金蛇"的"蛇"押麻韵,念 shá。又如唐·李白《蜀道难》:"朝避猛虎,夕避长蛇;磨牙吮血,杀人如麻。锦城虽云乐,不如早还家。"

十、"阶"与"街"

宋·辛弃疾《南歌子·新开池戏作》:"散发披襟处,浮瓜沈李杯。涓涓流水细侵阶 gāi。凿个池儿,唤个月儿来。画栋频摇动,红葵尽倒开。斗匀红粉照香腮。有个人人,把做镜儿猜。"

——"涓涓流水细侵阶"的"阶"读为 gāi。

宋·范成大《州桥》:"州桥南北是天街 gāi,父老年年等驾回。忍泪失声询使者,几时真有六军来?"

——"州桥南北是天街"的"街"读为 gāi。"父老年年等驾回"的"回"读为 huāi。例如唐·李白《望天门山》:"天门中断楚江开,碧水东流至此回 huāi。两岸青山相对出,孤帆一片日边来。"唐·杜甫《登高》:"风急天高猿啸哀,渚清沙白鸟飞回 huāi。无边落木萧萧下,不尽长江滚滚来。"

第四十八讲　诗词的吟诵

近年来，"经典诗文诵读"活动方兴未艾。究竟什么是吟诵？古代的吟诵和现代的朗诵、朗读之间，究竟关系如何呢？

一、吟诵、朗诵、朗读之异同

汉语单音节动词"歌""咏""吟""哦""唱""诵""读"等是同义词。这些古老的词，到今天仍可单用造句的，只有"吟""唱""读"了，例如"吟首诗，唱首歌，读篇课文"等；而"歌""咏""哦""诵"等，现在基本上不能单用了，但组合为双音节动词，还可使用，如"歌咏""歌唱""歌颂""咏唱""吟哦""吟咏""吟唱""吟诵""吟读""诵读"等。现代汉语关于"歌咏吟读"类的词语中，使用频率较高的有三个，就是"朗诵""朗读"和"吟诵"。

"吟诵"指有节奏地诵读诗文。《隋书·薛道衡传》："道衡每有所作，南人无不吟诵焉。"今人冯牧《郭小川诗选·代序》："〔它们〕值得我们吟诵……首先是因为它们时时响彻着的那种可贵的主旋律。"郭沫若认为"〔吟诵〕那是接近于唱，也可以说是无乐谱的自由唱。"用抑扬顿挫的声调有节奏地读，就是吟诵。它是吟唱和诵读的结合。"朗诵"指大声诵读诗文，带有情韵地朗读，既可表现声音抑扬顿挫之美，还可传达情感信息，更能感染人。"朗读"指清晰响亮地把文章念出来。

古代的"吟诵"和今天的"朗诵"，都要求感情真挚、吐字清晰、节奏分明、行腔自然——这是其共性之所在，但二者的区别在于：吟诵可用方言方音，个性化色彩浓郁，形式风格多样化，适合于古代诗文作品；而朗诵却用普通话，字正腔圆，有较为固定划一的标准，更适合于白话文作品。其实，吟诵就是古代的朗诵，朗诵就是现代的吟诵。

二、吟诵的产生及特点

吟诵是我国三千年来诗词文赋欣赏和传承的重要形式之一，对其进行抢救式的保护是完全必要的。吟诵的形式和风格多种多样，因人而异，因地而异,因时而异;没准谱,无定调,口耳相传,各行其是,所以很难传续下来。
一百年前,吟诗如同写字一样,是读书人的基本功,可如今能吟诵古诗文者,
寥若晨星。经过这次大规模的兴灭继绝式的抢救活动,古老的吟诵必将枯
木逢春发新枝。

吟诵是我国先秦时代产生的一种传统汉语诗文的口头表达方式,此后
逐渐成为读书的主要方法之一。吟诵包括"吟"和"诵"两种主要方式。"吟"
是将古诗文的语音长短有致地延长,听上去有种接近于歌唱的旋律感,所以
有人将其称之为"吟咏"或"吟唱"。"诵"是在口语基础上强化语音张力和节
奏感,产生一种抑扬顿挫的效果。"吟"和"诵"在长期的传承过程中有所结
合,从而产生了或偏于"吟"或偏于"诵"的多样化形式。

吟诵是古代读书人的一种学习方式,兴盛于古代的学堂(官学和私塾)。
随着百多年前新学兴起,吟诵逐渐被唱读和朗读所取代,会吟诵的人越来越
少了。近些年来,有赖于有识之士的努力,吟诵得到了抢救和研究,并在一
定范围内得到了传承和传播。作为古代的朗诵,吟诵有这样两个特点:

(一)吟诵是个人的治学行为

吟诵是个人的治学行为,不像今天的朗诵主要是为表演给众人听的。
吟诵是读书人对作品的诵读,这种诵读是音乐性的,是抑扬顿挫的、有旋律
的,随着作品的内容和文字的声调,也随着吟诵者对作品内容的理解和诠
释,这种旋律发生着起伏、快慢、轻重的变化。但吟诵的本质是读书而不是
音乐,只是借助音高和语调的变化来抒发甚至宣泄吟诵者的情绪感受,所以
其旋律并不固定,具有随心所欲的特质,是一种自由发挥、自得其乐的艺术
享受。鲁迅先生在《从百草园到三味书屋》里描写寿镜吾先生大声念书时,
"他总是微笑起来,而且将头仰起,摇着,向后拗过去,拗过去",大概这就是
吟诵到得意处的自我陶醉了。

(二)吟诵是方言艺术

吟诵使用的语言一般是吟诵者的家乡母语,因此不同方言区的人吟诵
起来使用的语言各不相同,特别由于各地方言的声调数量和声调调值不同,
反映到吟诵的旋律和风格也各不相同。但是还要指出的是,吟诵用的不是
纯土语,吟诵者都具有一定的音韵知识,他们吟诵时使用的是方言语音的文

读系统而不是口语系统,而文读系统的语音依从当朝颁布的韵书,是靠拢官话的,因此各地方言的吟诵又有着某种内在的必然联系。

吟诵之所以成为古人喜爱的诗文口传方式,主要是基于两点:一是汉语言文字有平上去入的声调,二是古诗文本身所具有的节奏韵律。通过汉语四声的高低和发声的长短,再配合古诗文本身内容结构上的起承转合,自然就会形成具有优美旋律的声音形式。而这个声音形式只靠眼睛来看,只靠默读的方式是无法体现的,只有通过有声的吟诵才能表达出来。所以我们说,声音既是古诗文意义得以表现的有机组成部分,也是古诗文外在形式之美的重要组成部分。而吟诵恰恰是表现古诗文声音之美的最好方式。

三、吟诵是古代诗文教学、研习、创作不可或缺的重要手段

古人在诗文创作的过程中,自然就离不开吟诵,并渐渐成为一种创作习惯。古人的读书学习也离不开吟诵,如孔子和墨子都有"诵诗三百"之说。用吟诵的方式学习诗文,是因为它符合学习的规律。过去人们把小学生上学堂学习称为"读书"或者"念书",而不是"看书"。这说明有声的"读"和"念"在学生学习过程中的重要性。今天,我们学习语言文字也强调"听""说""读""写"并重。在这四者当中,前三者都与"声音"有直接关系,这是人们在长期的学习实践中总结出来的行之有效的经验。通过有节奏、有韵律的声音进行"听""说""读",可以调动更多的人体感官参与学习的过程,有助于学生理解课文和促进记忆。

叶圣陶先生曾对吟诵方法在教学中的运用方式作过说明:吟诵第一求其合于规律,第二求其通体纯熟。从前书塾里读书,学生为了要早一点到教师跟前去背诵,往往把字句勉强记住。这样强记的办法是要不得的,不久之后连字句都忘记了,还哪里说得上体会?让学生吟诵,要使他们看作是一种享受而不是一种负担。一遍比一遍读来入调,一遍比一遍体会得亲切,并不希望早一点能够背诵,而自然达到纯熟的境界。抱着这样享受的态度是最容易得益的。

吟诵不仅仅是汉诗文的读法,还是传统教育的基本教学方法。汉诗文不单是文字艺术,更是声音的作品。声音是有意义的,不仅读法会影响含

义,读音也会带来情绪感觉。世界上有声调语言的民族,它们的诗歌和文章多数天然就是可唱的。我们中国的诗歌传统是用声音作诗。了解吟诵的老师都知道,一旦吟诵起来,所有的声韵都展示出来,那些古诗就一下子焕发出光彩,就像明珠拂去泥尘,陡然间艳照四壁。

四、吟诵的现代意义

反复吟诵、揣摩,都是学诗的情感领悟与表达。用平和的声音去吟诵,将自己的心与古人的心连接在一起,穿越时空与古人对话,是一件多么美妙的事啊! 那平仄相间、长短高低的错落之致,那平上去入、轻重疾缓的诗韵之别,那复沓回环、对偶互文的形式之美,一下子从文字里复活了起来。依字行腔、依义行调、入短韵长、平长仄短、平低仄高、虚实重长的吟诵规则,让枯燥无味的古文读起来有了生气,《诗经》《楚辞》等古文中那些难懂的字变成了鲜活的音符……吟诵,改变了古诗文在孩子们心中的形象。孩子们因吟诵而爱上古诗文,爱上汉语汉字,爱上中国文化。这种变化正在开展吟诵教学的班级里发生着。

实事求是地分析,吟诵的形式风格古老典雅,但令当代人感到生疏且遥远;而朗诵为影视表演家所独擅,其艺术表演程式令人赞赏,但却高不可攀,普通人不敢涉足。唯有朗读,面向大众,容纳草根,为校园生活须臾不可离开的基本功。为弘扬中华文化,我们应以开放的姿态兼收并蓄,吟诵不应排斥朗诵,朗诵也应从吟诵中吸取营养,二者相互学习,相济互补。变通古今,与时俱进,就要求我们别裁伪体,转益多师,将吟诵和朗诵的精华冶于一炉,使大众化的朗读得以普及和发展。

第四十九讲　诗歌的教化作用

《诗经》是我国历史上最早的一部诗歌总集。孔子非常重视《诗经》的教化作用。在《论语》中，孔子多次强调《诗经》在为人处世上的重要作用。孔子说："诗，可以兴，可以观，可以群，可以怨。迩之事父，远之事君，多识于鸟兽草木之名。"译成现代汉语，就是说，学诗，可以激发心志，可以提高观察力，可以培养群体观念，可以学得讽刺方法。往近处说，可以用其中的道理来侍奉父母；往远处说，可以用来侍奉君主，还可以多认识鸟兽草木的名称。这段文字全面而精确地概括了《诗经》的社会价值。

一、《诗经》的社会价值

（一）诗可以兴

兴，就是通过一种形象的比喻，让人们产生联想，从而理解抽象的事物或道理，这是人们认识事物的一种重要方法。这种方法往往可以使复杂变得简单，使抽象变得具体，更容易理解。《诗经》可以影响人们的心志，对人生观、价值观的形成具有重要的影响。

（二）诗可以观

所谓"观"，就是"观风俗之得失"。"饥者歌其食，劳者歌其事"，《诗经》是有感而发的产物，是时代生活的真实反应。学习《诗经》，有助于我们了解那个时代社会生活的各个层面，了解各种各样的风俗民情。这些知识的积累有助于我们以古证今，提高现实观察力，提高洞察人情世态、分辨是非的能力。

（三）诗可以群

所谓"群"，就是使人们聚积起来，发挥团结民众的作用，形成并增强向心力。《诗经》有不少篇章，号召人们团结一致抵御外敌的，例如《无衣》篇："岂曰无衣？与子同袍。王于兴师，修我戈矛。与子同仇！"这种团结一心、同仇敌忾的精神与气势，读来让人热血沸腾。

（四）诗可以怨

"怨"就是不满。不满就要表达出来，而诗歌就是其中一种健康而有效的表达方式。例如《诗经》中的《硕鼠》《伐檀》等篇目。再如《采薇》表达的是人民遭受战争痛苦后的不满，《氓》表达的是弃妇的不满……将自身的不满情绪，用诗歌创作发泄出来，不仅缓解了内心积郁，还可以诞生具有真情实感的好作品。

（五）承担社会责任

所谓"事父、事君"，就是尽到社会责任，做好自己应该做的事。这就是孔子曾经说过的"君君，臣臣，父父，子子"，各在其位，各行其是，才能确保整个社会安定有序。学习《诗经》有助于培养人们的社会责任感，在家则孝，在外则忠，而忠孝是一个人的立身之本，也是人生一切品德的基础。

（六）获取书本知识

"多识于鸟、兽、草、木之名"，就是获取书本知识。古代获取知识的渠道并不像现代这么多，信息也没有现在这么集中，获取起来也没有现在这么方便。而《诗经》中恰恰收集了各种各样的知识，例如文学、地学、博物学、本草学等无所不包，为人们获取知识提供了方便。所以孔子特别提倡学《诗》，施以诗教，就是为了让弟子们获取这些知识。

可见，学《诗》至少有上面所列举的六种好处。孔子说："不学诗，无以言"，可见学诗的重要性与必要性。我们虽然生活在现代社会，有了更为丰富的信息获取途径，但对《诗经》乃至古代诗词的学习依然是必要的。中华文化十分重视人的道德养成，对于接受知识教育的当代青少年来说，道德教育同样重要。我们与其板起面孔对他们进行严肃的道理说教，不如以寓教于乐为原则，寻求一种更感性、更活泼、更优美的道德教育方式。而诗歌正是这样一种能够给人带来愉悦享受与心灵触动的，也易于被人接受的教育样式。

二、诗词的道德教育

中国古典诗歌不仅具有形象化特征，而且其中蕴含着丰富的人生价值观与道德观，比起其他语体，其潜移默化教育影响的功效是极为显著的，有时甚至起到事半功倍的效果。当这些富有旋律的、唯美的诗歌留在人们心间的时候,人类的情感与价值观,就在不知不觉之间渐渐养成。读赏经典诗词,其中的名句箴言,内涵丰富,思想深刻,包括进德修身、努力进取、爱国爱民、友善重情、刚强坚毅、谦逊淡泊、洁身自好、勤俭节约、善善恶恶等道德范畴。

例如:"勿厌守穷辙,慎为名所牵";"居僻贫无虑,名高退更坚"——教人看轻得失,淡泊名利,宁静致远;

例如:"少壮不努力,老大徒伤悲";"劝君莫惜金缕衣,劝君惜取少年时"——奉劝青年珍惜时光、勤奋学习;

例如:"猛志逸四海,骞翮思远翥";"坚金砺所利,玉琢器乃成"——少年要志存高远,努力奋进,要经受磨砺;

例如:"谁道人生无再少,门前流水尚能西,休将白发唱黄鸡";"失既不足忧,得亦不为喜"——教你如何成为一个处世达观的人;

例如:"捐躯赴国难,视死忽如归";"苟利国家生死以,岂因祸福避趋之"——教导我们具有深厚的爱国、报国情怀;

例如:"四万万人同一哭";"中原半壁沉沦后";"四万万人齐蹈厉,同心同德一戎衣";"王于兴师,修我戈矛。与子同仇"——教导我们"位卑未敢忘忧国";

例如:"人生自古谁无死,留取丹心照汗青";"粉身碎骨全不怕,要留清白在人间"——要树立坚定的人生信念与操守,培植自身的勇气、骨气和正气;

例如:"岂曰无衣,与子同袍";"安得广厦千万间,大庇天下寒士俱欢颜";"落地为兄弟,何必骨肉亲"——教育我们忧国忧民,推己及人;激发爱国热情,兴也。"动天地,感鬼神,莫近于诗。"

从国家层面来看,中华文化历来强调"民本"。《尚书·五子之歌》中讲"民惟邦本,本固邦宁",指的就是百姓是国家的根本和基础,唯有百姓富足安康,国家才能和谐稳定,唯有人民安居乐业,国家才能富强昌盛,这是民本思想在当今时代的升华。

从社会层面来看,《论语·卫灵公》中讲:"己所不欲,勿施于人。"指要顾及他人感受,不能将自己不愿做的事情强加到别人身上。《孟子·梁惠王上》

中讲:"老吾老以及人之老,幼吾幼以及人之幼。"指在赡养老人、抚育孩子时,也应顾及与自己无血缘关系的老人及小孩。这些强调博爱的论述都是以"和谐"为特色的中华优秀传统文化的反映。

从公民层面来看,《周易·乾》中讲:"天行健,君子以自强不息。"意指君子应发奋图强、勇于拼搏、永不停息。顾炎武在《日知录》中谈道:"天下兴亡,匹夫有责。"意指国家存亡与每个人都息息相关,要求人们以国家兴亡为己任。《论语·里仁》中讲:"君子喻于义,小人喻于利。"这要求人们加强自身道德修养,以德修身。诗词之美,在于寄托情怀。激发爱国精神,就有"黄金百战穿金甲,不破楼兰终不还"的豪情。对社会黑暗的愤懑,就有"朱门酒肉臭,路有冻死骨"的痛斥。对时代沧桑感叹,就有"旧时王谢堂前燕,飞入寻常百姓家"的喟叹。

三、诗词的美育作用

诗词之美,在于安放心灵。"结庐在人境,而无车马喧。问君何能尔?心远地自偏",所以不为喧嚣烦躁所动。出门在外,难免"想得家中夜深坐,还应说着远行人"。离别之际,或有"劝君更尽一杯酒,西出阳关无故人"之感伤,或有"天下何人不识君"之达观。

诗词之美,在于涵养精神。无论"人闲桂花落,夜静春山空"之静谧,还是"野旷天低树,江清月近人"之孤寂;无论"日出江花红胜火,春来江水绿如蓝"的春意蓬勃,还是"忽如一夜春风来,千树万树梨花开"的冰封雪飘,都给我们的平淡生活带来了浓浓的诗意。

正是一代代中国人,传承着诗三百、楚辞和唐诗宋词元曲的传统,吟诵着屈原、李白、杜甫、苏轼等人的名句,并且体味着诗词中所蕴含的山水之美、家国情怀和人生哲思……进入新时代,培育和弘扬社会主义核心价值观,同样离不开深沉持久的文化自信。中国古典诗词中,有许多东西值得发现和传承。一个健康和谐的社会,离不开人的艺术修养。中国的古典诗词,是世界艺术宝库中的珍品,我们有理由继承好、发扬好,让它在提升国民素质和修养中发挥更大作用。

当后代的读者诵读这些家喻户晓的古代诗歌名篇时,他们在获得审美愉悦感的同时，也接受了道德上的熏陶。这种熏陶不是抽象的道德说教，它是伴随着优美的意境和动人的形象而悄悄地进入读者的内心，就像"随风潜入夜，润物细无声"的春雨一样无声地滋润着读者的心田，帮助我们潜移默化地把自己的精神境界向着崇高的目标升华。学习古代诗词，从中感受古人的道德智慧，体会中华道德文化的博大精深，与此同时，还可以领略到古典诗歌的质感与魅力。

扫码获取

☆配套音频
☆名家课程
☆读书笔记
☆交流社群

第五十讲　迎接诗词雅文化新潮的到来

　　我们的祖国是举世公认的诗的国度。我们的祖先创作的璀璨的诗歌精品,已成为世界文化宝库中的一颗明珠,这是我们引以自豪的。历来对古典诗歌的研究可分为两大类别,即文艺学研究与语言学研究。前者以古典诗歌的内容意境、艺术手法、发展嬗变、风格流派等为研究内容,后者则以古典诗歌的语言规约、句式章法、修辞手段、音韵格律等为研究内容。这两种研究虽各有侧重,但应相济互补,有所沟通。令人遗憾的是在古典诗歌学术研究领域,多数文学学者对语言学理论重视不足,往往忽略了对诗歌作品的言语修辞特点进行应有的中肯分析;而一般的语言学者因为对古典诗学缺乏深入钻研的功力,其涉及诗歌语言修辞的论著又多作浅尝辄止的老生常谈。

　　在高校汉语言文学专业的古典诗歌教学中,凡涉及作品的格律、语法、修辞等疑难问题,相当多的文学教师不是有意绕开,就是"蜻蜓点水"。他们认为"这些问题应在古汉语课中解决"。其实,在古汉语课上对古典诗歌的语言修辞只作一般的知识性介绍,缺乏针对性和鲜活性。另外脱离了社会背景,割裂了语言环境,单纯分析一两句诗的言语修辞特点,往往丧失了诗歌的情趣。这样,学生及时获得诗语修辞知识并把握其规律的渴求,在"甩手掌柜"式的文学课与"隔靴搔痒"式的语言课上,都难以得到满足。

　　诗词格律是老祖宗们给我们留下的文化精华,我们应该把其传承下去。此外,孩子们也非常愿意接受这些知识。在给高中生讲诗歌的时候,每当讲到"诗词格律"的时候学生们都特别爱学,而且对于这些格律知识掌握的也非常主动,学习的积极性特别高,甚至能写出作品来。从这一点上,我觉得中国传统文化的传承有中华民族自己的基因,决不能因为我们的懒惰而使其逐渐退化甚至消失,我们肩负着传道授业解惑的重任,就应该从我做起,使诗文化得以发扬光大。

　　习近平总书记非常重视中华优秀传统文化,善于向古人借智慧,常以"适当的引经据典"阐明透彻的思想。在十九大后的一次中外记者见面会上,习近平引用元朝王冕《墨梅》的诗句"不要人夸好颜色,只留清气满乾坤",以此来表明:不需要更多的溢美之词,一贯欢迎客观的介绍和有益的建议。

笔者从事高校汉语言文学专业古典诗歌教学多年,对于备课中时常碰到语言修辞方面的疑难问题,不仅要切实钻研,搞懂弄通,还应在教学中有针对性地结合作品内容进行简要地剖析或点拨,力求使学生在文学课上适时获得语言修辞方面具体而鲜活的知识,并逐渐掌握汉语诗学的基本规律。实践证明,这种融合着语言修辞学理论与分析方法的文学课,不仅没有影响教学进度,还受到学生的欢迎,而且促进了自身语言学理论素养的提高。

古人云:"授人以鱼,只供一餐之需;教人以渔,则终生受用无穷。"在教学中注重基础知识的传授是必要的,但更重要的是引导学生掌握规律和方法,即培养他们分析和解决问题的能力。在教学中对于作品中涉及的比较特殊的修辞方式(如通感、博喻、列锦、同异、倒喻、倒字、双关、镶嵌等),笔者都及时进行提要钩玄的分析,使学生有所获益。

诗词和对联是中国古代重要的文学形式,两千多年来薪火相传,至今仍具有强大的生命力。在古代,私塾学子自幼童起,就开始这种文学修养的训练,对声调、音律、格律等都有严格的要求。因此,一些声律方面的著作也应运而生,而其中清朝康熙年间车万育所作的《声律启蒙》,则是其中较有代表性的一种。

笔者在教学中,在对仗句的教学中,用"声律启蒙"来入门,用唱的方式把"声律启蒙"唱出来,寓教于乐,学生们用愉悦的心情来学习,课堂氛围也非常活跃,学到的知识记得也非常牢固,然后再把"声律启蒙"的内容活学活用到唐诗宋词的赏析中,甚至运用到学生自己的诗词创作中,效果非常好。

怎样才能写好诗?要想写出好诗,首先要眼高手低,要提高自己的见识。一般的诗人都是眼界高于创作。越好的诗,越是高眼界、高见识创作出来的。但针对孩子开展诗教(进行诗词教育),就要引发兴趣,激发对古代诗词的热爱,打好基础。笔者采用的教学方法是:首先是故事引入(引起兴趣)。注重讲解与辅导重点内容。示范朗读(调动情绪)带学生进入意境,进而促进理解和提升兴趣。指导学生诵读。用同通俗易懂的白话释义。引导思考,抓住关键,使学生得到启发。布置作业,使课堂得到延伸:(1)回家把所学内容讲给家长听。(2)对于学过的古诗、诗词、文言文能有语气地朗读,在这个基础上,能够默诵。

诗歌最突出的特点是什么？第一，高度的艺术概括。要求在有限篇幅里容纳丰富的思想内容，典型地反映现实生活。第二，强烈的思想感情。通过抒情方式表达思想感情，使情感的抒发强烈、鲜明、动人。第三，丰富的艺术想象。第四，精炼优美、带有韵味的语言。

衡量一首诗是否优秀，有什么标准？古今优秀的诗词作品应具备"五高"：第一，高尚的情感。诗的本质是抒情，表达高尚的情感，渗透高尚情操。第二，高雅的语言。语言艺术的塔尖为语言艺术修养、驾驭语言能力和语言纯洁性。第三，高深的意蕴。深远的意境，无穷的韵味，暗含的哲理，多义的题旨。第四，高度的精炼。诗要精，就得炼。一是炼意，二是炼字。字字珠玑，语近情遥。第五，高强的乐感。音乐性是诗歌的最大特色及优势。易诵易记易流传，获得审美享受。因此，诗词读赏应从小进行培养。

"读诗使人灵秀。"我们通过古诗词的学习，能够使孩子们认识中国传统文化的博大、吸收民族文化的智慧，提高文化品位和审美情趣，丰富精神世界和发展个性，使学生形成正确的人生观和价值观。以诗化人、以诗增智、以诗寓趣、以诗育人。鉴古人之深邃的思想，赏古人之灵动的意境，培养学生们对自然、对生活的观察力和思辨力，修炼学生们的艺术表述力。我们通过古诗词的讲评，来扩展学生的审美视野，培养和训练学生的想象力；通过古诗词的学习，挖掘学生们的创作潜能。在发展语言能力的同时，发展思维能力，激发学生的诗词创作欲望。

青少年是国家朝气蓬勃的象征，他们成为古诗词的学习和创作主体，说明古典诗词符合新世纪文化发展潮流，是新时代的"潮"文化，是可持续发展的中华民族优秀传统文化。当然，旧体诗词创作不像白话诗写作那样容易，需要一定的古典诗词修养。但由于目前普遍缺少诗词修养较高的教师，青少年整体诗词创作水平不甚理想。在2018年春中小学语文课本中古诗词比例大幅增加后，广大教师尤其是语文教师更是责无旁贷，需要自觉提高自身诗词修养，在诗词文化潮流中"传道授业解惑"。

"等闲识得东风面，万紫千红总是春。"作为民族性最强的传统文化门类，诗词的中国式美感已经表现出强大优势。让我们张开双臂迎接诗词雅文化新潮的到来。

附录　谭汝为诗歌研究著述目录

一、著作

(1)《古典诗歌的修辞和语言问题》,天津古籍出版社1994

(2)《人间词话 人间词》(注释),群言出版社1995

(3)《诗歌修辞句法与鉴赏》,澳门语言学会2003

(4)《诗词读赏心解五十讲》,天津人民出版社2023

二、论文

(1)《〈论唐代的抒情歌词——七言绝句〉质疑》,《唐山师专学报》1981年第4期

(2)《〈唐宋词常用词语例释〉读后琐记》,《天津师专学报》1982年第1期

(3)《通感散论》,《文艺理论研究》1982年第1期

(4)《李清照〈声声慢〉的两点臆测》,《语文学习》1982年第10期

(5)《"鱼雁传书"辨析》,《语文教学》1983年第1期

(6)《情真意切,感人肺腑——三首悼亡名作赏析》,《语文月刊》1983年第2期

(7)《鼎足对与联璧对——论散曲特殊的对仗形式》,《语文园地》1983年第3期

(8)《六言绝句散论——兼论诗歌六言句式的起源和兴衰》,《天津社会科学》1983年第6期

(9)《元散曲的博喻手法》,《语文教学与研究》1983年第7期

(10)《韵文中叠字的运用》,《语文战线》1984年第1期

(11)《论通感》,《语文园地》1984年第3期

（12）《意象组合漫说——论古典诗歌特殊句式》，《天津师大学报》1984年第5期

（13）《博喻漫论》，《天津师专学报》1983年第2期；人大报刊资料：《语言文字》1983年第7期

（14）《两种特殊的叠字》，《语文教学与研究》1984年第8期；人大报刊资料：《中学语文教学》1984年第8期

（15）《"流水对"简论》，《语文学习》1985年第2期

（16）《谈诗词曲中的"顶真格"》，《学语文》1985年第3期

（17）《古典诗歌特殊押韵形式举隅》，《语文教学通讯》1985年第6期

（18）《"互文"例谈》，《语文园地》1985年第5期

（19）《回文诗词漫说》，《文学知识》1985年第6期

（20）《即实寓虚，略貌取神——艺术欣赏漫说》，《大学文科园地》1985年第4期

（21）《谈"合掌"》，《语文学习》1985年第8期

（22）《古诗对比艺术谈》，《语文教学与研究》1985年第12期

（23）《古诗问答体简论》，《语文教学》1986年第1期

（24）《论古典诗歌的典故性词语》，《语文知识》1986年第1期

（25）《"独木桥体"漫说》，《学语文》1986年第1期

（26）《古典诗歌典故性词语例释（连载）》，《语文知识》1986年第4、5、6期

（27）《词曲鼎足对简论》，《天津师大学报》1986年第4期

（28）《没有喻词的明喻形式——谈古典诗歌一种特殊的比喻句》，《语文学习》1986年第11期

（29）《古诗语言省略例谈》，《语文教学与研究》1987年第1期

（30）《诗歌的嵌数法》，《语文教学》1987年第3期

（31）《论韵文三字相叠的修辞方式》，《修辞学习》1987年第3期；人大报刊资料：《语言文字》1987年第5期

（32）《关于"回车叱牛牵向北"》，《教学月刊》1987年第5期

（33）《古典诗歌常见的词语省略类说》，《石家庄教育学院学报》1987年第3期

（34）《古典诗歌中的能愿动词表否定》，《阅读与写作》1987年第4期

（35）《古典诗歌特殊的对仗形式举隅》，《争鸣》1988年第2期

（36）《嵌字体诗歌例论》，《文史杂志》1988年第3期

（37）《古典诗歌平行语的省略》，《语文学习》1988年第3期

（38）《诗贵简约》，《语文月刊》1988年第8期

（39）《古典诗歌"对面写来"手法论略》，《语文月刊》1989年第2期

（40）《古典诗歌句法例论》，《徐州师院学报》1989年第3期

（41）《古典诗歌"逆挽倒装"句法例论》，《语文知识》1989年第5期

（42）《论古典诗歌特殊的押韵形式》，《古典文学新论》武汉出版社1990

（43）《"系向牛头充炭值"——〈卖炭翁〉解说》，《中学生语数外》1991年第5期

（44）《"A不如B"与"AB不如"——论古典诗歌两种比较句式的异同》，《天津师大学报》1992年第3期；人大报刊资料：《语言文字》1992年第9期

（45）《古典诗歌结构修辞例论》，《天津教育学院学报》1992年第4期

（46）《论古典诗词的"句中顶真"》，《修辞学习》1992年第5期

（47）《连珠合璧，相映成趣——"同异"格在古典诗歌中的运用》，《修辞学习》1993年第4期

（48）《古典诗歌问答体句法研究》，《天津师大学报》1994年第3期

（49）《古典诗歌总分结构修辞初探》，《修辞学习》1994年第4期

（50）《古典诗歌的互喻、倒喻与顶喻》，《语文知识》1994年第10期

（51）《宏肆豪辣，清新俚俗——论散曲爱情作品的比喻手法》，《阅读与写作》1995年第4期

（52）《古典诗歌教学与语言修辞研究的相济互补》，《天津师大学报》1995年第5期；人大报刊资料：《语言文字》1996年第2期

（53）《嵌数体诗歌例说》，《语文知识》1995年第5期

（54）《突破藩篱，打通畛域——谈〈古典诗歌的修辞和语言问题〉》，《修辞学习》1996年第1期

（55）《新诗韵律论略（上、下）》，《阅读与写作》1996年第1~2期，南开大学《语言学论辑》（二），北京语言学院出版社1996

（56）《散曲修辞例论（上、下）》，《阅读与写作》1996年第3~4期

（57）《诗学四议》，《澳门写作学刊》1996年总第11~12期

（58）《诗歌鉴赏例话八讲》，《语文知识》1996年第4~11期

（59）《应该加强清代词话修辞思想研究》，《修辞学习》1997年第4期

（60）《论清词话中的修辞思想——纪念郑子瑜〈中国修辞学史稿〉出版13周年》，《毕节师专学报》1997年第3期；宗廷虎主编：《郑子瑜中国修辞学史稿问世十周年纪念论文集》，中国社会出版社1998

（61）《比喻"二柄多边说"论析》，《云梦学刊》1997年第3期

（62）《古典诗歌的特殊比喻形式》，《天津师大学报》1998年第1期；人大报刊资料：《语言文字》1998年第5期

（63）《古典诗歌的互文见义》，《中国语文月刊》，1998年总第482期

（64）《"流水对"辨误》，《古汉语研究》1999年第1期

（65）《超群寿词，激昂浩歌——辛弃疾〈水龙吟〉赏析》，《语文月刊》1999年第5期

（66）《形虽相叠，意却相迥——谈古诗文中一种特殊的"叠字"》，《中国语文月刊》1999年总第508期

（67）《喜新厌旧，舍近求远——论比喻运用的两条原则》，《修辞学习》2000年第3期

（68）《源于〈诗经〉〈楚辞〉的人名》，《阅读与写作》2000年第4期

（69）《试论刘叔新先生的新词和新诗创作》，《语文月刊》2000年第5期；王泽鹏主编：《刘叔新先生纪念文集》，南开大学出版社2019

（70）《诗法漫说（四则）》，《澳门写作学刊》2000年总第17~18期

（71）《古典诗歌的比兴妙用》，《阅读与鉴赏》2000年第3期

（72）《古典诗歌的简约含蓄》，《阅读与鉴赏》2003年第4期

（73）《古典诗歌时空因素的艺术布局》，《天津电大学报》2004年第4期

（74）《古典诗词的鉴赏》，《中文》季刊2004年第4期

（75）《诗歌的意境与意象》，《阅读与写作》2005年第1期

（76）《解析诗歌中的时空因素》，《阅读与写作》2005年第3期

（77）《诗歌修辞辩证思维例析》，《修辞学新视野》，中国文联出版社2005

（78）《韵文叠字修辞研究》,《平顶山学院学报》2006年第3期

（79）《顶针辞格新论》,《中文》季刊2008年第4期

（80）《吟诵·朗诵·诵读》,《小学语文教学》2010年第6期

（81）《古典诗歌四种特殊的修辞体式》,《平顶山学院学报》2010年第4期

（82）《天津文坛三首经典诗作——梁启超、李叔同、周恩来诗作赏析》,《天津社会主义学院学报》2015年第4期

（83）《丁字沽古诗类析》,《天津史志》2016年第6期

（84）《比喻象征:诗的灵魂》,《天津文艺界》2020年第1期

（85）《王国维"人间词"简析》,《天津文艺界》2021年第4期

（86）《古代诗词阅读鉴赏理论阐析》,《四川文理学院》2021年第5期

（87）《古典诗文集的命名形式》,《天津文艺界》2021年第6期

（88）《散曲修辞艺术论》,《天津文艺界》2022年第1期

参考文献

[1]毕桂发:《精选历代诗话评释》,中州古籍出版社1988

[2]清•陈沆:《诗比兴笺》,上海古籍出版社1981

[3]清•陈廷焯:《白雨斋词话》,人民文学出版社1983

[4]程俊英:《诗经漫话》,上海文艺出版社1983

[5]褚斌杰:《中国古代文体概论》,北京大学出版社1984

[6]古远清、孙光萱:《诗歌修辞学》,湖北教育出版社1995

[7]郭绍虞:《中国历代文论选》,上海古籍出版社1979

[8]黄坤:《杜诗心影录》,江苏古籍出版社1991

[9]何锐:《现代诗技巧与表达》,百花文艺出版社2002

[10]明•胡应麟:《诗薮》,上海古籍出版社1979

[11]明•胡震亨:《唐音癸签》,上海古籍出版社1981

[12]蒋绍愚:《唐诗语言研究》,中州古籍出版社1990

[13]经本植:《中国古典诗歌写作学》,语文出版社1999

[14]龙榆生:《词学十讲》,中华书局2017

[15]林东海:《诗法举隅》,上海文艺出版社1987

[16]南朝梁•刘勰:《文心雕龙注》,人民文学出版社1978

[17]罗忼烈:《两小山斋论文集》,中华书局1982

[18]缪钺、叶嘉莹《灵溪词说》,上海古籍出版社1987

[19]钱锺书:《管锥编》,中华书局1979

[20]钱锺书:《谈艺录》,中华书局1984

[21]谭汝为:《古典诗歌的修辞和语言问题》,天津古籍出版社1994

[22]谭汝为:《人间词话 人间词》(注释),群言出版社1995

[23]谭汝为:《诗歌修辞句法与鉴赏》,澳门语言学会出版2003

［24］童庆炳：《中国古代诗学心理透视》，百花文艺出版社 1993

［25］清·王夫之：《姜斋诗话笺注》，人民文学出版社 1981

［26］吴功正：《文学风格七谈》，上海文艺出版社 1983

［27］吴文治：《中国古代文学理论名著题解》，黄山书社 1987

［28］吴小如：《吴小如学术丛札》，天津古籍出版社 2016

［29］夏承焘：《月轮山词论集》，中华书局 1997

［30］宋·严羽：《沧浪诗话校释》，人民文学出版社 1983

［31］清·袁枚：《随园诗话》，人民文学出版社 1983

［32］张少康：《中国古代文学创作论》，北京大学出版社 1983

［33］张文勋：《诗词审美》，上海文艺出版社 1987

［34］赵仁珪：《宋诗纵横》，中华书局 1994

［35］周勋初：《中国文学批评小史》，长江文艺出版社 1981

［36］周振甫：《诗词例话》，中国青年出版社 1962